[韩] 金真英 —— 著

孟 阳 —— 译

낭이 있는 집

院子的家

上海财经大学出版社
SHANGHAI UNIVERSITY OF FINANCE & ECONOMICS PRESS

图书在版编目(CIP)数据

有院子的家 / (韩)金真英著; 孟阳译. --上海:
上海财经大学出版社,2025. 6. -- ISBN 978-7-5642
-4532-0

Ⅰ.Ⅰ312.645

中国国家版本馆 CIP 数据核字第2024PN0631号

□ 特邀编辑　徐贝贝
□ 责任编辑　袁　敏
□ 封面设计　曾冯璇

有 院 子 的 家

［韩］金真英　著

孟　阳　译

上海财经大学出版社出版发行
(上海市中山北一路 369 号 邮编 200083)
网　　址:http://www.sufep.com
电子邮箱:webmaster@sufep.com
全国新华书店经销
北京文昌阁彩色印刷有限责任公司印刷装订
2025 年 6 月第 1 版　2025 年 6 月第 1 次印刷

880mm×1230mm　1/32　9 印张　199 千字
定价:58.00 元

图字：09-2025-0197号

마당이 있는 집

김진영

本故事纯属虚构，文中出现的人名、地名、团体名、事件、企业等均与现实无关，如有雷同，纯属巧合。

目 录

珠　兰

我的视线越过落地窗，停留在窗外的花坛上。

花坛里只有两棵小樱桃树和一株海棠花幼苗单薄地支楞着。外面却摆着各式各样的花盆，放眼望去，能看到郁金香、天竺葵和雏菊，它们正等着主人把自己移入更大的天地。暖阳透过大大的玻璃窗落在餐厅里，一派春意盎然。我看着身旁的朋友，努力保持温和从容。这么一栋四面通透、精致淡雅的木质洋房，况且还在这寸土寸金的新城，正所谓人屋相配，作为女主人的我，自然也得维持一份温婉和热情。

这时，卧室突然传来一阵哭声，一下子打破了原有的平静。高银本来悠闲惬意地喝着咖啡，听到孩子的哭声后，猛地脸色一沉，赶忙跑向卧室。可她哄了孩子许久也没见好，还是一直号啕大哭。我和朋友们坐在餐桌旁喝着咖啡相视一笑，总不能因为小宝宝哭闹而生气发火吧。

没承想这哭声似乎完全不知疲倦。她该不会在我床上随便给宝宝换尿布吧？我有点儿担心，准备进屋看看。

孩子在床上使出吃奶的劲儿嗷嗷大哭，小脸红得仿佛下一秒钟就要爆炸了一样。哭得这么厉害，要是背过气去可怎么办？高银却站在旁边打开窗户用力嗅着什么味道，就这么放任孩子在床上哭个不停，真不是身为母亲该有的行为。

我心想："这样可真是没有当妈的资格。"

这不称职的母亲办事还真是分不清轻重缓急，孩子都哭成这样了，还不赶紧找原因，总是在纠结一些没用的地方。

"珠兰，这是什么臭味呀？"

她把窗户打开一条缝，闻闻外面的味道，又转头看向我。

我反问道："哪有什么臭味？"

她一下子把窗户全打开，于是孩子在床上哭得更厉害了。听到动静的润静和敏英也走进卧室，闻到味道后一下子捂住了鼻子。

其实我今天本来不想招待朋友们来家里的。装修还在收尾阶段，再加上搬来之后一直在忙，孩子转学的手续也没办好，一大堆事情等着我。但朋友们从一个月前就吵着非要来参观房子，她们好像对这种带院子的二层小洋楼抱有一种幻想，以为主人会备好咖啡和香喷喷的蛋糕，随时等着客人大驾光临。

"好臭啊。"润静走过来把窗户关上。

"就是这个味儿害的。这么臭，把我们家宝宝吓到了……"

她这时才抱起孩子看着我，摆出一副事不关己的表情，仿佛一切的罪魁祸首都是这个房子，不管是孩子哭个不停，还是大家此时的不开心。

　　其实这个臭味已经让我头疼好几天了，但我总以为是自己太敏感了。自从搬到这里，从内部装修到院子绿化，再到宅前道路拓宽，大大小小的事情都要亲力亲为，这让我变得非常"神经质"。邻居们动不动就去中介那儿打听房屋价格、主人身份，我的私人信息成为大家的谈资，甚至偶尔会有人以我们家为背景拍照。我觉得现在和以前住在高层相比也没有什么不同，反倒是那时的个人隐私更有保障。

　　"搞不好是埋着什么动物尸体呢。以前小区花坛里总有一股难闻的臭味，我心想去看看是什么味道呢……结果发现了一只小猫，觉得挺可爱便凑近一看……那股味儿直接把我给顶回去了，没想到原来是死猫腐烂的味道。天啊，从来没闻过那样的味儿，简直了。你别说，跟你家这味道还真有点儿像……"

　　润静仔细观察着花坛的每个角落，仿佛找不到猫的尸体便誓不罢休。她们站成一排，全都一脸严肃地盯着我家花坛。

　　"就是粪肥味。"我满不在意地反驳她们。

　　前两天我丈夫想在院子里种点儿生菜，买来肥料施入土中。她们从小在首尔长大，想来大概是没有闻过肥料的味道吧。

　　"建房子的时候，庭院设计公司该不会是用了什么便宜的劣质土吧？听说土也分三六九等的……最近小区也这样，根本不知道开发商到底用了什么材料。"敏英也加入挑刺的行列。

　　这个房子从设计到布置都是我和丈夫深思熟虑过的，所有的东西也是我们精挑细选的。这话听着就像是指责我挑了个不良建筑商。

　　"过一段时间就没了吧，不就是有点儿味道嘛。"

话音一落，她们同时看向我。

"这臭味从搬来就一直能闻见吗？"敏英往后退了一步，一脸嫌弃地问道。

"差不多……有一个星期了吧？或者也可能再早点儿……"

其实因为这个味道，我已经大概一个多星期没有开窗了。

"珠兰，你怎么不挖挖看到底有什么，说不定真的有什么动物的尸体呢。"

"动物尸体？想什么呢……怪吓人的，谁会把尸体埋在这儿？这儿可是私人的土地、私人的住宅。"

"就算真有能怎么办？这里也不像小区那样有保安室。还是放着不管，等它烂了更好。"

"你问问你丈夫怎么办呗。"

我默不作声地听着她们你一句我一句，叽叽喳喳说个不停。这些办法我都想过了，也跟丈夫说过了，但他总是不以为然，说就是肥料味儿而已，没什么大不了的。

"挖挖看不就知道了，这有什么难的。"

高银抱着孩子若无其事地说道，可她脸上的表情是那么似曾相识。刚才我就是那样嫌弃她一个当妈的连孩子都不会哄，现在换她指责我，为什么明明简单的办法就摆在眼前，却什么都做不了。

大家都走了以后，我拉上家里所有的窗帘，一头倒在床上仔细回味着刚才朋友们表现出来的态度。为什么在她们的言行中，我感觉不到一丝尊重呢？要知道万一哪天她们遇到经济上的困难，我可是唯一一个能伸出援手的人，她们却总摆出一副高我一等的样子。连今天我也没有享受到被尊重的感觉，她们总是费尽心思地想把我的弱点挖出来。

——挖挖看不就知道了，这有什么难的。

高银这句话一直回荡在我的耳边，她就是在讽刺我无能。

我和朋友们不同，从来没有工作过。二十四岁大学一毕业就结婚了，一直过着家庭主妇的生活，但婚后十六年间我从未后悔。要知道敏英今年都三十九岁了还没结婚，而润静一离婚便回了娘家，现在还赖在父母家住。至于高银，她做了试管婴儿，不久前好不容易才受孕成功，生了第一胎。和朋友们相比，我的生活无疑更加富裕和稳定。

——工作没有你想的那么简单。

每当大家一起讨论什么时，朋友们经常会这么说。短短一句话就堵住了我的嘴，把我塑造成了无能的人。

——挖挖看不就知道了，这有什么难的。

没错，挖挖看就知道了，这件事真的不难。对我来说，自己动手反倒比拜托丈夫容易多了。看着丈夫下班后一脸疲惫的样子，实在是不好意思再让他帮我做什么。

这里位于板桥新城，2月28日我们一家人搬了进来。这里离江南区只有二十分钟车程，完全能够享受市中心所有的基础设施。不仅地理位置十分优越，还可以自己设计建造一栋带院子的花园洋房。这里也属于学区房，能方便孩子上学。再加上它还位于发展迅速的科技新城，以后房子升值空间肯定大。经过多方考虑，我们最终在板桥高速公路出入口附近买了一块地。这房子光设计就花了五个月，施工又耗时七个月，到入住为止，我们一家人等了一年多。虽然庭院造景还没完全结束，但我们还是先搬了过来。又过了一周左右，庭院装修才完全结束。

我独自一人在家时，为了远离施工噪声和工人们，经常跑到附近的咖啡厅避难。这样一想，难道我不在家时起重机不小心压死了流浪猫？如果那样的话，工人会不会随手就把猫的尸体埋在花坛下面？听说如果从小养大的狗死了，很多主人会把它们埋在院子的一角……

我静静地站在院子里铺的石块上，二十四块八角形石块在草地上错落有致。走在上面我总是会不自觉地数数，十五、十六……越往后院走，臭味越大。

通过大门是看不见后院的，只有站在餐厅窗户前才可以观赏到后院的花坛。这个花坛是丈夫为喜欢花草树木的我特意设计的。

我从仓库里拿起一把铁锹走向花坛，卷起裤脚，戴上橡胶手套。一铁锹下去，翻出的泥土中竟看到了像蛆一样的白色虫子爬来爬去。

"啊！——"

我惨叫一声，一下子就把手里的铁锹甩了出去。

"怎么了？出啥事儿了？"

不知道从哪儿传来了女人的声音，带着明显的朝鲜口音。抬头一看，左侧二楼阳台上站着一个年轻女人，边晾衣服边看着我们家院子。我之前也见过，她是隔壁家的保姆。

"没什么，没事儿。"

见我若无其事地笑笑，她也就见怪不怪地使劲甩了甩衣服上的水，继续面无表情地晾衣服。她长得很显小，也就二十多岁的样子，但她身上总有股深谙世事劲儿，看上去倒像四十多岁的。她经常站在二楼的阳台上晾衣服或者抽烟，还时常会盯着我们家看。我知道，她之所以这样，都是因为我丈夫。她基本上都会卡着点，在我丈夫上下班的时间出来抽烟，我送丈夫出门的时候准能看见她站在隔壁阳台上。有时她还会朝我丈夫哼个歌或者笑着撒个娇什么的。

我捡起铁锹径直地看向她，而她则用那双细长的眼睛时不时地瞟我一眼，那躲闪的视线反而给了我莫名的勇气。我敢肯定，自己绝对比那个女人要强。这样想着，仿佛就生出了一股子自信。

这个房子应该有一个明智、勇敢的女主人，我要告诉大家我才是适合这个房子的主人。于是我拿起铁锹深深地挖了下去，告诉自己哪怕挖出死老鼠或者死猫也不要害怕……结果里面什么都没有，我那颗悬着的心也就放下了。

"什么都没有，就只是肥料的味道。"

这时本可以停下的，但也许是被这个"勇士游戏"给鬼迷心窍了，我再次举起铁锹，继续挖向更深的地方。然而这次我顿了一下，铁锹碰到了什么，感觉软绵绵的。再往里一伸，却又有种硬邦邦的触感。是石头吗？我把土往外一铲，看到了几根细长的青紫色小木棒。等拍掉上面的土才发现，我看到的不是小木棒，也不是植物的根系，更不是什么动物尸体。

那是细长的手指，属于人类的手指。

震惊之下忘记了惨叫，不，也许那一瞬间我发出了尖叫。可当时的表情和心理活动都被我忘得一干二净，也不知道自己是怎么进屋的，脑子里一片空白，整个人都傻掉了。

尚　恩

"你最近偷吃什么好东西了？长肉了呀！"

庆熙姐走过来使劲捏了捏我的胳膊，她在四楼的餐具卖场工作。年过五十的庆熙姐说自己做过很多工作，既当过课外辅导教师又卖过保险。也许是因为能说会道，她负责的柜台在生活用品区域销量一直稳居榜首。而我在二楼的卧室家具卖场工作，不幸的是，旁边有扇通往卫生间的门，店里的员工们去洗手间时都会亲切地跟我打招呼，这比应对客人更让我心累。

"就是说呢，该动动了……我这就是缺乏运动。"

"我还以为你是那种吃不胖的人呢。"

庆熙姐用双手使劲按了按床垫后直接一屁股坐下。

"这床垫子的弹簧啊，就得像这样有力才行。我们家那床一躺上去就咯吱咯吱响，八成是坏了。"

我的姐啊，您快起来去卫生间吧……我脑子里一直默默地念叨着。可她倒好，直接脱鞋躺到了床上，这要是被组长看见，我就死定了。庆熙姐都五十多岁了，组长自然不好意思说她什么，但肯定会把我骂个狗血淋头。

"哎哟，真舒服，感觉我这脊柱都打开了。"

她在床上舒展着四肢，舒服得嘴里一直发出"哎哟哎哟"的声音，脸上的笑容透出一股发自内心的幸福。即便怕被责骂，可我仍不忍剥夺他人这短暂的幸福，于是决定逗逗她。

"顾客您好，我们家这款床垫的设计符合人体工学，弹簧可以根据身体角度自动调节，因此您躺在上面会感到非常舒适。而且我们这款产品不仅使用了天然乳胶，还配有独立袋装弹簧。您看，这是纯羊毛的面料，整体上更添高级感呢。"

"要多少钱？"

"现在打八折，240万① 您就可以把它带回家了。"

庆熙姐盯着旁边的价签看了半天。

"光一个床垫就240万？哎哟，我就只躺在这上面过吧，也甭吃甭喝了。"

她重新躺回床上，又盯着我看了半天。

"天啊，你这裙子……"

低头一看，裙子拉链滑开，露出了打底裤。刚才我觉得不舒服就解开了腰间的挂钩，没想到拉链竟在不知不觉中滑下去了。

"你肚子长肉了呀。不，你只有肚子上长肉了哟。"

我赶紧拉上裙子拉链，把原本扎腰的内搭使劲往外拽了拽挡住了肚子。

"是啊，该换个大号的裙子了。最近晚上老加餐……"

"晚上加餐？奇了怪了，你是不是怀孕了？"

---

① 书中提及的币值皆以韩元计。

"怀孕？不是啦，我来事儿啦。"

一听这话，她尴尬地笑笑。"啊是吗？哎呀，不好意思，你瞧我这话说的。"

正好有一拨客人拿着宣传册涌向我们卖场，她猛地一下就从床上坐起来，不好意思地皱皱鼻子，简单道了个别便赶忙离开了。趁客人们坐在床上体验的时候，我又偷偷地把裙子上的挂钩扣好了。

其实前两天我就已经换了 M 号的工装，但还是觉得勒得太紧了，不舒服。虽然刚才矢口否认了，但实际上我已经怀孕四个多月了。这里到处贴满了"舒适""自然"的标签，但像我们这样的售货员，是不允许坐或者躺在家具上的，一整天都要站着。如果怀孕了，领导就会劝你辞职，说是由孕妇来介绍商品，顾客会感到不方便。如何成为一个不让对方感到不方便的人，可真是一门学问。

平常和下午的同事换班后，我一般在西仁川家具城坐公交车，再换乘一趟地铁在白云站下车后走回家。但今天我出门便打了辆车，让师傅开到了小区后门。下车后看了一眼手机，四点三十分。如果坐公交车的话需要四十分钟，但打车只花了十分钟。

人们一般都会从正门进出小区，那里商家林立，很少有人走后门那条胡同，毕竟那里又窄又暗，还有一片单人间廉租屋聚集在此地。那里住着很多临时工和来韩打工的朝鲜人，因此小区住户一般即使绕道也会走正门。而且那条路上有家炸鸡店，每次路过都需要忍受从他家飘出的那股地沟油的腥味。但我还是喜欢从那边走，一是离我住的那栋楼更近，二是在那条路上完全不用看别人的眼色。

"106 栋 802 号是吧？"

去后门保安室拿快递时，帮忙找快递的保安大叔又确认了一遍我家的门牌号。

"在这里，106 栋 802 号。"

大叔把一个看上去不轻的快递放到我旁边，极其自然地从头到脚打量了我一遍。

"106 栋 802 号……唉，您丈夫没事儿吧？"

"啊？"保安大叔为什么会关心我丈夫？

"最近的孩子真是太可怕了，说他们两句都不敢，怕哪天再被他们捅了，哎哟。"

虽然不知道他何出此言，可我还是点了点头，尽量表现出一副赞同的模样。至少今天，我不想给任何人留下不好的印象。

箱子里装的是桦树茸汁，本来几天前就该送到的，但莫名其妙地被延迟派送了。昨天我一个劲儿地催快递公司，因为最晚今天一定要收到这个快递。

"这世道可真是不太平，您丈夫真的没事儿吧？"

"嗯，没事儿。"

我仓促地应了一句，快步离开了保安室。他虽然只是随口问候一下，但我还是察觉到有什么不对才问的，这让我有点心烦意乱。这个小区一共二十五栋楼，难道保安大叔还能记住每家都住着谁吗？虽然现在脑海中浮现出各种疑问，但不知道的事还是先别乱想了，今天还有更重要的事情。

电梯到达八楼，走到家门口按下密码。直觉告诉我丈夫应该早就到家了，隔着门我就能感受到他的气息。果然一进门就看到了丈夫的黑皮鞋整整齐齐地摆在玄关那儿。虽然我的鞋都是随便乱扔的，但我丈夫的鞋总是收拾得整整齐齐。他回家后也会把鞋头朝外摆放好，就像去别人家做客一样。

家里和我早上出门上班时一样乱。我们现在住的地方是个老小区，建了二十多年了，我们这套房子不到 80 平方米。然而现在家里就跟刚搬完家一样，到处都是箱子，里面装着药店里随处可见的止疼药和营养保健品。丈夫最近软磨硬泡地向各家药店推销药品，结果最后还是都被退了回来，这些都是没来得及拿回公司的退货。

丈夫在制药公司做销售工作，业绩不错但挣得不多。他是个积极工作的人，但那份积极都用在了跟客户耍嘴皮子和商务公关上了。他以为公司只看重工作业绩，可惜这份业绩明显"掺水"，所以自然也没能赚钱。简单来说，丈夫就是个积极却没用的人。

"回来了？"

他从小屋里走出来，大概是刚回来，还穿着西服，领带也没来得及摘。

"怎么回来这么早，看来今天没什么事？"说着我便向厨房走去。

他听了顿时气不打一处来似的，瞪了我一眼："真不知道你天天脑子里装的都是什么？今天是周六，就上半天班，我都说了几遍了？"

"吃饭了吗？"

"没有，还不赶紧给我做饭。还有，你那工作要干到什么时候，我不是说了让你辞职吗？"

我没有理他，从冰箱里拿出装有小菜的保鲜盒，一下子扔到餐桌上。把冻好的米饭放在微波炉里加热，然后拿出餐具摆上。这期间丈夫就一动不动地坐在餐桌旁，死死地盯着我看。

"你倒是说话啊？到底什么时候辞职？"

丈夫拿起勺子的那一刻，我不自觉地往后缩了一下身子："干吗呢？"

他看见我这样，轻嗤一声。瞬间，我感觉一股耻辱感油然而生。丈夫以前吃着饭就拿勺子砸我，说让我长长记性，大概那恐怖的记忆都刻在骨子里了吧。

我瞥了一眼装在天花板上的微型摄像机，本打算用它记录下丈夫家暴的证据，然而它却没能发挥出一点儿作用。离婚律师看了监控拍到的内容后，说看起来就只是"普通家庭"的生活。以前去找律师咨询离婚时，他建议我在家里安装监控。可自从丈夫知道我怀孕后，就再也没有对我进行过身体上的暴力。但我知道，他只是暂时收敛了而已，他把我肚子里的孩子当成自己的所属物，生怕孩子出什么差错。

结婚没多久，我第一次意识到丈夫有家暴倾向时，我连个诉苦的人都没有。为了摆脱痛苦，我挣扎着咬牙坚持下去。也曾想过，也许这种度日如年的生活就是我的宿命吧。不过在丈夫和我之间，大概也会有人选择站在丈夫那边谴责我吧。就像在工作中，虽然我和庆熙姐犯了同样的错误，但我会被骂得更狠一样。在我和丈夫的关系中，处在弱者位置上的我反倒更容易被指责，因为这个社会本来就是这样的，从来只会变本加厉地欺负弱者。

即使离婚了，我也无处可去，再加上现在还怀孕了，离婚这件事更是变得难如登天。丈夫一直都想要个孩子，结婚四年我才怀上，他说绝对不可能跟我离婚。他是一个把传宗接代当成人生目标的男人，那种志在必得的目标。

"听说像你这种又矮又瘦、干巴巴的女人以后可能奶不了孩子，别等以后再叫唤这不行那不行，现在就多吃点儿，长点儿肉，听见了吗？"

我并不怎么喜欢吃东西，肚子里的孩子在这点上好像特别随我，从不发信号告诉我想吃什么，甚至连怀孕初期常见的妊娠反应也一次都没出现过。

我看了看冰箱里放了好几天的蔬菜和水果，拿出了卷心菜、西兰花、西红柿、菜椒和苹果，准备做个排毒果汁。之前肠胃功能紊乱的时候，我在网上看到很多帖子说喝排毒果汁排出毒素后，消化功能就能逐渐变好，便随手记下了食谱。把蔬菜放在水里焯一下，再放水继续煮开就行，因为水煮开后会咕噜咕噜地呈黄褐色，所以它还有一个有趣的名字，叫"魔女果汁"。

"看样子是想吃点儿什么了？"丈夫用筷子扒拉着热好的米饭，看向正准备做饭的我。

我边切菜边说："不是，你不是说最近消化不好嘛。"

他哑然失笑："你倒是别拿这种剩饭给我凑合啊，用不着，你管好你自己吧。"话是这么说，不知道是不是饿了，他开始三口并作两口地往嘴里扒饭，接着用脚踹了踹快递箱子。

"你又买什么了？也不像是衣服，整天也不知道都买了些什么。"

"给我妈买的。"

"给你妈？你是不是花我的钱买的？！"

"你没忘了今天要带我去我妈家吧？"

"你！我跟你说了今天晚上有事儿！"丈夫突然大怒着咆哮道。

"你不是说去华城吗？早点儿出门就是了，顺路把我捎过去呗。"

"我凭什么捎你？不顺路，你下次再去吧。"

"我妈……检查结果出来了，说是老年痴呆早期。"

丈夫今天晚上要去位于华城的基山水库钓鱼，而我今天要回娘家，就在同一个城市。

"下次再去，大晚上的出去别再着凉了。"

"你晚上也不回来……我最近肚子有点儿疼……晚上自己一个人待着有点儿害怕。"

其实肚子根本不疼，今天我一定要坐丈夫的车回娘家，于是撒了个谎。我把切好的蔬菜放到开水里，这时身后传来了丈夫咳嗽的声音。心想是不是呛着了，回头一看，他不是咳嗽，而是嘲讽地笑着。

"你会害怕自己一个人待着？"丈夫往嘴里塞了一大口饭，压着嗓子笑个不停。

我忍到这份上了还有什么不能忍的。我拉开餐桌的椅子，坐在丈夫对面看着他道："你就捎着我呗，等你吃完饭，咱们早点儿走。"

他看了一眼表："去医院吧，我带你去医院，别到处乱窜给大家添堵。"

"怀孕以后我老想回家看看，不知道是不是因为我也快当妈了……"

丈夫停下筷子，看着我，满头大汗。

"我看你闻到钱味儿后，终于正常点儿了……"

虽然丈夫平常就爱出汗，但现在的天气，还没有热到能出这么多汗。

"你得对我好点儿，我告诉你，总有一天你会哭着感谢我的。"

丈夫兴奋地指着我，手指颤颤巍巍，一边喘着粗气一边笑个不停。而这种兴奋状态中似乎夹杂着一丝焦躁和恐惧。

珠 兰

我焦急地等待着丈夫回家，此刻的心情就像是等待爸妈回家的小女孩一样。墙上时钟的指针指向8，这时有人按响了门铃，我一动也没动，只是抬头看了一眼可视对讲机的屏幕。画面上出现一男一女，男人手提工具，女人抱着文件袋，不知所为何事，我并没有理会他们。家里的遮光窗帘拉得严严实实的，没有开灯，漆黑一片，我就像在空无一人的家里游荡累了的幽灵一般蜷缩在沙发里。

就这样大概又过了四个小时，门口终于出现了一台熟悉的车辆，我这才放下心来。大门一开，丈夫的白色奔驰驶入车库，还没等熄火，坐在后面的圣材就开门跳下了车。他今天去奶奶家了，可这看着怎么倒像是闹别扭了，气鼓鼓的样子。儿子一进门，我一眼就看到了他那短了一大截的裤腿，最近他的个子真是蹭蹭地长。

"圣材，和奶奶一起吃晚饭了吗？"

他一言不发转头就上楼去了自己的房间。难道孩子的个子高低和说话多少成反比吗？不知从何时起，儿子对我总是一副不耐烦的表情。

　　我觉得他现在就处于青春叛逆期了。以前圆嘟嘟的可爱脸盘变得越来越成熟，嘴边也开始冒出胡茬儿。这孩子突然开始强调自己的私人空间，回到家经常"咔嚓"一声就把房门锁了。对儿子来说，我就是一个烦人的入侵者，时不时就会敲门进来。

　　"今天跟朋友们聊得开心吗？"

　　丈夫看到站在玄关处的我，随即露出灿烂的微笑。瞬间，我的不安便一扫而空。这个好似避风港一般温暖的笑容，让我等了整整一个下午。

　　丈夫本来身材很好，最近不知是不是因为医院的事情压力太大，整个人都瘦了一圈。可能是夹克外套松松垮垮的关系，今天他看上去格外瘦弱，让人心中生出一丝心疼。

　　"就那样吧，她们还是光顾着抱怨自己有多累。"

　　我一心想赶紧告诉丈夫在花坛挖到的东西，但圣材把书包扔到自己房间又回到了客厅，我顾及圣材就没开口。他连衣服都没换就一下子躺到沙发上，一条腿随意耷拉到沙发下面。

　　"这么躺着像什么样子？"

　　"我愿意！"

　　他不耐烦地顶了一句，打开电视来回换着台。我记得从哪本书上看过这样一句话："青春期的孩子会单纯为了反抗而跟父母针锋相对，如果父母做出反应，那便是掉进了孩子的圈套。"还有一句话让我印象特别深刻："孩子一旦进入青春期，就随时做好了和父母开战的准备。"

以前无论是他文具的种类、笔记本样式、书包牌子，还是袜子、发型，都是我一手操办的。能为孩子周到地打点一切，一度让我格外幸福。把他打造成完美的孩子，让我残缺且寒酸的童年得到了补偿。然而他才长到十五岁，就将我的帮助都拒之门外了。

儿子拿着遥控器不停地换台，一换到 UFC 格斗比赛频道，便目不转睛地看了起来。

"看电视可以，去把衣服换了。"

丈夫命令的语气让儿子抬头看了爸爸一眼，随后一言不发猛地起身上楼回屋。他这种只听爸爸话的态度可真是不近人情。

丈夫拿着一摞厚厚的资料跟着儿子走向二楼的书房，而我也紧跟在他身后。他把白天在学会上收到的书册和文件一下子扔到书桌上，一转头这才看到了我。

"怎么了，有什么事儿吗？难道你又看到鬼了？"丈夫开玩笑地问道。

家里有一点儿窸窸窣窣的声音我都会被吓到，搬到这里之后，我总是会听到奇怪的声音，而我对那样的声音总是很敏感。以前住在高层的时候以为是层间噪声，搬到独栋住宅以后，轻微的噪声就会刺激到我，折磨着我敏感的神经。每当这时丈夫就会逗我说是"有鬼"，可是我并不觉得好笑。我很讨厌任何能够联想到死亡的字眼。

我希望丈夫能猜到我的想法，所以选择了沉默。他也好像察觉到哪里不对劲，仔细探究起我略带焦虑的表情。

丈夫比我大十岁，从谈恋爱开始他就是可以依赖的对象，我一直很尊敬他。丈夫今年四十九了，无论是三十岁、四十岁还是现在，长期以来他都是保护我不受伤害的强大支柱。我也曾想过，我对丈夫的这份感情，到底是不是一种恋父情结。父亲在我五岁那年就去世了，我对父女关系没有什么太强的概念，总是独自一人想象那个空缺的位置，在脑海里刻画了一个父亲的形象。

"老公，能不能再联系一下给咱家做庭院景观设计的公司啊？"在告诉他我在花坛看到了什么之前，我得先让他相信我说的话。

"联系他们干吗？"他边问边拽出了夹在书桌和墙中间的黑色渔具包，那是几天前制药公司职员送的。黑色的包上印有眼花缭乱的银色条纹，可真不是丈夫的风格。银色花纹绕在一起显得特别土，一眼便知是便宜货。

"老公……花坛……"

"啊，有味儿？不是跟你说了，是肥料味儿，不用管。"丈夫毫不在意地笑笑。

可是，明明不只我觉得味道奇怪，今天来家里做客的朋友们比我的反应更大，而且还那么嫌弃。再加上那下面埋着……

"花坛里……有奇怪的东西。好像是动物的尸体！"

当然，我看到的并不是动物尸体。我很确定，那是人的手。虽然埋在土里看得不太清楚，可那形状明明是人的指甲和手指。但我实在说不出口，不敢告诉他花坛里埋着尸体。花坛里怎么会埋着尸体……听到这话会有人相信吗？只说动物尸体他也会去看看的吧。我以为丈夫一定会觉得我在胡扯。出乎意料的是，他面露惊讶，直直地看着我。

"动物？"

"老公，他们建花坛的时候可能故意使坏……也可能发生了什么他们也不知道的坏事……所以，先联系他们问问……再说了，这也不是我们的错……所以，我的意思是，先联系一下他们……"

明明事先在脑子里组织好了语言，可是从嘴里蹦出来就变成了没头没尾的话。丈夫皱着眉头，一副努力想听懂的样子。

"你的意思是……你从花坛里看见了什么，对吧？"

"说……说不定是很可怕的东西。"

在决定搬到板桥新城以后，我来这附近实地考察了一下，虽然到处都是焕然一新的样子，但那时我在新修道路的下水道里看到了一只老鼠。虽然不至于因为一只老鼠就尖叫或者感到害怕，但那是我第一次对直接在土地上修建的房子产生了恐惧，害怕不知道哪天就会有什么脏东西闯入家里。而那时模糊的影像就这么真切地出现在我们家院子的花坛里，出现在我眼前。

"万一很吓人呢，我自己去看看。你哪儿也别去，就在这儿等着我。"

丈夫阻止了正要跟出去的我，于是我老老实实地听着他下楼的声音，一动不动地站在书房里。我该去哪儿？就待在这儿吗？还是坐在沙发上等丈夫？说不定要报警，要不去一楼等着吧……

正当我胡思乱想的时候，突然传来"啪"的一声，本来倚在墙上的那个印着银色条纹的黑色渔具包一下子滑到地上，就像闹鬼了一样。而大大的包里竟空空如也，什么都没有。

自从在花坛里看到那么可怕的东西以后，我就一直不敢靠近餐厅。

虽然隔着落地窗，但我总感觉那里和花坛几乎就是完全相连的空间。

通过餐厅的窗户，我远远地看到丈夫掐着腰低头查看花坛，一副思索什么的样子，接着他把我翻开的土又填回去了。他明明没有继续深挖，而是把花坛恢复了原样，然后转头看向站在餐厅的我。在昏暗的室外可以清楚地看到室内的光景，而我却看不清黑暗中丈夫的表情。只是感觉，他一直盯着我。

丈夫把铁锹放回仓库，不慌不忙地把花坛里挖出的泥土打扫干净，行为举止完全不像一个从家后院发现尸体的人。难道是我看错？也许真的是我看错了……想到这里，强烈的羞耻心和难为情让我一下子涨红了脸。我一个三十九岁的成年人，该不会像十多岁的小孩儿一样，把丢弃的玩偶想象成尸体了吧？要是被玩偶的手指吓成这样，我可真的是无地自容了。可转念一想，那刺鼻的味道又怎么解释？并不是只有我自己闻见了臭味，是朋友们先说这臭味不正常的，猜测会不会是埋着什么动物的尸体。有一点是可以肯定的，这并不是我个人的错觉。

丈夫进门后抖了抖拖鞋上蹭的土，我仔细观察着他的表情，就像是准备表演的演员一样。要说是一个什么样的角色呢？就是一个善良的男人，而他有一个不可靠的妻子，整天净想些稀奇古怪的事情。即便自己对妻子失望透顶，但还是要转头来安慰她。

"我看了，是你看错了。土里埋的是一些贝壳什么的破烂儿，乍一看也有可能错看成别的东西。"

丈夫的话反而让我更不安了，也许我更希望丈夫像我一样看到尸体后吓一跳。而这次我也是个不靠谱的胆小鬼。

他走进餐厅烧了壶热水，泡了杯香草茶递给我。待我接过杯子，他便把手放在我的肩膀上使劲按了按，像是要帮我缓解僵硬的肌肉。

"不用担心，放心，没事儿。不过还挺有意思的，你这次竟然说是动物尸体，倒是比鬼现实多了。"丈夫开玩笑说道。这件事就这样一笑了之了。

我转头看到了橱柜上面摆放的日历，4月27日那天被人用红色记号笔画了一个圆圈，特地标记出那天的人不是我，是丈夫。

"离你姐的忌日没几天了。不管怎么说，搬来这里之后你觉得好多了吧？"

听了丈夫的话，我默默地点点头。我想当一个善良、称职的妻子，因为这个家应该有一个贤惠温柔、人见人爱的女主人。但这种奢望也是暂时的，我能感受到黑暗和沉重的愤怒正再次一点一点把我吞噬。

16年前，2000年4月27日，我心爱的姐姐去世了，没有任何原因和征兆，突然就离开了这个世界。在一个残缺的家庭中，我和姐姐之间的感情比一般姐妹更深，我们更加需要对方。对我来说，姐姐既是妈妈也是爸爸，是内心唯一可以依靠的家人。而这样的姐姐，有一天突然就离开了我。

我又喝了一口丈夫递给我的香草茶，茶水的温热蔓延到四肢，心情仿佛镇定了些许。看了一眼坐在身旁的丈夫，他回来后连衬衣都没来得及换。

"我没事儿了，你快去换衣服洗个澡吧，累坏了吧？"

"没事儿。"丈夫犹豫地看着我。他欲言又止的样子，让我感觉自己好像忘记了什么事情。

"啊对了……你不是说今天晚上要去钓鱼吗？"

"嗯，可你……不要紧吗？"丈夫不放心地注视着我。

"我没事儿，一起去的人靠谱吗？晚上钓鱼不是很危险嘛。"

"工作应酬，放心吧。是制药公司的，他们需要跟我们这样的医生打交道，我们也得跟他们搞好关系。"

丈夫轻轻地抚摸着我的背，伴着他指尖的温度，香草茶慢慢地蔓延到四肢百骸。丈夫的按摩使我的身体完全放松下来，直至入睡，他手指的温暖总会融化我的不安。即便在睡梦中，那让人安定的感觉仿佛也一直停留在我身上。

原本幸福慵懒的画面中，突然弥漫起一股香艳气息。我满足地从沉睡中醒来，那份温热让我渐渐兴奋起来，想起了很久之前跟心爱的恋人初吻时的那份悸动。这时，一个男人在我眼睑上印下了一个吻，就像羽毛轻拂过一般。我的眼帘因这个陌生男人嘴唇的触碰而不停地颤抖，心也渐渐战栗。他卑微地屈膝在我面前，只要是我的要求，他都可以满足我。他惶恐不安地抚摸着我，在他的爱抚下，我渐渐变成了另外一个女人，大胆而主动地接受了这个素未谋面的男人。他额头上浸出大颗大颗的汗珠，就在额头上的汗珠马上要滴到我脸上的那一瞬间。我便从梦中惊醒了。

睁开眼看到熟悉的卧室，一股空虚感袭来。让我兴奋的人竟然不是丈夫，而是一个陌生的男人，我感受到一丝愧疚。于是到处寻找丈夫的身影，想要平复这种罪恶感。然而我触碰到的却是枕边冰凉的位置，竟感受不到丝毫他的温度。

丈夫不在家，我这才想起他说要去夜钓。突然猛地反应过来，我知道刚才在梦中跟我缠绵的男人是谁了，不禁哑然失笑。一周前我见过那个男人，我甚至可以清楚地记得日期。那天是 4 月 1 日愚人节。

4 月 1 日下午两点左右，一个男人站在我家院子里，就像是站在自己家一样。

我穿着拖鞋和睡衣出去扔垃圾，嫌麻烦就没关门，就这么一会儿工夫，一进门发现一个男人闯进了我们家院子。和他对视的一瞬间，直觉告诉我会发生什么不好的事情，我脑子里瞬间想到了最坏的情况：他会强奸我……然后拿刀捅死我……最后会把我的尸体埋到哪里，毁尸灭迹后逃走。

"啊！您别害怕，我看见门开着就……"他看到面如土色的我，赶忙从放在西服口袋的钱包中拿出一张名片递给我。

"您好，我是友真制药销售组的组长，我叫金润范，跟朴院长认识。"

我接过他的名片，上面写着"金润范"三个字。丈夫开了一家儿科医院，他大概是为了销售药品才来找丈夫的吧。儿科开的药比较多，也许是为了让丈夫开处方的时候多开点儿自己公司的药吧，竟然缠到家里来了。

"夫人，不知道您还记得我吗？"

男人露出洁白的牙齿笑着问道，我这才认真打量了一下面前的人。身高大概一米八以上，黝黑的皮肤，瘦高个的体型，身材却像运动员一样结实。长着一对浓眉大眼，一眼看上去很有东南亚人的感觉，如果我见过的话，应该印象挺深刻的。单看这五官，二十多岁的时候应该是公认的美男子。

"哦，我们在哪儿见过吗？是在宰浩的医院吗？"

他并没有回答我的问题，一副充满优越感的表情，仿佛掌握了什么我不知道的情况一样，显得人格外轻浮。

"我帮您给宰浩打个电话吧。"可随之我的心情莫名不爽起来，当把手放在口袋里准备掏出手机时，才发现放在卧室忘拿了。

"不用啦，院长现在应该正忙着看诊呢。我来板桥有点事儿，也得赶快回去了。这不正好到附近了，就想着顺路过来看看来着。最近板桥站附近新建的楼都抢着要租给医院，我来就是考察一下有没有要跟药店一起合作入驻的。"

他手里拿着一个大包，丈夫酷爱钓鱼，我一眼就认出那是个渔具包。

"这里的房子真的太漂亮了，就像洛杉矶的'白金三角'富人区一样。这儿应该也住着明星吧？谁来着，那个电影明星叫什么来着……这里的房子20亿都打不住吧？听说东板桥那边的公寓传贳①都要七八个亿呢，哇，这边的房价可真是……现在新盆唐线周围的房价嗖嗖地涨，太牛了。要是我有钱买个商务公寓，每个月光躺着收租金就好了。哇，您这房子可真是太好了……人活这一辈子就该在这样的房子里住一住，您说是吧？"

他叨叨个不停，还一直夸张地笑着。虽然看起来是想要说点儿好听的话，但语气里的肤浅让我懒得回应他。那男人本想再仔仔细细地

---

① 韩国有"传贳"和"月贳"两种租房制度，又称"全租"和"月租"。所谓传贳房，就是租客一次性向房东支付一定金额的保证金（一般是房屋市价的 50%~70% 左右），此外就无须再支付房租便可使用房屋，退房时这笔费用将全数返还。——译者注

观察一下房子，见我露出一副为难的表情，这才把手里拿着的渔具包递给我。

"啊，我是来送这个的，麻烦您帮我转交给院长吧。"

我从他手中接过来，是一个印有银色条纹的黑色渔具包，里面空空的什么也没有，掂上去很轻。

"那个……不管这是什么，没有丈夫的允许，我都不能收的。您直接去医院给他吧，他很讨厌我收别人的东西。"

我以丈夫为借口，又把包还给了他。不管用什么方式，我都不想跟这个男人有什么交集，只希望他快点儿从我家出去。

可他就那样一直微笑着，就像是爸爸看着可爱的小女儿一样。我却从他的表情中读出了一种无视。

"怎么什么都要得到允许啊？这个……对院长来说也很重要，您要不打电话确认一下？"

男人突然上前一步，低下头在我的肩膀上吹了一下。一股温热的气息碰到了我的脖子，令人相当不适。

"树叶落到肩膀上了。"

我转头看向肩膀，什么都没有。就算要帮我弄掉肩上的落叶，这也太无礼了吧。但哪怕这样的动作非常令人反感，我也不能随便就把他赶走，说不定对丈夫来说是重要的客人呢。

我让他站在院子里等我，转身进屋找手机给丈夫打电话。以防万一，我特意上了两道锁，但潜意识里总感觉还是放心不下，于是走到窗边想看看他在干什么。

结果我看到他竟拿起手机，着急忙慌地透过窗帘缝隙拍房子的内部构造。闪光灯亮起的一瞬间，我用双手捂住了我的脸。

"你在干什么?！"

他完全无视我的尖叫，再次举起手机，还想继续拍照。那无礼的举动让我感到害怕，我拉紧窗帘，赶忙跑到卧室去找手机。

然而丈夫并没接电话，也许是在看诊吧。我头脑一片混乱，不知道到底是该收下那个包还是应该拒绝，我拉开窗帘想瞅一眼看看男人在干什么。本以为他肯定会站在那里，没想到却不见了人影，只剩下那个包孤零零地躺在地上。我又跑去餐厅查看了整个后院，仍不见男人的踪影。但我也不敢打开大门去院子里一探究竟，万一他拿着刀躲在门口，等我出去便威胁我可怎么办? 我赶紧去确认了报警系统，倒是完好无损，纠结了半天要不要报警，但最后还是选择躲在家里寸步不出。

虽然室内和院子里的家用报警系统二十四小时运行，而且有监控，但我觉得都指望不上。要想从外部闯进这种独栋住宅，那可真是太容易了。

仔细想想，其实一开始我就并不怎么想搬到这个房子里，搬来这里主要是婆婆的意思。她在板桥新城买了一个公寓，当传贳房租了三年，等她觉得房价已经炒到最高，不会继续升值了之后，转手一卖就赚了4亿韩元的差价。她经常来板桥办事，渐渐地看上了这边的独栋洋房用地，于是多方打听准备购入地皮。但这次不再是投资，而是想给儿子一家人打造一个幸福生活的爱巢。在婆婆的大力推动下，丈夫最终也同意了。刚好那时他认为我和圣材都需要一个带院子的房子，需要一个舒适安宁的小院。

为了说服我，他向我保证会为我建造一个羡煞旁人的房子。他说如果住在一个有着高高的天花板、可以通过窗户看到树木的房子里，也许一切都会变得安宁吧。丈夫跟设计师和装修公司制订方案时，也一直强调平和、温暖的色调，不管是家具还是整体氛围，都是按照这个风格定制的。我无法拒绝丈夫的提议，因为这都是为了我好。当我告诉朋友们我要搬到这里来之后，她们激动不已，都很羡慕我。诚然，那样的反应让我既骄傲又幸福，但是比起带院子的花园洋房，其实我更喜欢高档住宅区的"空中别墅"。毕竟与其花钱买一份别人的羡慕，我更希望不要有任何人侵犯我们家。

　　刚搬到这里时是挺幸福的，但很快就被一种恐惧所代替。不知是不是窗户装得不严，每当刮风的时候，二层窗户那儿就会传来细碎的声音，回荡在这偌大的房子里。因此，当独自一个人在家时，我总害怕哪个角落里藏着入侵者，所以经常因为不敢打开房门而无法打扫房间。我说要挑个吉日再搬家，可大家都把我的话当耳旁风，偏偏选了2月28日，这事儿让我别扭了很久。

　　我怕男人会藏在院子里，整个人紧张不已，手里紧紧攥着手机，焦急地等着丈夫的电话。这时我收到了一条短信，以为是丈夫发的，赶紧打开一看，却是一张企鹅在天上飞的照片。接着又弹出一条《泰晤士报》新闻，上面写着全球变暖导致濒临灭绝的企鹅为求生存学会了飞翔。是儿子同学的家长发来的信息，我们在家长会上认识的。

　　如果不是那条信息，我肯定不会这么清楚地记得那天是愚人节。为何偏偏在今天梦到跟那个男人缠绵呢？回想刚才那一幕，男人头上的汗珠一直在我脑海中挥之不去。我拿起床头柜上的手机看了一眼时间，凌晨两点。我究竟是从几点开始睡着了呢？一直失眠的我昨天竟然早早地就进入了梦乡，大概是在花坛里看到了奇怪的东西后，精神就一直处于高度紧张状态，一下子松懈下来反而昏睡了过去。

丈夫什么时候回来？我一醒来就给丈夫打了电话，但他没接，大概是没看见吧。他夜钓时会把手机调成静音，说是怕铃声和振动吓跑鱼儿。

大晚上独自一人躺在床上好生冷清。一竖起耳朵，我又能听到家里那些细微的声音，心里想着下次不能再让他去夜钓了。突然有种莫名的担心，于是我从床上坐起来，在胸前画了个十字，简单地做了祷告，祈祷我们家庭和睦，远离不好的事情。然后便觉得心里踏实了许多，我又躺下，再次沉沉地睡去。

尚　恩

睡了多久呢？客厅里传来吸尘器"嗡嗡"的噪声，混合着电视机的声音，吵得令人无法继续入睡。嘴里好苦，好想快点儿睁开这沉重的眼皮，爬起来去找点儿东西填饱肚子。拿起手机看了一眼时间，还不到早上九点，睡着的这段时间只收到了几条垃圾短信。

房间的一角堆满了孩子的玩具和日用品，还有一台小电视，旁边放着几件叠好的内衣和衣服、廉价的保湿霜，一眼望过去乱七八糟的。

推开卧室门，嫂子正不耐烦地用吸尘器打扫房间。电视里传来明快的音乐声，转头一看，是五岁的侄子政敏正在看动画片。吸尘器的声音太吵了，于是他把电视的声音又调高了两格。母亲正坐在沙发边上弯着背整理晾干的衣服，听见我的动静抬头看了一眼问道：

"你几点来的？"

嫂子也好奇地看着我。

"大概……九点？妈，你也真是的，昨天明明看着我来的，怎么这就忘了？是吧政敏？"

"哎呀，这大晚上的你怎么来的？怎么也不提前说一声。"

"润范带我来的，嫂子几点回来的？"

"我呀，凌晨五点多坐第一班车，六点左右回来的。"

嫂子在一家二十四小时营业的排骨汤店打工，每周上三天夜班。

"妹夫把你送来就回家了？"

"没，他昨天晚上跟人约好了在基山水库钓鱼……就让他顺路带我过来了。正好，顺便给妈带了点东西。"

我这才拿出买的桦树茸汁。

"妈，这是给你买的，记得喝，听说对身体特别好。"

"你几点来的？"

她又问了一遍。

"妈，尚恩说昨晚九点？九点来的。哎呀，看看咱老太太……尚恩说为了给您送营养品大晚上的特意跑了一趟呢，咱妈这福气。闺女想妈了，想跟您一块儿睡觉才来的……妈，高兴不？"

嫂子这溜须拍马的能力可是不错，显得我们母女关系倒挺感人的。

"咱妈现在还挺好的，基本上不怎么会忘事儿……但是你跟妈睡觉的时候得注意点儿，本来怀孕以后，跟丈夫在一块儿也得小心。"

嫂子凑在我耳边叽里咕噜地说道。

"你们这些不孝子，我告诉你们，别把我当病人糊弄！我可比你们清醒多了。在我面前搞什么呢，难不成我还会让孩子出什么差错吗！"

母亲把叠着的衣服砸在嫂子身上。虽然现在还没太忘事，但自从得知自己患了老年痴呆症以后，她就变得越来越暴力了。

"我哥呢？"

"昨天去蔚山了，今天晚上才能回来。"

哥哥是货车司机，经常要两天一夜跑长途送货。其实我早就知道昨天晚上他去蔚山了。

"那当然啦，得亏您老在家，我才能把政敏留在家里，放心地去工作呀，您说是不是？"

她哄着母亲，而母亲则面无表情地一言不发。嫂子亲切的表情顿时变得僵硬，深陷的眼窝暴露了她的疲惫。今天早晨下班后，她睡了能有三个小时吗？

嫂子总想做一个积极的人，然而积极的外表下明明隐藏着内心的阴暗，她却装聋作哑，把这份阴暗藏起来不愿承认，这一点让我很反感。

哥哥以前拿原来的房子做抵押开了一家糕点店，后来破产后房子便被法院收走了，他们一家人暂时搬到了母亲独自一人在华城居住的经济适用房。一进来就占领了母亲原来住的主卧，把她撵到最小的房间。而母亲在这个房子里显得越来越没有地位，打开冰箱或橱柜就会发现母亲的东西都在角落里堆着，就像废旧物品一样。虽然后来哥哥找到了一份送货的工作，但他们一家人丝毫没有从母亲家搬出去的想法，可能他理所当然地觉得母亲的房子自然就是他的财产。然而从他们一家人搬到这里来，就意味着我失去了娘家。虽然嫂子常叮嘱我说，来的时候说一声就行，可这话里话外的意思不就是我要来得经过

· 32 ·

他们同意？我凭什么要得到他们的同意？哪有女儿回娘家还要获得同意的？这个房子是母亲的，又不是哥哥的。

我每次来的时候，嫂子都会把自已放在受害者的位置上向我抱怨个不停，说自己是伺候婆婆的善良儿媳。现在母亲得了老年痴呆症，我倒要看看她内心的阴暗什么时候才会原形毕露。在别人眼里，母亲对嫂子任意打骂，而嫂子仍毕恭毕敬地伺候婆婆。但事实上，母亲的房间已然沦为仓库，而且渐渐地，母亲似乎也和存放在仓库里的东西别无二致了。

"尚恩你命真好，生了孩子以后……一家三口简简单单地过日子，没什么要操心的……妹夫也有正式工作……"

听着她的话我点点头，内心冷笑了一声。呵，这是多么没有责任感的羡慕啊。不停地标榜自己是受害者，但一张嘴心里的自私就暴露无遗，可真是令人发指。

她转头看到我拿来的桦树茸汁，一字一句地念着包装上的功能，倒像是送给她的礼物一样。每次看到她这个样子，我总能想到一个很适合的词——"小家子气"。我不想将自己变成受害者，并且无比厌恶那种把我推到受害者位置上的贫穷。

"我们应该马上就要搬家了。"

"搬家？怎么这么突然？因为妹夫的工作吗？"

"不是，房东说押金要再涨 5 000 万。那还能怎么办，只能搬家了。"

"我的天，怎么张口就是 5 000 万，谁能一下子拿出这么多钱来。不过也好……趁着这次换房子，可别再租公寓了，打听打听那种多层住宅或者老旧小区。那里的房子也便宜，说不定更适合养孩子呢。"

我看向嫂子，但并没有把视线聚焦到她身上。

"我住这儿照顾妈怎么样？她现在离不开人，况且哥也已经找到工作了。"

"这……"

惊慌失措之下，她竟没接上话。

"这……这事儿……得商量商量……妈的意思呢……"

她偷偷看了一眼母亲的眼色。

"我才不要呢，我出去死外面算了。为什么放着儿子不要，跟你一起过？"

母亲话音一落，嫂子暗自松了口气。当然我也只是说说而已，就是想探探她的底，故意这么说的。

"姑姑，电话……"

侄子把振动的手机递给我，我接过来看了一眼来电显示，是陌生号码。我看了一眼嫂子和母亲的表情，接通了电话。

"喂。"

"喂，您好，请问是金润范的家属吗？"

"对，我是。请问您是？"

"啊……您好，我是华城西部警察局的警察，我叫尹昌根。"

"您好，请问有什么事吗？"

"您丈夫金润范是七九年的吗？"

"对，请问您有什么事吗？"

对方沉默了一下，电话那头传来几声干咳的声音。

"是这样的……今天早上在华城峰泉邑的基山水库……发现了

您丈夫的尸体，目前已经送到东滩圣心医院了，需要家属来确认一下身份。"

电话那头的声音越来越远，仿佛渐渐要消失了一般。我的身体最先反应过来，四肢开始轻微地颤抖。

"喂，喂？"

"……不好意思，您刚才说什么？"

"啊……很遗憾地通知您，您的丈夫不幸去世了。"

"什么？"

"现在已经将您丈夫送到东滩圣心医院了，您过来需要多长时间？"

"……"

"请问您现在在哪儿？需要我们派警察去接您吗？"

"不用了，我自己过去，我能自己去。"

"好的，具体地址我短信发给您，到了之后麻烦联系我一下。"

接着便挂了电话。我通过声音大概推测了一下，对方操着一口庆尚道方言，听上去像是个身材魁梧的男人。

"尚恩，有什么事儿吗？"

母亲和嫂子都直直地盯着我，看样子她们也察觉到气氛有些不对。

"妈……我老公……死了……"

手机一下子掉到了地上，胃里猛地涌起一阵苦水。饥饿感猛然袭来，好想吃点儿什么，可我得赶紧去医院，去确认丈夫的遗体。

在嫂子的搀扶下，我踉踉跄跄地走下公寓的楼梯。

"怎么可能……怎么办……怎么可能呢……怎么办啊……"

嫂子一边哭着重复这两句话，一边使劲搀扶着我。等我坐上出租车之后，她竟也上车坐到了我旁边。

"不用，我自己能去。太麻烦了，嫂子别去了，在家吧。"

"哎哟，一起去吧，你自己去可不行。师傅，去东滩圣心医院。"

嫂子激动地大声恸哭起来，把司机师傅吓了一跳，转头看向我们。我直接闭上了眼睛，比起其他的反应，这样反而容易多了。没想到嫂子会同行，事情变得更麻烦了。我在脑海中演练了一遍，待会儿要做出什么样的表情，要怎样反应才能显得更加自然。然而，人们往往都是越刻意越明显。

警察的电话比我预想中来得要晚一点儿。

谋杀丈夫这件事，从下定决心到开始实施，我犹豫了很多次，但从未后悔过。虽然杀死丈夫的凶手就是我，但从现在开始我必须忘记这一事实。我只能是受害人的妻子，只有这样才能活下去。闭上眼后，丈夫死前的最后一幕总是浮现在我眼前。

不知不觉便颤抖着发出了痛苦的呻吟，嫂子赶忙紧紧握住我的手。

珠 兰

艰难地撑开沉重的眼皮，我转过头看了一眼墙上的挂钟，那根较短的指针明明指向了数字 10。已经十点了！我大吃一惊，一下子从床上弹坐起来。然而比起睡到这个点，更让我惊讶的是，丈夫竟然躺在我旁边。他背对着我，蜷缩着身子躺在那里，发出有规律的呼吸声。他什么时候回来的？我把手放到丈夫身上，那份从外面带来的寒气还未褪尽。

我敲了敲圣材的房门，里面没有任何动静。悄悄地打开门一看，他也还在睡梦中。

"圣材，起床了。"

晃了晃也没把他叫醒。

"圣材！"

儿子今天睡得格外沉，这个点了还在睡懒觉，没有一丝要起床的意思。今天是周日，我们要去教堂，得快点儿起来收拾收拾出门了，于是我又使劲晃了晃他。

但儿子怎么都叫不起来，我也没办法了，坐在床边上看着他。看着儿子的睡颜，我不由得叹息，"不管怎么说都是我的孩子呀"。床头放着一个空杯子，里面还留有些许白色的液体。拿过来一闻，看样子他昨天晚上喝了牛奶。奇了怪了，儿子乳糖不耐受，一喝酸奶或牛奶就会拉肚子，所以从不会自己主动喝奶。

我拿着杯子从他房间走到厨房。打开冰箱一看，前几天买来一直没开封的牛奶果然变少了，但这奶不可能是我给他的啊。

"难道是他自己突然想喝牛奶了吗？"

通过餐厅落地窗看了一眼外面的花坛，昨天我拿铁锹扒拉的土已经被整理好了。不知是不是心理作用，我觉得那股折磨我的恶臭也变淡了。回头得赶紧催丈夫快把花种进去，看着空荡荡的花坛，心里总有种惶惶不安的感觉。

"一会儿去教堂吗？"丈夫不知道什么时候起来了，下楼到餐厅来喝水。

"怎么不再睡会儿，熬了一晚上肯定累了。凌晨几点回来的？"

"什么凌晨？我从昨天晚上到现在一直在家啊。"

丈夫坐在餐桌旁，一脸担忧地看着我。

"从十一点左右吧？一直睡到现在。昨天参加学术会议忙着跟人打招呼，晚上又去妈那儿接圣材回来，这周六的高速公路上别提有多堵了。可能是太累了，躺下一觉睡到了天亮。"

丈夫昨晚不是说跟制药公司的职员去钓鱼了吗？难道我又记错了？还是听漏了什么？但我明明记得他一回家就进书房拿出了那个渔具包。

"你昨晚不是说要去钓鱼吗？"

"啊，取消了呀，你不是不太舒服嘛。身体怎么样？好点儿了吗？"

"哦哦……没事儿了，今天脑子也很清醒。你刚才说昨晚一直在家？"

凌晨醒来的时候丈夫明明不在身旁，难道在书房或者客厅吗？同床共枕了这么多年，我向来能很敏锐地感觉到他到底在不在家。每天就算丈夫起床后，那份温热也会留有余韵，可昨天明明是冰凉的……

他看着我的表情，一脸担心的样子。

"真的没事儿吗？昨晚见你在沙发上睡着了，我就把你叫醒带回卧室了，还给你揉了捏腿……看你不舒服，一直在旁边陪着。"

"哦对，我好像想起来了。对对，嗯嗯。"

我低头看了一眼身上的睡衣，这是我自己穿上的吗？

"你没事儿吧，不是说最近总会看到奇怪的东西吗？"

丈夫一脸严肃。

"需要什么就告诉我，让我帮你，知道了吗？"

我听着丈夫的话，默默地点点头。

"咱们家搬到这儿不也是因为你嘛，是吧？"

对，是的。丈夫对我从来都是有求必应，还会细心留意我需要什么。令人难以置信的是，我们结婚十六年间几乎没有大吵过。他了解我的一切，并完全配合我。就连我不能控制自己情绪的时候，也是他耐心地陪在我身边，对我不离不弃。然而比起现在所拥有的一切，我总是对缺憾的事物有着敏感又可怕的执念。

他走到我身后，拢起披散在肩膀上的头发，拿起头绳帮我扎了个马尾。

"一会儿下午要不要和圣材去云中川那边散散步？那里的圆形剧场好像在准备室外演唱会，昨天回家的时候看到那儿挂着宣传条幅。"

丈夫扎头发的手法，让我感到莫名的心安。

"谢谢朴院长，对不起啦。"

我像是开玩笑一样，合起双手向丈夫恭恭敬敬地作了个揖。

最近总感觉跟丈夫缠绵的时候提不起兴趣，我们夫妇二人在性生活上都比较保守。欲望得不到满足，一点点堆积起来，没想到昨晚竟做了一场春梦，还是跟一个莫名其妙的男人。我觉得很对不起丈夫，于是变相跟他道了个歉。

受婆婆的影响，五年前我也开始信天主教。丈夫每周末都有研讨会，一直没有去教堂，所以就变成了人们眼里不积极的信徒，但他今天说要跟我一起去教堂。

由于搬家后每次都是自己去教堂，大家在有一句没一句聊天的时候，总会问我怎么不跟丈夫一起来。所以看着其他夫妇在一起时，我总是觉得心里发怵，要是丈夫能跟我一起来就好了。然而他就像会什么读心术一样，今天竟说要和我一起去教堂。

他今天穿了件蓝色条纹衬衫，配了条黑色棉质裤子。丈夫总是能把条纹衬衫穿出一种休闲的风格，这让我很喜欢。丈夫能在同龄人中显得干练且年轻，有我的一份功劳，一想到这里我总会沾沾自喜。虽然他喜欢穿休闲的衣服，但我今天打算好好打扮一下。一下子想起了前两天买的那双薄荷绿的小皮鞋。为了让这双鞋更显眼，我就穿了一条纯白的连衣裙，也没戴首饰。

圣材穿着牛仔裤和卫衣，睡眼惺忪地从二楼晃悠下来，我一眼就看到了他那一头"鸡窝"。也许是还没睡醒，给他梳头时他也老老实实的。

"爸爸今天也去教堂，所以你快去洗漱，一会儿我们一起出门。"

"知道了。"

儿子乖乖地往洗手间走去。今天虽然睡懒觉了，但感觉他比平时听话多了。我打算从教堂里出来之后，再去柏岘洞的咖啡一条街逛逛，一家人好久没一起出去吃饭了。

打开鞋柜看到了那双薄荷绿的小皮鞋，这鲜亮的颜色可真是一下子就令人感受到了春天的气息。羊皮材质上脚舒适又柔软,简直就是开启一天好心情的绝佳选择。拿出皮鞋正准备关上鞋柜门时,丈夫的登山靴突然映入眼帘,棕色的登山靴鞋底沾着泥土。鞋底有泥土当然是再自然不过的事情,但是我每次都会擦干净鞋底再把鞋放进鞋柜。我这个人实在无法忍受鞋子不护理,也非常讨厌鞋柜被泥土弄脏。可丈夫放鞋的地方明显变脏了,我抽出湿巾把鞋柜上蹭的泥土擦干净。

教堂离家大概十分钟车程,丈夫发动车辆等着我和儿子。白色奔驰刚刚洗过,车身显得格外有光泽。圣材一上来,他就发动车辆,从车库里倒了出去。而我坐在副驾驶座位上一脸不安地看着大门。

"早知道就建个高高的铁门了。"

考虑到建筑的整体风格,故意设计了矮墙和矮门。木制的大门也就到我腰左右,也就是装饰用,一点儿都不安全。

"现在哪有人把门弄成那样?"

丈夫好像一眼就看穿了我的焦虑,让我多少有点儿尴尬。

"要是装个那样的门,反倒让咱家更显眼了,好端端地干吗那么招人眼。显不出房子好不说,人家还会琢磨这家住着什么奇怪的人呢。"

他一边说着,一边换到前进挡准备出发。这时,他又突然猛地踩了一脚刹车,差点儿和前面那辆满是灰尘的红车撞到一起。

"怎么开车的!"

红车突然倒车,差点儿就撞上了。一个穿着长裙的短发女人打开车门从驾驶座上下来,双手合十低头向我们道歉。

"对不起啊。"

"没事儿，开车还是要小心一点儿啊。"

丈夫笑着接受了女人的道歉。

"我有急事儿，哎呀……急着出门来着，啊，您是隔壁的邻居吧？太忙了一直也没来得及跟您打个招呼呢。哎呀，刚才实在对不起啊！"

"没事儿，没事儿，您快出发吧，路上小心。"

丈夫摇上车窗发动车辆，通过后视镜看了一眼刚才的女人。

"莽莽撞撞的，她是住在隔壁的邻居吗？"

"好像是。"

"干什么的？"

"不知道哎，我也没怎么见过她。"

搬家之后去过隔壁好几次，想跟邻居打个招呼，但她好像很忙碌的样子，一直没见到。每次都是她家保姆带着一口浓重的朝鲜口音，通过对讲机告诉我主人不在家。

从后视镜看到她匆匆忙忙地进了家门，大概是忘了拿什么东西。她丈夫是干什么的？她知道家里的保姆每天在阳台上抽烟吗？车辆驶动，我的视线从她身上慢慢移动到我们家门口，发现有两个形迹可疑的男人在门口踱来踱去。刚才的担心变成了现实，我的心猛地往下一沉，那两个长相凶狠的男人明明就是徘徊在我们家大门口。

"老公，停车！"

伴随着我的尖叫，丈夫再次踩了一脚刹车。

"又怎么了？"

"他们是谁？"

这次连窝在后座上玩手机的圣材都回头看了一眼。丈夫仔细一看，发现那两个人确实是站在我们家门口外面，于是一把拉起手刹，准备下车。

"老公，别去！"

我一手紧紧拉着丈夫不让他去，他则满不在乎地打开了车门。这时，隔壁女人那辆红车驶过，她降下车窗，点头向我打了个招呼并报以亲切的微笑。我现在实在顾不上跟她打招呼，全部的精力都在家门口那两个男人身上。刚说了不安全，紧接着门口就出现了陌生人，总有种不吉利的感觉。

这两个陌生男子一身夹克配着运动鞋，还留着短寸头，这种打扮和这里完全格格不入。

"您好，请问有什么事吗？"

丈夫大步向他们走去。他们看了一眼我们家车，便自然地迎上去，跟丈夫小声地说着什么。丈夫从头到尾一脸慎重。他们聊的时间越来越长，我又开始担心是不是医院发生了什么不好的事情。

"老公，怎么了？"

不安感越来越强烈，于是下车走向他们。他们看到我便匆匆结束了对话。

"您好，我们是警察，有点儿事情想调查一下。"

其中一个矮矮胖胖的男人从夹克里面的口袋里掏出了警官证。

"我朋友出了点儿事情……现在恐怕得去趟警察局。"

"什么事儿？为什么你要去……怎么了？"

我大惊失色，丈夫若无其事地笑笑安慰我。

"没事儿，就是协助调查。本来说好了跟你一起去教堂的，这下你得自己开车去了。"

丈夫开玩笑一般说道，看了一眼望向这边的圣材。

"你跟儿子一起去吧，我回头打电话给你。具体怎么回事，我也得等去了警察局才能知道。"

丈夫拿上手机和钱包，跟警察一起坐上了一辆停在家附近的伊兰特。我有种预感，事情可能并不像丈夫说的那样简单，警察都找上门了，说不定是什么大事儿。

我坐在驾驶座上发动了引擎，往后一看，圣材一脸害怕地坐在后排。

"没事儿，爸爸说要去一趟别的地方，因为朋友的事情。"

"什么事情？"

我也无法回答儿子的问题，也只有等丈夫回来才能知道了。

"妈妈，我们今天一定要去教堂吗？"

"那……"

想想去教堂也只是跟大家一起若无其事地聊天，大家凑在一起不是聊早上吃了什么，就是说说天气，最近雾霾又严重了之类的，再不然就是跟孩子有关的事情，于是我也犹豫了一下。丈夫都去警察局接受调查了，我还要坐那儿配合他们聊天，想到这里就觉得心烦。

所以决定不去了，我又把车开回了车库。低头看了一眼刚才还爱不释手的小皮鞋，现在觉得它们特别寒酸，它们带给我的快乐是如此短暂和讽刺。停好车正准备下去时，突然看到了驾驶座下铺的橡胶脚垫上沾着泥土。整辆车一尘不染，只有驾驶座的脚垫上沾着土。丈夫去花店买花盆是上周的事了，内饰前几天才清洗的，这脚垫上怎么会蹭上土呢？

正打算熄火时，突然想到昨晚，难道丈夫出去了？我打开导航想确认一下目的地的历史记录，结果竟空空如也，记录都被删除了。

虽然丈夫矢口否认了，但难道昨晚他真的并不在家？我又开始心生疑惑。其实丈夫的判断和说法很少有错，不管何时，都是我的猜测和错误判断惹是生非。我不能相信我自己。

"我不能相信我自己。"

那么就要根据客观事实去判断，只要我去看一下昨晚卧室和院子的监控录像，就能真相大白了。肯定像丈夫说的那样，他在客厅待了一会儿就回卧室了。

我打开笔记本，找出了家庭录像的监控视频。

然而我并没能做出客观的判断，因为今天早上之前的监控都被删了。我不能相信我自己，迄今为止，我能依靠的人只有丈夫。但是，我真的能相信丈夫吗？

我感到一片迷茫，就像独自一人被关在漆黑的房间里一样，伸手不见五指。

尚　恩

　　看了一眼丈夫的尸身，我逃一般地离开那里，跑到了医院大厅。听着陌生人手忙脚乱、一片嘈杂的声音，反倒让我镇定了不少。手机一直振动，我就那样无动于衷地站着。真正属于我自己的日子终于即将到来了。

　　"尚恩……"

　　闭着眼睛听到嫂子轻轻地唤我。

　　"好像得下去看看了。警察也在找你……还有……"

　　嫂子大大的双眼哭得又红又肿，她是在可怜丈夫还是在可怜我?

　　"嗯，得下去了。"

　　话音一落，嫂子就过来搀扶我，而我明明好端端的……她抓着我的胳膊，这样我反而要承担她一部分的体重，导致整个人更没力气了。

　　走着走着便在大厅里看到了医院内部的便利店，几个穿着病号服的人站在那儿吃着泡面。从昨天下午开始，我一顿饭都没吃。看到只知道扶着我的嫂子，顿时气不打一处来。可真是不会照顾人，难道她觉得谋杀了丈夫的妻子就感觉不到饥饿吗?

　　"嫂子，你先下去吧。再不吃点儿什么的话，别说我，肚子里的孩子也撑不下去了。"

她看着我的肚子，这才一副后知后觉的表情。

"我去买，吃什么？给你买点儿什么吃？"

"不用了……"

"你喝粥吗？要不然医院前面好像有家小饭馆……"

"求你了，别管我。我会自己看着办的，嫂子就别操心了，行吗！"堆积的压力不知不觉化作了愤怒。

嫂子愣在那里，不知道该怎么办才好，一副好心被当成驴肝肺的表情，手足无措地看着我。

我毫不在意地转身走进便利店，买了一个杯面，倒上热水就开始急着往嘴里送。吃什么并不重要，重要的是我只想自己一个人吃。嫂子就那样站在便利店外面看着我，而我更加狼吞虎咽地吃了起来。我的傻嫂子现在满脑子都是对我的可怜吧，她会以为我是因为丈夫的死受到打击才变得奇怪的。

再次来到太平间，这会儿丈夫的家人已经到了。比起家人，用"麻烦的亲戚"形容他们可能更合适。

丈夫是孤儿，既没有父母也没有兄弟姐妹。他在六岁的时候因为交通事故失去了双亲，当时可以投靠的亲戚只有大伯一家。然而大伯家的情况也好不到哪里去，连养自己的孩子都费劲，大伯自然将丈夫视为眼中钉。

"你这个虚伪的女人。"

大侄子看到我立刻叫嚷起来。今年二十六岁的他穿着灰色运动服，蹬着一双拖鞋，这身打扮倒像是在家玩着电脑游戏就跑出来了。

"你这娘们儿终于把你老公害死了！"

丈夫的大伯母也冲我张牙舞爪地大喊。大伯旁边站着一位身穿制服的女警察，他们就像是喊给她听一样。

"你们吵什么吵，怎么说话呢！这是人话吗！"

嫂子也不肯示弱地跟他们吵起来。

"哎我说，您也小心点儿，搞不好不知道什么时候就死在这娘们儿手上了！"

大侄子受到他爸妈的影响，也习惯了称呼我为"娘们儿"。刚才那碗泡面汤的咸味一直萦绕在舌尖，我咂了一下嘴，继续看着这些肮脏的嘴脸。

女警察也许早就见惯了这种场面，若无其事地把她的名片递给我，上面写着华城西部警察局金美淑。我看了她一眼，身材高挑，很适合这身制服。

"您的丈夫需要申请尸检确认死因，几天内会出结果，之后才可以举办葬礼。我们会尽快将死者的遗体归还给您，尽量减少您的不便。如果对搜查过程有任何疑问，都可以联系我。"

大伯走到警察面前，上下打量了一遍。

"怎么，没有男警察吗？这事没有大老爷们儿能调查清楚吗！"

"我的同事会一起参与调查的。"

也许是不想与其争执，女警察一副想要离开这里的样子，转头对我说道：

"麻烦您跟我们走一趟，配合我们做一下笔录。"

"好的。"

她看了一眼我的肚子，看出来我怀孕了。

"您还好吗？如果很累的话……"

"没关系，该做的还是要做的。"

我冷静的回答让丈夫的亲戚们目瞪口呆，大伯一下子抓住警察的手。

"警察同志……我这侄媳妇……就这女的，您可一定得好好查查她。这娘们儿什么都做得出来，一定得查查她，拜托您了。"

"啊，好的。在场的各位都要作为证人配合调查，有问题到时候再说吧。"

警察一下子把手抽出来，满脸尴尬。大伯打了个趔趄，差点儿摔倒，大侄子箭步冲上去，一下子就扶住了父亲。而我就那样默默地看着他们作秀。紧接着他俩看了我一眼，却仿佛像被吓到一般往后退了一步，用一种充满恐惧的眼神看着我。我这才后知后觉地意识到自己原来没管理好表情。

不知不觉中我正扬着嘴角，一脸嘲讽地看着他们。

大概几点了呢？这个不到 7 平方米、四面都是水泥墙的空间里，只有我和两名刑警。筋疲力尽的我感到非常口渴。

"肯定很累了吧？简单地照实回答几个问题就可以了，不会花很长时间的。"

开口说话的这位警察便是通知我丈夫死讯的尹昌根警卫 [①]，看上

---

① 韩国警察的警衔之一，相当于中国派出所所长或地方公安分局局长。

去是个稳重的人，这反倒令我放心了。这样的人往往有自己的世界观，会在理解他人的基础上做出判断，一步步证实并完善自己的想法。只要能成为在他的世界观里可以理解的人，就可以让自己排除嫌疑，蒙混过关。

"昨天你和丈夫几点出门的？"

"七点左右？大概那个时间。丈夫说十一点前要到那儿，所以我们就早出发了一会儿。我要去我妈家，就让他顺路把我送过去了。"

"还记得到你妈家时，大概几点吗？"

"我记得很清楚，进门的时候，客厅的电视上正在播 KBS 的九点新闻头条。"

"九点新闻吗？"

"对，我看到新闻上说这次国会议员选举的提前投票率很高。"

警察提问之间，我就已经提供了不在场证明。

"昨天为什么回娘家？"

"我给妈妈买了点儿营养品，丈夫要去的基山水库离我妈家很近，想着正好给她带过去，而且丈夫不在家，我自己一个人也挺害怕的。我最近骨盆越来越疼，挺想我妈的，想回去看看她，正好第二天丈夫还可以把我接回去。"

"平常经常回娘家吗？"

他没有问丈夫的行踪，而是一直在问跟我有关的问题。

"不经常，昨天丈夫刚好跟人约好了要去基山水库，就在我妈家附近，所以就回去了一趟。"

"你和丈夫一起去过那个水库吗？"

"去过，谈恋爱的时候一起去过，附近没什么适合约会的地方，有时会去那儿兜兜风。"

"婚后也去过吗？"

"没有，结婚后就没去过了。我们现在住在仁川，总不能为了兜风，特意跑到华城来吧。"

警察一直翻看着文件。我感到口干舌燥。

"能给我一杯水吗？"

他抬头盯着我，像是要看穿我一样。

"很快就结束了。早上法医对您丈夫的尸体进行了第一次验尸，发现右侧肋骨和背上有淤青，你知道是为什么吗？"

"淤青？不知道。"

我完全不知道他身上有淤青。警察快速地扫了一眼我的表情。

"平常你们夫妻关系怎么样？"

"就是普通的夫妻关系。"

"淤青看样子有一段时间了，很久没有过夫妻生活了吗？"

这话让人听起来很不舒服，也许只是好奇。

"因为我怀孕了。我们属于特别小心的那种，所以最近一直分房睡。丈夫睡觉不老实，怕伤到我肚子里的孩子。"

警察这才抬头看了我的肚子一眼。我露出一脸难受的表情，他们就像审问犯人一样，连杯水都不给我。我渴极了，整个人变得很焦躁，想快点儿结束，于是连他没问的内容也都说出来了。现在我只想快点儿离开这里。

"丈夫想要孩子吗？"

"当然，他特别想要孩子……"

他的问题转向夫妻关系后，我的回答就变得没自信了。

"那个，警察先生。"

"怎么了？"

"昨晚跟丈夫约好见面的那个医生……"

警察饶有兴味地看着我。

"他们之间怕是有什么回扣关系。我丈夫不懂什么钓鱼，昨晚也是为了这件事才约那个医生见面的。"

他像是已经知道了一般，轻轻点了点头。

"话说你不知道你的丈夫金润范……已经被解雇了吗？"

我对此一无所知。丈夫昨天还穿着西服上班了啊。

"您说他被解雇了吗？"

"看样子你还不知道啊，差不多有一个月了。"

面前这个警察明明只见过丈夫的尸体，却怎么好像比我还了解我的丈夫。

这件事丈夫的确瞒得严严实实的。他几周前还装作收到工资的样子，给了我生活费，而且客厅里还堆着要退还给公司的药箱子。

"他平常有没有抱怨过工作辛苦之类的？"

"有倒是有，他常说跟医生打交道太累了。他的体质不太适合喝酒，但是每天都去应酬，还经常要给喝醉的医生们收拾烂摊子。"

"昨天他看上去也很累吗？"

"没有，开车的时候还一直在说我肚子里孩子的事情。希望生个什么样的孩子……"

一阵头痛和晕眩袭来，我轻微地发出一声痛苦的呻吟。

"需要休息一下吗？"

"可以下次再继续吗？我有点儿不舒服。"

他们紧盯着我的言行，不放过一丝蛛丝马迹。

"那今天就先到这里吧。"

坐在我对面的尹昌根刑警向我身后使了个眼色，后面的警察便立刻打开了房门。终于要离开这令人窒息的水泥房间了。

"哦对了……"

他叫住了正打算从椅子上站起来的我。

"你好像没问丈夫的死因呢。"

我差点儿一屁股瘫坐到椅子上。

"刚……刚才警察在车里告诉我了，说是掉到水库里了，具体内容要等调查结束后才能知道。"

"没错，是的。调查有什么进展我们也会及时通知家属的。"

直到我走出房门的那一刻，仍能感觉到警察一直紧盯着我背后的视线，那是一种单纯怀疑的目光。我猜在他们眼中，现在所有人都是嫌疑人。

从警察局出来太阳已经下山了。我感觉这并不是单纯的笔录而是口供，事情并没有按照我的计划发展。因为这个世界本就不会站在弱者这一边，只要逮着机会，大家就会像猛兽一样扑上来将我撕成碎片，我要变得更坚决、更强大。

一出来我就坐上了停在警察局门口的出租车。

"麻烦去仁川十井洞。"

"您去仁川吗？"

虽然告诉警察要回娘家，但我得回自己家看看。丈夫被解雇了，这件事让我始料未及。我自认为在脑子里设想并准备好了所有的应对措施，他的秘密却徒生了变数。

"您看上去像是经历了什么大事……放心，我一定安全把您送到目的地。"

司机师傅微笑着回头看了我一眼，莫名地让人放心。

今天一顿正儿八经的饭都没吃。事情比想象中更棘手，竟然真的要尸检……虽然猜到了，但在同意书上签字后，心里总有种不安的预感。

出租车出发后，很快一股倦意便袭来。如果不堵车的话，一个多小时就到了，我决定闭上眼睛一会儿休息一下，到家以后还有一堆事情等着我去思考和处理。

2016 年 4 月 12 日 星期二

珠 兰

丈夫周日一整天都在警察局接受调查，回家之后却对这件事避而不谈，说只是因为朋友出了点事儿，简单地接受了警方的询问。我对他去警察局这件事耿耿于怀，他却一直回避不肯细说。

4月10日凌晨两点，通话记录里显示这个时间我给丈夫打了个电话，如果他在家，我不可能没听到来电铃声。丈夫在家时，从不将手机调至振动，还会特意选最吵的铃声并将音量调到最大。这是他的职业病，担心医院或者患者会出现什么紧急情况。就算钓鱼的时候没办法只能调成静音，他也会一直把手机放在显眼的地方，生怕错过什么电话。

早上吃完饭没来得及洗碗，碗筷到现在还堆在水池里。午饭也没吃，我就这样躺在沙发上闭着眼睛，脑海里滑过一些明明存在却又无法解释的事情。9日晚上丈夫到底去了哪里？如果像他说的那样，那

· 55 ·

晚他在家，这一切都是我的错觉，那么被删掉的监控和导航记录又怎么解释？

满脑子没有头绪的想法让我心烦意乱，压得我喘不过气来。这时手机响了，是圣材的班主任。自从3月参加了家长会和班级家长聚会之后，这是班主任第一次主动联系我。

"您好，是圣材妈妈吗？我想跟您见面聊聊有关圣材的事情，不知道您今天有空吗？"

"今天吗？"

老师的语气听起来是那么不容置疑，还带着某种责任感。

"对，能麻烦您尽快来学校一趟吗？圣材今天恐怕也得早退。"

"早退？为什么？他哪里不舒服吗？"

我的心咯噔一下沉了下去。难道这是上天对我胡思乱想的惩罚吗？我开始坐立不安。

"没有没有，如果您有时间的话，我想见面跟您说。"

恐惧反而激发我迅速行动起来，本来一直蔫头耷脑的，这会儿倒有精神了。挂了电话，我没有一丝犹豫，找出一条黑色百褶裙，穿上一件碎花上衣，把长发一扎。儿子学校离家大概十分钟路程，我走着就出门了。

办公室只有几名没课的老师在，显得有些冷清。一进门就是儿子班主任的办公桌，就在饮水机和复印机旁边，再加上堆满了纸和书，显得有点儿乱。她坐在办公桌前，专注地看着电脑一直在工作。我快步走过去站在她桌子旁边，她也丝毫没有察觉。

"老师，您好。"

她这才停下手中的工作，抬头看了一眼我。

"啊，圣材妈妈，您来啦。"

老师一头短发，戴着眼镜，穿着普通的卫衣、牛仔裤，打扮得像朝气勃勃的女大学生。儿子的班主任今年二十七岁，大学毕业没多久，是位非常年轻的老师。她既是数学老师又担任班主任，家长聚会时其他妈妈都嫌她太年轻了。但年轻也有年轻的好处，工作上确实干劲十足。

"啊……我们去哪儿聊呢……您稍等一下。"

她在自己的座位上忙活了半天才站起来，踩着拖鞋打开了办公室一侧的小门，门上挂着一个牌子，上面写着"咨询室"三个大字。

"您，能在这儿稍微等一下吗？"

她带我来的咨询室非常狭小，大概就只能勉强放下一张桌子。一旁堆满了学生们的辅导书，看样子这间咨询室恐怕平时主要是当成仓库在用。稍微等了一会儿，老师拿着两瓶功能性饮料走了进来。

"学校里也没有什么能招待您的。"

"谢谢老师。我儿子到底为什么要早退……"

我直奔主题，现在实在没心情跟她兜圈子。她坐在那儿深吸了一口气，看起来好像比我还紧张。

"啊，是这样的……圣材在家的时候怎么样？会经常跟您说些在学校的事情吗？"

"不会经常，但还是时不时会说些的。"

上次跟儿子正儿八经地聊天可能是几个月之前的事情了，但是实话实说又有点儿伤自尊。如果我是上班族，还可以找借口说工作太忙，没时间沟通，但作为全职妈妈，我还跟孩子这么生分，这完全就是无能的表现。

上小学时他还是一个活泼可爱的孩子，总是屁颠屁颠地跟在我身后，但上中学之后突然就不怎么爱说话了。最近除了形式上的问候，几乎不会主动找我聊天。早就听说初二阶段是教育孩子的重要关口，果不其然，儿子一升到初二就开始表现出叛逆心理。我一直认为，只要青春期一过，原来那个可爱的儿子就会回来。

"怎么了？他在学校里出什么事儿了吗？"

"圣材……在学校里几乎不怎么开口说话。我每次都得反复问好几遍，软磨硬泡才能让他开口。但是这孩子真的很聪明，您也知道，他数学成绩特别好，一直名列前茅，以后很有可能会作为学校代表去参加数学竞赛的。"

儿子也没有特别上过什么辅导班，只是从小就对数字比较敏感。

"而且个子也高，再加上长得像您，一表人才，特别受女生欢迎。我们上学那会儿也喜欢长得帅又高冷的男生。"

"那您今天找我来……是因为？"

听着老师这一番称赞，我却一点儿都开心不起来。老师的铺垫越多，越像是在酝酿什么难以开口的事情。

"圣材吧，这孩子今天出了点儿问题……"

听到"问题"这个词，我的心一下子提到了嗓子眼。

"什么问题？"

"是这样的，他向我们班一个女孩子……"

老师顿了一下，仿佛在考虑怎么遣词造句更好。

"露出了自己的性器官。"

"什么？"

我没有听明白老师说的话。

"他向同班女生……这才请您来的……女孩子受到了不小的惊吓，哭着回家了。她妈妈向学校提出了强烈抗议，我跟年级主任已经对圣材进行了批评教育……但我们觉得这件事有必要让您也了解一下，还是需要咱们家长在家里积极配合。"

我对老师说的话感到难以置信，又觉得非常羞耻。

"毕竟是第一次出现这样的事情，而且现在孩子也正处于充满好奇心的年纪。这次我们就当作孩子开玩笑，不打算再继续追究了。但您也知道，最近社会上对这样的问题非常敏感，如果再发生这样的事情，恐怕就不能从轻处理了。"

本来觉得班主任老师像邻家小妹一样可爱，但此刻她一板一眼的，让我有种受到警告的感觉。如果下次再出现这样的事，那便是我的责任。

"而且圣材……"

我像接受老师批评的学生一样，低着头坐在那儿。

"圣材在跟主任谈话的时候……说自己想死。"

"什么？"

"我想可能是因为犯错了才这么说的，但是方便的话，您可以带他去一下青少年中心，或者爸爸是医生嘛……还是去专门的机构进行一下心理咨询比较好。"

儿子竟然对老师说自己想死。我羞愧得无地自容，仿佛所有不幸的过往下一秒就会被人揭穿一样。老师带着担心和焦虑的话语像子弹一样击中了我，我就那样失魂落魄地呆坐了许久。

老师带着我来到医务室，圣材正在里面休息。我连看也没看就带他离开了学校。

儿子紧跟在我身后，一种被人背叛的感觉铺天盖地地涌来。养育孩子所努力付出的一切都被击成了碎片，扎得我鲜血淋漓。

"她说谎。"

紧跟在身后的圣材追上来，开口向我解释。

"说谎？"

"她说她喜欢我，天天缠着我。"

"所以呢？"

儿子见自己的辩解不管用，一脸委屈地看着我。

"我说都是她在说谎！"

"那你为什么不跟老师说实话？这样不就只有你变成坏孩子了。那我问你，你真的什么都没有做错吗？"

"没有。"

"真的没有吗？"

"没有。"

"那对妈妈呢？对妈妈也没有做错什么吗？"

儿子没有回答我的问题，就那么一动不动地盯着我。渐渐地，他的眼里噙满了泪水，不知是委屈还是感到抱歉。虽然不知道他到底怎么想的，但看到他眼泪流出的那一瞬间，我再也忍不住了，抱着他一起哭了起来。我之所以哭泣，并不是因为心疼孩子，也不是因为对不起孩子，而是在听到他说"想死"的那一瞬间，就一直在强忍着泪水。一朝被蛇咬，十年怕井绳，"死亡"这个词让我至今仍心有余悸。

2000年4月，在我二十三岁的那年，挚爱的姐姐突然离开了这个世界。而间接害死姐姐的人，就是我。那时我要跟现在的丈夫去中国香港旅行，于是拜托姐姐来我的公寓住三天两夜，帮我照顾一下小猫。姐姐一口便答应了。那时她跟动不动就发脾气的母亲住在一起，想来正好趁机到我这里享受一下个人世界。

当时我是一名平凡的大学生，就读于英语专业。姐姐在一家制作瑜伽垫和健身球等运动用品的公司上班，当时姐姐每月工资大概150万韩元，其中三分之一都给我当零花钱了。我不知是虚荣心作祟还是什么原因，想要一个自己的空间，就心安理得地拿着姐姐辛辛苦苦挣来的钱，给自己租了一间月租40万韩元的小公寓。

新建的公寓位于学校附近，设备一应俱全。本来月租更贵，但是因为我租的是一层，所以便宜了不少。虽然装有防盗窗，但现在想想，也许正是因为那个防盗窗，事发当时姐姐才没能跳窗逃生。

那时我刚买了手机，一直随身带着。但去国外旅行没有开漫游，就关机放到包里了。回来飞机落地后，一开机便看到了妈妈的未接来电和短信，说联系不上姐姐。我也没当回事，还和丈夫在机场附近吃了汉堡才不紧不慢地往公寓走去。拿着给姐姐买的彩妆套盒，想象了一下她收到礼物时开心的样子，我整个人激动不已。套盒里既有眼影又有口红，有好几种不同的色号。姐姐一直省吃俭用，连一套像样的化妆品都不舍得给自己买，她一定会很喜欢的。

但当我打开公寓门的那一瞬间，我知道这件礼物再也没办法送给她了。姐姐死了，就那样睁着大大的双眼躺在地上。

负责侦破案件的刑警告诉我，姐姐被强暴后，又被犯人勒住脖子窒息而死。犯人很有可能在外面便盯上了姐姐，随后尾随她入室行凶。警方一直没能抓到犯人，最后只得出个不是熟人作案的结论。姐姐手上戴的金戒指和脖子上的铂金项链都不见了。那个金戒指是家族信物，我们家每个人都有。铂金项链是姐姐挣钱后为自己买的唯一一件奢侈品。

要想查个水落石出，光靠我们家人的力量根本不够。虽然最终没能抓到凶手，但那时，是现在的丈夫频繁出入警察局，将调查过程转告给我们，协助警察调查的。

看到丈夫主动出面替我解决问题的样子，我觉得这个男人非常可靠。那件事过后，我立刻就和丈夫结婚了，我以为只有那样才能从姐姐死亡的阴影中挣脱出来，可仍然无济于事。后来我以为生了孩子、把他养大，就能彻底摆脱那个阴影了，可直到现在，我还是无法对姐姐的死释怀，还是不能承受死亡之重。如果那时我没有去旅行，姐姐也不会死……后悔无时无刻不在折磨着我。

我跪在圣母玛利亚像前。

很晚了我才听到丈夫回家的动静。进门时，他手里拿着信箱里的选举宣传册，正在查看明天国会议员投票的场所。即便是这再普通不过的举止，也让我看不顺眼。

"明天一早我们就去投票吧，这次在野党可不能输啊。"

丈夫并不是在野党的忠实拥护者，几年前还把选票投给了执政党，但最近因为看不惯执政党的作风，所以改变心意，决定支持在野党了。用他的话来说，自己是合理的中立主义者。

"老婆，你也投 2 号就行，知道了吗？"

见我一言不发，这才意识到家里气氛有点儿奇怪。见我蜷缩在角落里，快步走到我跟前。

"老婆……你哭了？"

他硬把我的身子掰过来。其实我早就哭完了，只是脸上还留着干涸的泪痕，眼角微微刺痛而已。

"怎么了？又怎么了？发生什么事了？"

"没什么，就是为姐姐祈祷了一会儿。"

"嗯，我猜也是。"

丈夫那种无言以对的语气刺痛了我。

"什么叫我猜也是？你能不能别这样说话！"

"对不起，我错了。那下下周……"他看了一眼日历，"那周末，咱一家三口再接上咱妈，一起去看你姐。"

"你别骗我了。"

"什么？"

丈夫一脸莫名其妙的表情。

"你上周日去警察局……是因为姐姐的事，对吧？我知道，最近会提取强奸犯的 DNA 进行保存，即便是很久以前的罪犯也能抓到。"

"啊……我还以为是怎么了。不是的。"

"那你为什么不告诉我？为什么明明都被叫去警察局了，也不说是因为什么事……为什么 4 月 9 日的监控都被删了，为什么不告诉我……"

瞬间，丈夫的脸上闪过一丝残忍的微笑。紧接着，他皱着眉头，咬紧嘴唇，用一种略带怜悯的表情看着我。那恰恰是我最讨厌的神情。

"因为，那是你没必要知道的事情，我为什么非要跟你说。"

看到我一脸怀疑的表情，他这才开口解释道：

"跟我们医院合作的制药公司有个职员死了，看起来像是自杀……就是因为他的事情接受调查而已。"

"那你为什么要接受调查？"

"因为上周六我们约好了一起钓鱼来着，但你也知道，我那天一直在家根本没去。"

"跟你约好钓鱼的那个人死了？"

"对，就是上次，你说突然跑来家里吓了你一跳……"

"送给你渔具包的那个男的？你说他死了？"

丈夫点点头。

"你见过的人死了……我就是不想告诉你，怕你难过才没说的。"

"你还不如早点儿告诉我呢。为什么要瞒着我？他跟我有什么关系，我为什么要难过？"

丈夫观察着我的表情。

"对我来说，小心点儿总没错吧。前一阵儿还说在家里听到了奇怪的声音、闻到了奇怪的味道，本来最近你就够敏感了，还要怎么再跟你说这种事。"

"他怎么死的？自杀的话，是上吊了吗？"

"不是，开车冲进了水库。说是发现的时候车辆挂在前进挡上。"

"哎，怎么会……怎么那么想不开。"

"就是说呢，才三十多岁。"

"老公……但是……我也不至于连不认识的人都……"

"我也知道，可小心点儿总没什么坏处，对吧？"

"……吃饭吧？"

"嗯，先让我看看这个。"

丈夫又将视线移到手里的选举宣传册上。我若无其事地转身回到卧室，拿出放在包里的钱包，找到了那个男人的名片。金润范！对，他叫金润范。

那天晚上，当我在梦中与这个叫金润范的男人缠绵时，现实生活中的他却死了。而那天晚上，我的丈夫约好了跟他一起去钓鱼。丈夫一口咬定他在我身旁睡了一晚上，但我不相信。我有种强烈的感觉，他明明就是第二天凌晨才回的家。

尚　恩

我确认了一下记在本子上的内容。

这一习惯我和丈夫倒是一模一样，丈夫只有把每件事情都计划好并记录下来才能安心。他写在本子上的日程表一般都是按照三十分钟划分的，有时甚至会以十分钟为单位制订计划。我也是这样的人，深信好记性不如烂笔头，习惯制订计划，分配好每天的时间。如果说丈夫制订计划是为了过日子的话，那我就是为了熬日子。对我来说，生活就是一片黑暗，看不见也摸不着，而我就在那片黑暗里煎熬着，熬过一天算一天。即便是同样的行为，丈夫和我的意图也是截然相反的。也许正因为如此，明明有着相同的习惯，我们却总是彼此看不顺眼。

4月12日星期二早上八点，富平站，咖啡185，宋政守

三十分钟前我就从家里出来了，于是比约定好的时间早到了十分钟。可我又不想早早过去，就在富平站附近溜达了一圈。我们约好的咖啡店在一楼，楼上挂着婚庆公司和理发店大大的招牌。离八点还有一分钟，我走了进去，一进咖啡店便看到了一个略微有些驼背的男人，坐在那儿仔细地翻看着资料。

"弟妹来了！哎呀，应该是我去找你才对，还让你大老远跑一趟怪不好意思的，真对不住啊。"

他是丈夫的大学同学，虽然两个人都毕业于专科学校的电子专业，但丈夫去了制药公司做销售，眼前这个叫宋政守的男人则从事保险销售工作。

"弟妹受苦了，唉……润范的事儿怎么样了？这日子……怎么就这么难啊，我这心里真是难受。"

"你最近怎么样？他这一出事，我也没顾上及时通知你。到现在也都没能出殡。"

"哎呀，这话说的，弟妹受苦了。那得等到什么时候？"

"尸检结束后才能出殡。"

"到时候找我就行，大学同学的联系方式我都有，你需要朋友们的帮助就尽管找我。"

店里明明有很多空位，但他偏偏找了个柜台对面的位置。耳边一直传来咖啡机的噪声，甚是闹心。

"唉……真是……啊……"

他抬头看着天花板，一脸遗憾，而我则默默地坐在那儿，等他平复心情。面前的男人摆出一副悲痛的表情，但奈何演技实在拙劣，让人一眼便能看穿。

"弟妹，我干这一行之后，最大的感觉就是人生无常，谁也不知道明天和意外哪个先来……虽然劝顾客买保险的时候总这么说，但真的没想到这句话会用在自己的兄弟身上。当时润范来找我，说想趁着优惠活动买个保险，也算是帮我提升业绩……我真的是没多想就让他买了这个保险。"

我听着他的话，默默点头。

"可真是人生无常。你现在坐的这个位置，四个月前润范就是在这儿签了这份保险。谁承想今天我却跟弟妹面对面坐在这里。"

一股不悦突然涌上心头。我抬起头看着这个叫宋政守的男人，他用一双悲伤的眼睛打量着我。他今天是故意约我在这儿见面的，我就是被利用了。先是跟大学同学在这儿签了份保险，又把同学的妻子叫来同样的场所商量有关保险金的事宜，这承上启下可真是绝了。

"我不知道他买了这样的保险，本想看看能不能帮上警察什么忙，就找到了他平常记事的本子，看了之后才知道的。想找你详细地了解一下。"

这当然是骗他的。丈夫知道我怀孕以后，沉醉在当家长的使命感里难以自拔，一时激动就买了份保险，之后便大肆炫耀，希望借此让我对他言听计从。这份保险就是他为了庆祝我肚子里的小生命才买的。

"啊，好……这是一份保障型保险里的定期险，到期不退还本金。每个月只需要交两万，当发生疾病和意外伤害时……啊……弟妹现在也听不进去这些话吧？我就长话短说，只给你说一下重点好了。简单来说，润范作为投保人即被保险人，当他死亡时，直系晚辈血亲会优先获得遗属保险赔偿金，而弟妹肚子里的胎儿也是算在这个范畴内的。"

我假装一无所知默默地听着他说话，他则时不时地抬头观察一下我的表情。

"当被保险人死亡时，直系晚辈血亲可以获得的保险金额是两亿。"

保险的种类五花八门，保额也千差万别……而丈夫买了一份保额两亿的人寿保险，这意味着他觉得自己这条命值这些钱。

这时，一群女人走进咖啡店，站在我们桌子旁看着菜单，叽叽喳喳地讨论着喝什么，有一句没一句地聊着。女人们的笑声混合着咖啡机嘈杂的声音，令我脑子很乱，但我还是准确地捕捉到了"两亿"这个数字。

"但是弟妹，如果是自杀就拿不到这笔钱了。"

"什么？"

"如果最终警察认定是自杀，那就拿不到这笔保险金了。你也知道，咱得向保险公司提交一份警察局提供的死亡证明。但这份保险，自杀后是拿不到赔偿金的。你看这儿……"

他递给我的文件上用很小的字体写着，"自起保之日起二年内，被保险人自杀时，保险公司不承担给付保险金的责任"，这是我没看到也没想到的。

"但由于自然灾害或意外事故导致的死亡是可以获得赔偿金的。"

意思就是，只有丈夫的死亡是一场事故，我才能够拿到保险赔偿金。所以调查得到的结论只能是丈夫并不是故意推到前进挡，而是发生意外坠入了水库。这样的失误也算事故死亡吗？这个疑问一直萦绕在我的脑海里。但我突然想起来，丈夫一个月前被解雇了，这很有可能会被作为警察判定自杀的间接证据。都怪现实生活中有太多人因为失业而选择自杀了。我又一次深刻地感觉到丈夫的隐瞒变成了这件事的一大变数，如果我早点知道的话，就能提前做好相应的准备了。

就在不久前，我还认为就算丈夫被判定为自杀，我也没什么损失。但现在看来，若是那样的话，我将会损失两亿。两个亿啊！如果能拿到那笔钱，我和孩子至少可以吃几年饱饭了。

再次让脑子飞速地转起来，我重新打起算盘琢磨到底如何才能保住这份钱。首先，丈夫必须属于事故死亡或者是被那天约好见面的医生给害死的，而我必须尽快找到把这一切联系起来的线索。

"反正，胳膊肘都是往里拐的，只要能帮上忙的，我一定尽力而为……需要的时候尽管联系我……哎，真是……"

男人的声音逐渐远去，消散在空气中，听得不太真切。那几个女人还在纠结着喝什么，站在我们桌子旁有说有笑的。其中有一个人的喇叭裙角从我手上轻轻拂过，带着一种让人心旷神怡的柔软，但落到我心底只剩下了苦涩。尽管我们同在一个空间，却完全就像两个世界的人。上次无忧无虑地开怀大笑是何时呢？怎么想都想不起来了。也是，"希望"这种感觉，还是最近才开始出现在我脑海中的。

第一眼看到桌子上的文件时，我既害怕又激动。这份文件让我心存希冀，兴许我也可以开启自己的新生活。当然，也许这个希望很快就会落空。活在这个世上可真不是件容易的事情。

回家的路上我一直都在脑子里盘算着。两年前丈夫和我拿着 5 000万的存款，又向银行贷了 5 000 万，从 30 多平方米的多层住宅搬到了现在不到 80 平方米的公寓。然而如今传贳房合同快到期了，房东提出了按照市价上涨房租的续租要求，在原有的基础上再涨 5 000 万。丈夫的死对于我的经济收入来说自然是沉重的打击，他挣的钱可远比花的要多。但如果我能拿到这两个亿的保险赔偿金……我不仅能逃离苦海，还能借此得到一笔钱，那么他的死对于我来说可谓是百利而无一害。

孩子出生以后，我可能会申请公租房，也可能会重新回到单人间廉租屋。但重点是，孩子出生前后我的经济收入来源几乎为零，而养孩子则需要一大笔钱。

"您是 106 栋 802 号的住户吧？"

保安大叔看见我后，便急匆匆地从公寓大门口的保安室里跑出来。

"您好。"

"唉，也不知道怎么安慰您，您节哀顺变啊。"

听到这种客套的安慰，我心里一下子就涌起了一股强烈的疲倦。

"谢谢您。"

出于礼貌，我下意识地脱口而出。然而听到自己这句话却差点儿笑了出来，我到底是在谢什么呢？也真是搞笑。

"那个，我有件事想跟您说……白天警察来过了，但那时不是我的工作时间，所以我不在……没能把这件事告诉警察。"

听到他说警察来过，我的心一下子提了起来。

"您来看一下这个。"

满头白发的保安大叔将我拉到屋里，他的语气听起来格外严肃，像是要告诉我什么大事一样。

一进保安室就看到屏幕上播放着停车场的监控画面，视频中出现了一辆熟悉的车辆，那正是丈夫的黑色起亚狮跑。丈夫的车慢慢驶入公寓，这时后面有两辆摩托车从道闸杆旁的缝隙闯入了小区。

"您再看看这个。"

丈夫在地下停车场准备停车，那两辆摩托车也跟了过来。两个戴着头盔的男人从摩托车上下来，手里拿着长长的木棍在丈夫的车附近打转。他们在车外威胁着丈夫，而丈夫则躲在车里一动不动，就这样僵持了很长一段时间。过了一会儿，丈夫打开车门从驾驶座上下来，向他们说了什么。结果他们拿起木棍就开始殴打丈夫，丈夫一下子便倒在了地上，但他们毫不手软，还不停地用脚使劲踹丈夫。接下来就看到了保安大叔拿着对讲机冲到停车场，那两个男人这才跳上摩托车扬长而去。

"我就觉得有点儿奇怪，想去停车场看看来着，没想到竟然发生了这样的事情。我喊着要报警，这些熊孩子就跑没影了。撑死十几岁的样子……一看就是些浑小子！"

"这是什么时候的事儿？"

大叔看了一下画面上的时间。

"4月3日晚上十点四十五分到五十七分之间发生的事。"

我回想了一下4月3日，那天是周日。而我并没有发现回家的丈夫有任何异常，第二天，以及以后的每一天，我都没有察觉出丈夫竟被人殴打了。

"奇怪的是……我说帮他报警，但他一直说不用了。我还是觉得有点儿奇怪，而且怕再出什么事儿，以后他开车进出的时候都留心观察了一下。没承想……"

"能麻烦您别删掉这个视频，把它保存下来吗？"

"啊，当然可以！"

我用手机把静止画面上骑摩托车的两个男人拍了下来。

走进家门，打开客厅的灯，终于又只剩下我自己了。不管现在还是以后，这里都只会属于我自己，想到这里便多了几分安慰。也许有些人会很怕独自一人，而我却强烈地想要拥有这份孤独，正是这份渴求才让我熬过了那些艰难的日子。

我从随身携带的包里翻出化妆包，并将里面的粉红色手机拿了出来。是一款三星Galaxy手机，机型已经有点儿老了。手机屏幕碎了一半，套着一个硅胶手机壳，乱七八糟地贴着一些劣质的小贴画。像这种在自己的物品上做标记不断留下痕迹的人，之所以想要彰显自己的存在感，是因为他们最害怕的便是像尘埃一样默默地消失在这个世界上，于是这样的人总是渴望得到别人的认可。十多岁正值青春期的孩子就属于这一类人。

——最多十几岁的样子。

想起刚才保安大叔说的话，追着丈夫的孩子可能也就十多岁，那说不定这个手机和骑摩托车的男孩之间会有什么关联。

去我妈家那天，我抱着一箱桦树茸汁来到地下停车场时，所有的车门都是开着的，而丈夫正在仔仔细细地检查车辆内部。他非常专注，以至于完全没有察觉到我的存在。他从脚垫到座椅缝隙仔仔细细地检查了个遍，最后打开副驾驶座的手套箱放了什么进去。我本来以为他在换空调滤芯，但看起来又不像。丈夫合上手套箱后才发现我就站在身后，他大吃一惊，神色略显慌张。

那天，丈夫和往常不同，开车时接二连三地出错。先是开了好长一段路后才发现后视镜一直没展开，然后又忘记提前变道而错过了隧道，于是在高架上绕了一大圈。对于丈夫的失误，我全当没看见。在我的沉默中他终于爆发了。

"你今天怎么这么奇怪，你以为我会被你装老实的样子给骗了吗？我知道你是闻到了钱味儿。"

"什么钱味儿？"

我抽抽鼻子闻了闻车里的味道。

"只有香薰味儿啊。"

我突然觉得有点儿冷，想打开空调，于是把手伸向汽车中控台。

"你干吗呢！操！把手拿开！"

丈夫突然大喊一声。我猜他大概是在空调滤芯里藏了什么东西，所以才会这么敏感。我默默地把手从空调按钮上拿开，既没发火也没跟他吵架。他似乎觉得我的反应很奇怪，转头看了我一眼，毫不掩饰地冷笑一声。

"你得对我好点儿，知道吗？你知道我在外面有多辛苦吗？而你呢，在家里跟我服过一次软吗？花着我在外面挣的钱……什么？想离婚？"

他莫名其妙地扯出前几个月吵架的事情，每次他想刺激我，想把我的心情也弄得一团糟的时候，就会像今天这样翻旧账。本来是鸡毛蒜皮的小事，但他每次都会上升高度，最终通过在吵架中取胜来缓解这段时间积累的压力。我知道他想要的是什么，是一个在家里臣服于他的人。对丈夫来说，我必须是弱者，而且是一个言听计从的失败者。

"好几个月以前的事儿了，现在提干嘛。不是说了吗，我不离婚了。"

"放弃？怀孕以后还瞒着我，要跟我离婚的事儿，难道你忘了吗？我可记得清清楚楚。"

他总是拿自己的伤痛当武器反过来对我进行施暴。他是孤儿……他努力工作了……所以这些是我该受的、该忍的……

"我知道，对你来说我不是个好妻子，但有一点可以跟你保证，我会好好抚养孩子长大的。"

我对他说出了自己的真心话，其实本来就打算一定要在今天告诉他这句话的。然而他听罢，露出了意味深长的微笑。

"那天晚上我看你叫得也挺爽的啊，怎么完事儿以后却在那儿大喊大叫、又哭又闹的，你不记得了吗？老老实实地听我的话错过吗？现在当妈了，你不也多了点儿母性吗？"

听到这话我气得浑身发抖，一股怒火蹿上心头。就在我大喊大叫、又哭又闹的那天，丈夫强奸了想要离婚的我。也就是那天后，我怀孕了，于是离婚也变成了泡影。准备离婚的同时还跟丈夫发生关系，结果竟然怀孕了，任谁都会对我无语吧。就算我说是被他强迫的，也没有人会相信吧。丈夫说会对我和孩子负责的，而人们都相信了他的鬼话。

为了隐藏内心的愤怒，我把头转向了车窗。车子驶入了岭东高速公路。看着自己映在车窗上的那张脸，我心里只有一个想法——等到了母亲家公寓的停车场，我一定要让他喝下那瓶兑了安眠药的果汁。计划不能出任何差错，在此之前我只能做一个逆来顺受的妻子。

本来还担心他不喝，但丈夫听到我说对身体好后，便顺手接过那瓶果汁，在我面前"咕咚咕咚"地一口气全喝了。我拿母亲当借口，让他暂时在停车场等一下，十分钟之后他便开始犯困。

丈夫失去意识，沉沉地陷入昏睡之后，我突然生出了好奇心。他想偷偷藏起来的东西到底是什么呢？我用硬币拧开螺丝拆下手套箱，看向里面装有空调滤芯的地方。刚才想开暖气的时候他反应那么激烈，肯定有什么猫腻。他一直说什么钱味儿，难道他真的在这藏了钱不成？难道他以钓鱼为借口，实则打算用钱跟医生谋划什么吗？

这车马上就要掉到水库里了，如果丈夫藏着钱，那可得赶紧拿出来。打开一看，那里面并没有钱，只有一个电量耗尽的粉红色手机。粉红色的话，很有可能是女性的手机。难道他还出轨了不成？然而我对他出没出轨并不感兴趣。想都没想，我就把手机装到包里，开始了下一步行动。之后就一直忘了那个手机的存在了。

我去床边拿来充电器，给这个电量为零的粉红色手机充上电。这两天根本没时间想这个手机，现在终于有精力研究一下它了。所以，这到底是谁的手机？那天丈夫为什么要把它藏得这么严实呢？

伴随着轻快的旋律，屏幕上出现了开机画面。收到信号连上Wi-Fi后，一下子弹出了几十条提醒，手机短信、Kakao Talk①聊天信息还有未接来电，手机一直"叮叮叮"地响个不停。

翻开相册，一个十几岁少女的照片映入眼帘，一脸淘气又稚嫩的表情。单是这样的自拍就有几百张，嘴唇上涂着鲜红的唇彩，睁着大大的眼睛。那张开朗无忧的脸庞，一看就是个家庭幸福的孩子。再仔细一看，最近收到的未读消息却都是询问孩子去向的。

——你在哪儿呢？李秀敏，为什么不接电话？

——秀敏，拜托你联系我一下。龙泰哥和泰景哥找你都快找疯了。

丈夫拼命想藏起来的这部手机，它的主人大概是叫李秀敏吧。李秀敏，这孩子到底是谁？和丈夫是什么关系？丈夫的秘密再次搅乱了我的计划。这时，手机又收到了新的消息。

——安养，两个小时十万。先看照片，不要未成年。

---

① 一款韩国最常用的免费聊天软件，类似于中国的微信和QQ。

我拿着手机看了半天都没搞懂这句话是什么意思。直到看了接下来收到的内容，我这才似懂非懂地理解了这条信息的意思。

——凡溪站，一个小时十万。不要胖的……

粗俗的表达让我不自觉地皱起了眉头，我现在可算是闻到了丈夫反复提到的钱味儿了。

突然，一股焦躁不安的紧张感涌上心头。

2016 年 4 月 13 日 星期三

珠 兰

今天是第二十届国会议员选举的日子，也是法定节假日，我们夫妻俩一大早就起来去投票了。投票场所设在一所小学里，投完票后我们去学校附近的自助餐厅点了杯咖啡。圣材一直反复强调自己没有错并且拜托我不要告诉爸爸，但我担心这件事会影响孩子的发展，所以还是把昨天在学校发生的事情一五一十地告诉了丈夫，说不定他会有什么好主意呢？

"哎呀，瞎担心什么，他这个年纪做出这样的事儿也不稀奇。你跟人家家长打电话道歉了吧？这女孩儿家长可能就会想得比较多。"

他满不在乎地敷衍道。也许是觉得这个话题令人不快，不想再继续聊下去了吧。但对于儿子来说，这明明是一件非常严肃的事情。

"那……如果孩子因为这件事在学校受欺负的话？"

"放心吧，他还想干吗？难道因为这事儿就不上学了？做梦！反正他那边我来解决，你就别管了。"

他转头看向窗外，来投票的人在小学门口排起了长队。

"哦，今天还来了不少人呢。这次在野党可不能输啊。"

看样子对丈夫来说，比起儿子的问题，今天的选举貌似更加重要。

回到家以后，找到那天班主任给我的电话号码，小心翼翼地打通了女孩儿家长的电话。响了好一会儿也没人接，正想挂断电话的时候，传来了一个女人的声音："喂。"

"您好，请问您是多恩的妈妈吧？"

"您好，请问您是？"

"啊，您好。我是多恩的同班同学朴圣材的妈妈……"

"啊……您好。"

她在听到儿子名字的那一瞬间，一下子变了语气。

"请问您现在方便通话吗？"

"有事儿您说。"

女人的语气透着一种莫名的不耐烦，尽管这让我很不舒服，但我还是继续说道。

"昨天圣材和多恩在学校里发生了一些不太愉快的事情，我感到非常抱歉，不好意思。"

"啊……不是孩子们之间发生了什么不愉快的事情，而是你儿子单方面做错了吧。"

她用一种教训的口吻纠正了我说的话。

"啊，是的，多恩应该吓坏了吧，对不起。我会好好教育孩子的，向您保证以后一定不会再发生这样的事情了。"

"哎哟……"

她深深地叹了一口气。

"可真是……孩子干出这种事儿也不能说什么。我女儿受了很大的惊吓，明天就得上学了，还不知道怎么办呢。摊上这样的同学也真是倒了八辈子霉了，这算是哪门子事儿！您到底是怎么教育孩子的！"

女人这一番话让我一下子羞红了脸。

"啊，实在不好意思。"

"没事儿我挂了……"

女人挂电话前又长叹了一口气，她的态度让我怒火中烧。我并没有在聚会或家长会上见过她。是双职工夫妇吗？她是把我们家当成那种住在公租房的家庭，所以才敢这么对我吗？但凡去过一次家长会见过我，但凡知道我丈夫是干什么的，她还敢用这种态度跟我说话吗？

转念想起昨天儿子说，是多恩一直缠着他，他是被冤枉的。我就应该相信孩子的话，替他辩解的，我竟就这样傻傻地道了歉……自己的愚蠢更让我怒火中烧。

我跑到客厅准备找丈夫诉苦。

"老公！"

你知不知道我听了你的话受了多大的侮辱？那个叫多恩的女孩儿，你知不知道她妈妈有多么粗俗无礼？我有一堆要跟丈夫吐槽的事，跑到客厅却不见他人影。

透过餐厅窗户，看到他站在后院，正把小树苗移栽到花坛里。这种事，找人来做就是了……丈夫从来没做过这样的体力活儿，累得脸上挂着一颗颗豆大的汗珠。

天竺葵、雏菊、芍药还有郁金香好像这才找到了属于自己的位置，和之前委屈地缩在花盆里相比，它们现在完全焕然新生。

我拿香蕉和野樱莓一起榨了杯果汁，端出去递给他。

"说不定种不活。"

丈夫喝着果汁，看着花坛。

"怎么就种不活了？"

"我刚才不小心用铲子碰到了它的根，今年不一定能开花了。不过这球根花的特点就是种一次开一次花，今年不成，咱们就等明年再种一次。好不容易放假，我可哪儿也没去，就在家给你收拾这个了，我今年还一次都没出去钓过鲽鱼呢。"

虽说是抱怨没空去钓鱼，但听起来怎么都像说给我听的。

"有啤酒吧？要不要喝着啤酒看开票直播？也不知道今年投票率高不高。"

"听说挺高的，说是这次年轻人都挺积极的。你快进去冲个澡吧。"

他用围在脖子上的毛巾擦了擦额头上的汗，抬起胳膊拉伸了一下身体。早上投完票又买了几盆花，回来以后他就一直在忙着收拾花坛、移栽花草，现在整个人看上去很疲倦。

"老公。"

"怎么啦？"

本想跟他聊聊刚才给多恩妈妈打电话的事儿，可丈夫看起来很累的样子。

"你看起来好累啊。"

"当然累啦，干了一下午的农活儿……我可不想再种一次了。"

丈夫长吁一口气，露出一副疲惫的表情。每当这时，我都知道自己该说什么。

"谢谢啦，因为我，老公辛苦啦。"

我一下子抱住他，轻柔地拍着他的背。

"哎呀，土沾到你身上啦。"他一下子把我拉开，这才露出了笑容，"怎么样，喜欢吗？"

"当然啦，就算你在这儿给我种根钢筋，我都喜欢。"

丈夫一脸心满意足地向屋里走去，觉得自己收拾花坛所费的努力和辛苦都得到了回报。

花坛真的很漂亮。小时候在游乐场见的郁金香正绽放在我们家院子里，红色、黄色、橘色互相映衬，甚是漂亮。天竺葵鲜红欲滴，白色雏菊配上黄艳艳的花蕊，这一切都是属于我的。只要我愿意，随时可以折下它们插在花瓶里。这些花都只为我而开，它们的存在就是为了取悦我。

我走进花坛，深深地吸了一口气。土壤的气息、青草的味道扑鼻而来，其中还混合着香甜的花香。花坛里再也没有那股恶臭了。

然而，突然飘来一股烟味儿，打碎了这短暂的甜蜜。我条件反射地抬头看向隔壁二楼阳台。又是那个女人。她今天穿了一件带亮片的T恤，显得特别土，头发编了个三股马尾辫。

见我抬头看她，她便把烟掐灭在栏杆上，转头走进屋内。看样子像是为了偷看我丈夫才出来的，刚才丈夫流汗的样子，想必在她眼里又是另外一番风景吧。隔壁主人到底知不知道保姆在家抽烟呢？我一直看着她家的阳台，不，是瞪着。因为我觉得她好像就躲在那里，正透过窗户偷偷地看着我。

这时，她家二楼阳台上的监控摄像头突然映入眼帘。

这一片住宅的监控都是同一家保安公司安装的，那个摄像头和我们家的一模一样。这意味着拍摄方法、拍摄角度都差不多，而且同样可以保存三周的视频。那么那天晚上……

我不想当一个怀疑丈夫的妻子。为了放下对丈夫的疑惑，我一定要想办法看一下那个监控视频。

按下隔壁邻居家的门铃，响起了一个和蔼可亲的声音。咦，以前每次来都被那个朝鲜保姆冷冰冰地拒之门外，这次难得主人在家，看样子是今天放假才休息了。我手里端着盘子，上面放着香蕉布丁和红丝绒蛋糕。商场地下食品区新开了一家被《欲望都市》带火的木兰烘焙坊（Magnolia Bakery），看了他家纸杯蛋糕和布丁的配方，周一我便自己试做了一下。虽然在冰箱里放了两天，鲜奶油已经有点变硬了，但也实在不好意思空着手去别人家。

跟隔壁仅有过两次交流，一次是搬家前，另一次就是上周日，而且那天也只是在车上简单打了个招呼。虽然我这个人也不怎么热络，但不知是不是隔壁主人太忙了，我们几乎没怎么见过面。女主人打开玄关门走出来，米色长裙搭配吊带，完全不像是4月的打扮。

"您好！哎呀，怎么这么客气，来就来了还带什么东西。我们家都没有什么好招待您的。"

"没有啦，是我自己做的，不知道味道怎么样。"

"天啊！这是您亲手做的？也太厉害了！"

女人银铃般的声音听起来倒是有些轻浮。我一进门便快速扫了一眼内部装潢。她家房屋的外观由裸露混凝土制成，本以为内部装修一定也透着一股现代风格。但放眼望去，高级的复古家具和便宜的纤维板家具混搭在一起，竟完全看不懂主人的风格。地板上铺着巨大的地毯，上面画着一个戴着面纱的女人坐在骆驼上演奏乐器，从风格上来看，像是从中东买来的。

客厅正中间摆着一张桌子，上面乱七八糟地堆着一堆文件。我匆匆瞥了一眼，看上去像是什么公共机构的文件。

"没有打扰您工作吧？"

"啊，没有啦，我其实就是一边装装工作的样子一边喝着咖啡，这不，美味的蛋糕就从天而降啦，哈哈哈！"

女人过分豪爽地大笑起来，从沙发上的包里拿出一本名片册，递给我一张名片，上面写着"善明律师事务所，具银河律师"。

"唉，忙得晕头转向的还没有机会跟您打个招呼呢，上周日真是不好意思。"

"没关系啦，那天我们也是急着出门……"

接过名片看到"律师"这两个字之后，莫名就生出了一种低人一等的感觉。毕竟我并没有能跟她交换的名片。

"您喝咖啡还是绿茶？其实我们家只有咖啡，哈哈哈！"

"啊，我喝咖啡就行。"

咖啡机就放在沙发旁边。她用叉子叉了一口蛋糕送到嘴里，边吃边去餐厅拿水，准备给我煮咖啡。这时我听到楼梯上有动静，转头一看，原来是那个经常偷看我们家的女人。她正从二楼下来，瞥了我一眼便走进餐厅，准备帮主人打下手。

"没关系，我来吧。"

叫银河的女人看起来已经四十多岁了，可她对保姆说话时竟用了敬语。这个房子里还住着什么人呢？从家具和整体氛围来看，不像有孩子。我有很多好奇的私人问题，但又不敢贸然询问，怕显得有些唐突。

"对了，这位是尹美龄，我们现在一起住在这儿。"

银河像是感觉到我一直盯着美龄看，便开口介绍道。

"您好。"

女人完全不掩饰自己的朝鲜口音，大大方方地向我打了个招呼。

"那两位是……看起来好像也不像是亲戚……"

我当然知道这女人是她们家保姆，但为了搞清楚她们的关系，还是假装不知道，拐弯抹角地问道。

"不，我是在这里工作的。"

美龄抢先一步答道。

"啊，这里原来是我爸爸的房子。爸爸以前就一直住在板桥这边，习惯了这里，后来我们拿到了这块地皮的使用权，就建了这栋房子。但爸爸身体不太好，我们就请了美龄一直照顾他，您也知道，我实在太忙了哈哈。去年爸爸去世后，她就一直在家里帮我整理家务，我们就这样一起生活了。怎么说呢，我俩可以算是同居人，哈哈哈！"

我实在不能理解她为什么要给保姆提供住处。这房子两个女人住也太大了，再加上银河工作这么忙，也不经常在家。这话听着就像是在说，如果她不在家时，美龄就可以拥有这栋房子。这栋房子对于美龄这样的人来说，太奢侈了。

"哦对了，您来是有什么事吗？"

银河递给我一杯咖啡，转身坐在沙发上。虽然脸上带着笑容，但从她身上散发出一种微妙的压迫感，就好像在告诉我，我的到来妨碍了她工作一样。

"啊是这样的……有件事想拜托您一下。"

美龄一直坐在餐厅，虽然不想让她听到我们之间的对话，可她不回避，我也没什么办法。

"您说。"

"那个……您家二楼的监控摄像头，就是对着门前那条路的那个……可以让我看一下它的录像吗？前两天有人把垃圾袋乱扔在我们家门口了，我想看看是谁，那个时候我家监控刚好没开。"

"垃圾？"

当然，没有人随意乱扔垃圾。我只是想知道 4 月 9 日晚上丈夫到底有没有开车出去。

"这样啊……那您想看什么时候的？"

她冷冰冰地问道。刚才还时不时地大笑着调节聊天气氛，一瞬间她的态度就变了。

"上周六，4 月 9 日晚上那段时间。"

"嗯……"

银河拿手托着下巴想了一会儿。

"那我看一下那天晚上的视频，要是有什么异常就告诉您。但您怎么不直接举报呢？"

"啊，那个……我不想把问题闹大。"

"哈哈，原来是这样啊。但公事还是公办的好，我们家的监控录像里涉及个人隐私，不太方便直接给您看，我确认之后再联系您吧。"

本以为她肯定会给我看的，可她拒绝得头头是道，让我在不知不觉中羞得脸上火辣辣的。美龄盯着不知如何是好的我，那眼神就像猎人看着陷阱里的猎物，相当耐人寻味。

我赶忙道了声谢，便逃一般地回家了。她们一定会认为我是个无能且愚蠢的人，本想得到她们的崇拜，却不想这下可好，倒显得我滑稽可笑。在她们眼里，我除了会模仿有名的烘焙店做蛋糕，其他方面一无是处。我的自尊心一下子被打击得荡然无存。

这样一看，我和那个叫美龄的女人也没什么不同。我和她都住在同一个地区、差不多的房子里，做着相同的家务活儿。不同之处在于，她是为了赚钱，而我则是为了丈夫和孩子的幸福，仅此而已。因此，不管是对占便宜的美龄，还是对让她住在这儿的银河，我都有种气不打一处来的感觉。美龄这个女人让我所拥有的一切一下子变得那么微不足道。

丈夫坐在沙发上看着开票直播，茶几上摆放着玉米片和一罐啤酒，就像看体育比赛那样津津有味。

"去哪儿了？我给你把啤酒放到冰箱里冰着了。你快来看看，现在新国家党和共同民主党的选票几乎旗鼓相当。最没想到的是，国民之党在全罗道竟然挺受欢迎的，拿了不少票呢。"

丈夫坐在那儿，一副兴致盎然的样子，而我就这样看着他。四十九岁的丈夫已经从青壮年逐渐过渡到老年了。太阳穴周围开始出现老年斑，有时看手机的时候也会把眼镜推到额头上。虽然白头发越来越多，但幸亏头发浓密，整体看上去还比较黑。这么一说，丈夫已经到了要担心白发的年纪了。但他还是喜欢以前的老歌，像二十多岁时经常听的 B.B.King 和史蒂夫·雷·沃恩那些蓝调吉他手大师演奏的曲子，然而他们也都已经离世了。电影也是一样的，比起最近上映的作品，他更喜欢二十世纪五六十年代的美国电影。虽然有时会在电视上看极限运动比赛，但有空时只喜欢一个人安静地钓鱼。因此，丈夫是一个传统且喜静的人。

想起我们第一次见面，那时他是我闺蜜男朋友的学长。虽然不想跟比我大十岁的男人相亲，但看在闺蜜苦苦哀求的份上，我就答应了，想着就当打发晚饭时间了。后来才知道，他看到了我和闺蜜的合照之后，便对我一见钟情，几番恳切地拜托朋友帮忙牵线。

那天他穿着米色的针织衫和藏蓝色的棉裤子。我记得他话特别少，就那样笑着听我说话。跟他在一起，我就好像变成了一个机灵、美丽且奇妙的女人。而且我也喜欢他的那份从容，不追求流行，却对自己的喜好有着非常明确的认知。因此丈夫去餐厅也从来不会纠结点什么菜，他的标准和品位一直非常明确。而我，是这样的男人看上的女人。

配合丈夫的喜好且不要惹他生气。这些年我一直把这句话当成真理和信条，丈夫不愿说的事情从不多问。朋友说喜欢钓鱼的男人很危险，我倒觉得说这话的人很没品位。我不想和她们一样，变成那种只会怀疑丈夫、整天唠叨的肤浅女人。

丈夫特别寡言，而我则属于那种事无巨细都会跟丈夫分享的类型。"今天去超市买橄榄油的时候纠结了半天"，我甚至连这样鸡毛蒜皮的事都会告诉他。而他却不喜欢跟我讲医院发生的事情，哪怕是护士人事调整这样的大事也不会告诉我。看到新来的护士，我总是一脸惊讶，尴尬地向对方打招呼，护士们肯定觉得我是个对自家医院一无所知的傻瓜。如果告诉他，我因为这样的事情而感到丢脸，他就会立刻向我道歉，却并不会试图去理解我。久而久之，反倒搞得我成了没事找事、敏感挑剔的女人。丈夫会跟我分享自己喜欢的电影，却不会跟我聊与工作相关的事情，哪怕被患者告上法庭也不会告诉我事情的进展。这样一想，他和那个叫银河的女人，他俩的态度简直如出一辙。在关键问题上把我排除在外，丈夫这样的态度就像是一个慈祥而亲切的雇主。

"我知道你一定不是故意的。"

"什么故意的？"

丈夫喝了一口啤酒看着我。

"我知道你都是为了我好。"

"这是怎么了，表情为什么那么严肃？"

"那天晚上你根本没在家。凌晨醒了之后，给你打电话没人接，但我根本就没听到铃声。"

"啊，我还以为是怎么了，又是这事儿？"

他一脸厌倦。

"我要知道到底是怎么一回事，这两天这件事一直在折磨我。"

"我说了，那天我就睡在你旁边。这就是事实，你到底想让我说什么？"

"你那天见了那个叫金润范的人对吧？然后好巧不巧的，那天他死了。所以你才撒谎说一直在家，对吧？因为你怕被怀疑成杀人凶手，是这么回事吧？"

电视画面中，在野党的选举总部一片欢呼，看样子他们的选票领先了。丈夫对我的质疑无动于衷，将视线牢牢地固定在电视屏幕上。

"你半睡半醒地给我打了个电话呗，然后以为我不在身边。或者你潜意识中相信我就是不在。"

"没有，我明明这样伸手摸了摸床，旁边什么都没有。"

"你确定不是做梦了？"

梦？也有可能是一场梦。但是如果只是梦，手机里为什么会留下通话记录？

"第一大党终于要换了。"

丈夫好像对选举结果很满意的样子轻轻地拍了拍手。

"你觉得我说的话、做的事……一切的一切都很可笑是吧？"

丈夫晃了晃易拉罐，一口气喝了剩下了的啤酒，然后转过身直勾勾地看着我。

"我以为换个环境你就能变得好一点儿。为了搬到这儿，儿子本来好好地上着学，二话不说就转学了。我也因为你……每天上下班高速公路上都堵个半死。你可以自己哭哭啼啼，可以神经敏感地折磨自己。没关系，我都可以忍，我都能包容你。但你不能这样妨碍别人，不能把自己的痛苦强加在别人身上。"

"你说什么？"

他的最后一句话竟让我一时无言以对。我还以为这些年我们一直在分担痛苦，原来这一切都只是我自己的错觉罢了。

"如果你说的都是对的，那么咱家二楼住着鬼，时不时就会出点儿动静或者开个窗户。然后，花坛里还有动物的尸体……我好端端地就在家，也被你说成不知道去了哪里……"

丈夫一下子用力把易拉罐捏扁，开口说道："你，还记得前年吗？你冤枉人家楼上是杀人犯……"

丈夫旧事重提彻底让我尊严扫地，脑子里那根名为理智的弦"嘣"的一声断了。

"不许说那件事！为什么要提那件事！我说了几遍了，不想再听到那件事！你为什么要再提！"

我知道，他提那件事就是为了证明我精神不正常。所以从他嘴里听到那件事的瞬间，我就再也无法控制自己，激动地尖叫起来。而丈夫就那样冷静地注视着我，一言不发起身走向卧室。他从来不会跟我大吵大闹，长期以来都是这样。无论我多么地歇斯底里，他都能做到冷眼旁观、不言不语，而我就像一个演独角戏的小丑。愤怒始终得不到疏解，就那样一点一滴地堆积在体内，把自己变成了一个真正的疯子。

他说的那件事，我当然记得清清楚楚。所以我知道，我不能相信自己。

记得前年大概也是这个时候，因为那时也快到姐姐的忌日了。我们住在江南区开浦洞 S 小区的 16 楼。我开始怀疑别人这件事，要从 17 楼新搬来的邻居说起。丈夫上班以后我总是能听到从楼上传来的电钻声。刚开始以为只是邻居家挂相框，要在墙上钉钉子，但这样的噪声每天都会传来。那令人厌烦的声音就好像是楼上朝着我们家天花板钻眼一样，仿佛下一秒天花板就会被凿出个洞来。那时我还怀疑，楼上的人该不会真的在我们家天花板上凿洞，然后安装监控偷拍吧？种种疑惑让我焦虑不安，直到有一天实在受不了了，于是我气急败坏地跑到17楼按下门铃。奇怪的是没有任何动静，仿佛房间里压根儿就没有人一样。但一回到家就又听到了那折磨人的电钻声，就像在耍我一样。

　　一周之后我才知道楼上到底住着什么人。某天进电梯后，发现有人按下了17楼的按钮，我这才留心观察了一下，原来是一对三十多岁的夫妇。奇怪的是，自此之后我们便经常在电梯里碰到。每次我出电梯之后，他们都不着急关门，就那样在电梯里直勾勾地看着我输完密码进门。楼上的男人经常穿着黑色的运动服，一头短寸，看起来不像有什么像样的职业，而且每次身上都会散发出不同的香水味儿。某天我看到他一动不动地站在楼下信箱前，奇怪的是，他的视线明明就是在看向我们家信箱。之后不时便会发生一些看起来不起眼的小乌龙，比如丢失邮件或送错快递什么的。

　　自从感觉到他总是在我附近转悠，我便开始对楼上的夫妇提高警惕。那天我送圣材上学回来，在地下一层等电梯的时候，他们突然一声不响地出现在我身后，就好像一直在跟踪我一样。虽然很怕跟他们一起坐电梯，但也不想让他们察觉到什么。

　　电梯里充斥着这对夫妇廉价的香水味儿，低头一看，女人穿着一双黑色高跟鞋，一眼就能看出磨损得特别明显，身上穿着一件沾着褐色污渍的白色雪纺衫和一条起球的黑色包臀裙。这一身打扮跟富人区的高级公寓可谓是格格不入，也许他们不是夫妻，只是情侣关系。我借着电梯里的镜子，假装整理妆容，时不时地瞥他们一眼。却发现他们也正在看我！那个女人貌似不经意地摸着脖子里的项链，仿佛故意显摆一般，而那个男人则咧着嘴冲我一笑。

我一眼就认出了那条项链。就是十六年前姐姐弄丢的，不，被凶手夺去的那条瑷嘉莎铂金项链！

突然间，一切都说得通了。为什么男人一直在我周围晃悠，为什么一直观察着我……是因为他在威胁我，在嘲讽我。杀了姐姐的凶手，一定就是他！

我努力让自己镇定下来，找到当初姐姐案件负责人的联系方式，给他打电话报了警。想着我终于能够将犯人绳之以法了，满脑子都充斥着愤怒和兴奋。为了不让他们逃跑，我跑去楼上，守在他们家门口等着警察到来。杀人犯有什么好怕的，我做好了跟他们拼命的准备。

终于等来了警察，可他们抓住的不是那个男人，而是我的手腕。穿着警察制服的人一把夺过我手里的菜刀，控制住我，等丈夫来了之后把我交给他，像完成任务一般离开了。

等我镇定下来，丈夫告诉我，当时有部电视剧特别火，剧中的女主角戴了这款项链，于是便风靡全国，街上十个女人中至少有一个就戴着这种款式的项链。当时那个女人只是单纯地在照镜子而已，觉得我长得很漂亮才总是不自觉地看我。丈夫还说，那个男人曾是大峙洞^①辅导班的明星讲师，而女人则是税务局的公务员。

这件事很快便传遍了我们小区，我把一对平凡的夫妇冤枉成杀人犯，我就是个精神失常的疯女人。

于是丈夫决定搬家，打算离开首尔，在京畿道找一个不错的地方。虽然离得不算远，但在行政区域上还是明确地将首尔和京畿道划分开来，丈夫觉得搬到这里有利于身心安定。对于丈夫那样的建议，我从一开始就没有介入或干涉的资格。因为这一切问题的导火索便是我。

我默默地坐在沙发上平复着心情。像这样无法控制自己的情绪，任其泛滥的话，到头来后悔不已的总是我。比起这样逼问丈夫，现下还是先等隔壁女人的答复更明智。

最初只是讨厌丈夫说谎。后来知道那个叫金润范的男人死了之后，我便希望每当家里遇到什么事情时，丈夫能跟我一起讨论、共同解决，不要总是忽视我。但现在，我只想证明我不是一个不分是非的人，不会连梦和现实都分不清楚。我想证明我看到的、听到的、感受到的也有可能是正确的。

但我决定先为刚才的举动向他道歉，也是怕他觉得我无可救药，会离开我。

走进卧室却不见丈夫，浴室里传出水声，想必是去洗澡了。我决定坐在床上等他。

---

① 大峙洞位于首尔江南区，以韩国最高端的"辅导班一条街"著称。辅导班名额竞争激烈，而且费用高昂。那里名师云集，明星讲师更是抢手。

这时，听到丈夫的手机响了一声，像是来短信了。突然我转念一想，我该不会真的会产生错觉吧？虽然我明明清清楚楚地听到了……于是我拿起他的手机准备一探究竟。

"如果没来短信可怎么办？"

幸好丈夫的手机上显示收到了一条信息。

然而当我看到信息后，突然心乱如麻，一下子愣在当场不知所措。

丈夫的手机上收到了一条太过于莫名其妙的短信和照片。

照片上，一个看起来十多岁的女孩儿穿着露肩装，露出白皙的肩膀，灿烂地笑着。照片的下面紧跟着弹出了条短信，上面写着：

——朴宰浩医生，你还记得我吧？

2016 年 4 月 15 日　星期五

尚　恩

　　家具城的电梯门一开，里面正站着一位身着黑色正装的男人，他是这里专门负责装修策划和咨询的职员。一看到我他马上神色慌张起来，看上去欲言又止。但见我转过头摆出一副不愿多说的样子，也就作罢了。

　　到了二楼卖场，就有种熟悉的气味扑面而来，我也不由得生出了几分亲切感。为了给顾客营造舒适的购物环境，这里到处都散发着似有若无的香气。商场里夏凉被随处可见，放眼望过去满是鲜艳和清凉的花纹，似是已经开始为夏天做准备了。然而不管我经过哪个柜台，都能明显地感觉到大家一看到我表情就变得僵硬，看样子消息已经传开了。大家是在纠结怎样安慰一个寡妇吗？而我也并不想多说什么，就假装没看到，神色自若地从他们面前快步走过。

　　曾属于我的柜台前，站着一个陌生女人在替我接待顾客。她胸前挂着一个金色的胸牌，上面用黑色的字体写着她的名字。只有正式职员才有名牌，临时员工断然没有这样的待遇，看样子她就是这家床上用品公司新雇用的正式职员。搞笑的是，眼下这个抢了我工作的人也是这里唯一不认识我的人。直到上周为止，这里还是我的工作岗位，而现在我却成了这里的客人，不过也好，我终于可以放心大胆地坐在上面感受一下了。以前工作时天天站在这床垫旁，即便我把它吹得天花乱坠，也从来不敢坐上一坐，想想就讽刺至极。

"您好，您可以躺下试试。我们家这款床垫配有独立袋装弹簧，弹簧可以根据身体角度自动调节，符合人体工学设计，躺在上面会感到非常舒适。"

她跟我说着一模一样的台词。听罢，我便顺势躺了下来。

"您觉得怎么样？您看我们这款产品是纯羊毛的面料，还使用了天然乳胶。现在打八折，机不可失啊，买了肯定不会后悔的。"

为了感受所谓的人体工学设计，我用手压了压床垫的弹簧。

"我怎么压根儿就没感受到弹簧有什么不同呢？"

"您按一下这里，怎么样？不一样吧？您再感受一下这个触感，纯羊毛可以有效控制细菌繁殖……"

"不都一样的吗？"

我一屁股坐到上面，使劲颠了颠问道："这床垫哪里舒服了？"

她一脸尴尬地笑着。

"躺在这样的床垫上能够帮助您快速入眠，最近不都说床上用品很重要嘛。像化学纤维做成的床垫就很容易滋生细菌，而我们这款是由天然纤维做成的，大大减少您的后顾之忧。而且弹簧还可以根据身体角度自动调节……"

"这话你刚才已经说了。难道只换个床垫就能睡好觉吗？你在这上面躺着睡过吗？"

"当然啦，我们在销售之前都亲身体验过，觉得好才向顾客推荐的，不然也没办法介绍商品嘛。"

"骗人。"

"啊？"

"明明连坐都没坐过。不知道就说不知道，有必要为了多卖出去一件而费尽心思编谎话骗人吗？没必要那么认真，反正又不能在这里工作一辈子。"

"……"

瞬间她的表情变得很尴尬，但很快便下意识地笑起来。不管面对多么奇怪的客人都要亲切地面带微笑。这是我第一天接受培训时学习过的金科玉律，看样子她也多次接受过这样的教育。

"尚恩！"

回头一看，是庆熙姐在向我挥手。她看了一眼我身旁的女人，就算打过招呼了。她这才露出恍然大悟的表情。想必她也知道，自己之所以能在这里工作，是因为我的丈夫死了。

"公司怎么说？"

庆熙姐不停地用吸管戳着摩卡顶上的奶油。

"刚开始建议我停薪休假，后来又说要解除合同。"

我在入驻这家家具城的一家床上用品公司工作，前几天向公司管理人员告知了丈夫的死讯，并提出想请几天假，当时他们一听就面露难色。不过被炒也是意料之中的事，反正等过一阵肚子大起来了，他们也会解雇我的。

"这帮狗……唉……算了。骂他们没有用，还脏了我的嘴，可这帮人也太过分了。这是人干的事儿吗？最基本的人情味儿都没有……倒也不奢望狗嘴里能吐出什么安慰的好话，就算帮不上忙，起码也不能在这个时候落井下石吧！"

"他们说想找临时工也不容易，这年头只招临时工的话根本没人来应聘。"

"随便找个兼职先顶着不就完了！满嘴跑火车！"

看着庆熙姐替我生气的样子，心里反而好受多了。

"我在他们家也干了两年了……反正也不可能给我转正……大概想借着这件事顺便就把我炒了吧，不过我早就做好心理准备了。"

"上哪儿找像你这样不偷奸耍滑、老老实实干活儿的人？就算合约到期了，也不能马上就把人辞了吧。真不像话。"

"我怀孕了，已经五个月了。"

她一脸惊讶地看着我，半天没接话。以往只要有庆熙姐在，聊天时从来都不会冷场，她这样沉默还真让我有些不习惯。可我知道，她是真心为我难过。

"这……我……这可真是……唉……"

庆熙姐这个人虽然是个话痨，还喜欢指手画脚，时常让人心累，但她从来不会为了讨好别人而伪装自己。虽然这种有话直说的性格有时会引起矛盾，她却从来不会记仇。庆熙姐有四个孩子，也正是如此，听到这句话后她才会显得这样百感交集吧。

她沉默了许久没说话，小心翼翼地拿出了一个纸袋子。袋子里面放着我之前工作时常用的东西：黑色平底鞋、发套、牙杯牙刷，还有粉饼和口红、香水等，但我今天绝不是为了拿这些东西才来的。庆熙姐过去卖过保险，而我现在正急需她这方面的经验。我掏出丈夫签的那份保险单放到桌子上。

"其实，我有件事想问问姐。"

她惊讶地拿过那份文件，摘下戴着的近视镜，把文件举到眼前仔仔细细地看了起来。

"说实话，现在我手里连办丧事的钱都没有，这下连工作也丢了，能不能养活自己都难说……"

说不定保险经纪人之间有什么获得遗属保险金的小伎俩呢？

"啊，所以警察才来调查的啊。"

她一副恍然大悟的样子点了点头。

警察？警察找到这里来了？

"什么警察？"

"前几天，几个警察来问了些有的没的。而且因为我跟你最亲，他们问了我很多有关你的事情，我就觉着有点儿奇怪。"

"警察都问了些什么？"

"让我想想，就是问你工作踏实吗，跟人有没有什么冲突……有没有抱怨过丈夫啊，有没有什么经济问题之类的……"

我根本不知道警察来过这里，没想到他们竟然在背后调查我，突然心里卷起一阵凉风，总感觉事态有点儿不太对。

"因为……像这样牵扯到遗属保险金的话是得先调查的，这是必须走的流程，而且最先受到怀疑的肯定就是保险受益人。"

我猜到了警察也许会怀疑到我头上，但没想到他们竟然会到我工作的地方调查我，这一事实让我受到了冲击。同时一股不安渐渐袭来，他们该不会掌握了什么证据吧？

"别担心，我都照实说了。我说你这个人特别老实，从来不会惹是生非，而且跟丈夫的关系也特别好。经济条件的话，要是手头宽裕，谁来这儿工作呀，那当然不能说条件多好，但也绝不是穷得揭不开锅了。"

"对不起姐，害你接受这种调查。"

话音一落，手机就振了起来，来电显示上写着"华城警察局金美淑"。正在我不知道该不该接的时候，庆熙姐坐在我旁边好奇地看了一眼我的手机。为了不让她多想，我便接通了电话。

"喂。"

"喂，您好。我是负责您丈夫的案件的金美淑，上次我们在医院见过。如果您方便的话，我们想上门拜访一下您。"

"来我家吗？"

"是的，麻烦您了。"

我犹豫了一下，但考虑到这个时候更应该堂堂正正，以免让人再生疑心。

"好的，但警察局离我们家会不会太远了？"

"不用担心，我们正好去那附近办事。"

"行，我现在在外面，大概一个小时能到家。"

"那我们就一个小时后见吧。现在两点，我们约三点怎么样？到了跟您联系。"

她麻利地约好时间便挂断了电话。

"是警察啊？"

庆熙姐一脸担忧地看着我，而我则因为刚才那句"在我们家附近办事"而耿耿于怀。上次还去找保安大叔打探情况，这次也像是因为怀疑我，所以才对我周围进行调查的。

看着我一脸复杂的表情，她随即把保险单推到我面前说道：

"那个……尚恩，还是等办完葬礼后再打听保险比较好……是吧？那样更合适……"

我听完她的话点了点头。我突然警醒了，心急吃不了热豆腐，这件事绝不可操之过急。

"是溺亡事故。"

尹昌根刑警简明扼要地说明了丈夫的死因。跟第一次见面相比，今天他的眼里多了几分审视，这让我很有负担。我下意识地回避着警察的视线，一直低头看着自己的指甲。指甲什么时候竟长这么长了，显得脏兮兮的。等他们走了，我一定要先把这丢人的手指甲给剪了。

"具体的尸检结果大概一周后会发给你的，在正式文件下发前，我们先来通知你一下，死者已经顺利完成了尸检。没有什么大问题，可以着手准备葬礼了。"

突然，肩上落下一阵暖意，金美淑不知何时走到身旁，安慰地拍了拍我的肩。那天一身警服和她真的很搭，今天却换了一身休闲装，牛仔裤配 T 恤。

尹昌根见我一直低着头便将视线转移到别处，打量起客厅的角角落落。

"这些都是什么？"

他指着堆在客厅的快递箱问道。

"都是丈夫拿回来的东西。"

这里面装满了药品。说到这些东西，我正好有话想对警察说。

"丈夫公司不肯回收这些东西。这些药本就应该退给友真制药的，他们应该退钱才对。当时是我丈夫自己掏腰包给药店退了款，所以……"

"感冒药一般都含有让人嗜睡的成分吧？"

他撕开箱子，翻了翻箱子里的东西，都是些常见的感冒药。

"你丈夫生前算是比较有野心的人吗？我的意思是，会对第一有执念，或者说不喜欢输给别人吗？"

不知他是在问我对丈夫的看法还是在问客观事实。我想了一下，丈夫确实是个完美主义者，任何事都想做得比别人好，虽然只是为了过上普通的生活而已，却总是力不从心。就像那种总想考全班第一，但拼死拼活努力也只能考到第十的学生。

"算是吧，他经常因为业绩压力很大。"

金美淑从尹昌根手里接过感冒药，仔细查看后面的成分表，时不时用手机搜索着什么。她把其他的箱子一并拆开，检查着里面的药品。

"怎么了？"

然而她并不理睬我，只是一直翻着箱子里的药品。找着找着突然停了下来，紧接着露出了一丝微笑。她手里拿着一盒药，看起来好像发现了什么。那是一种安眠药。她一边细细地观察这种药的成分表，一边问道。

"他平时经常吃这种安眠药吗？"

"不会的……这些药都是要还给公司的，我们不会动的。"

"如果没有要还给公司的打算呢？"

"嗯？"

"金润范怕影响业绩，怕是不会把这些药再还给公司呢。公司有可能并不知道这些东西的存在，当然我们还需要进一步调查，也有可能是公司拒绝了退货……总之，他是有可能吃这些药的，因为根本就不需要退给公司。"

见我一脸疑惑，尹昌根指着安眠药补充道。

"在你丈夫的血液中发现了大量的多西拉敏，这种安眠药的成分表里也有。也就是说，他溺水前曾服用过安眠药。"

"怎么可能，他一直看不起那种靠安眠药才能入睡的人。"

丈夫确实嘲笑过对药物有依赖的人，他在各个方面都很要强。虽然从事药物销售工作，感冒了却不喜欢吃药，说自己要跟病毒抗争。我倒是不知道丈夫身体的抗病毒能力怎么样，但他对药物真的很敏感，甚至连咖啡因也是，平时哪怕喝低因咖啡都会不耐受。所以服下二十多粒安眠药后，不到十分钟便昏睡过去了。

"据我们了解，他用这个房子抵押贷款了，这一点你知道吗？"

"我知道，我们租这个房子时押金不够……但不是抵押贷款，就是普通的商贷。"

"啊，我说的不是这个，大概一年前，他又从其他银行用这套房子的押金做抵押贷了 5 000 万。被解雇也极有可能跟吃回扣有关，他一直无视公司条款，从事违法勾当，后来东窗事发了。我们了解到后来他又回头找医生们要钱，大概是想要回自己之前行贿的钱。最近还因为恐吓罪被人提起民事诉讼，这件事你知道吗？"

他竟然还有贷款？我突然感到一阵晕眩。这就像是死去的丈夫在向我报仇一样。

"警察先生，所以您觉得我丈夫是自杀，是吗？他绝对不是会自杀的人。"

听到我斩钉截铁的语气，金美淑用同情的眼神看着我。而那副表情从侧面证实了我的想法，他们推测丈夫的死就是自杀。

"还在调查阶段，再耐心等待一下吧。"

但警察这话听着就像马上要调查完了，我急得坐不住了。

"您说他威胁医生是吗？那天，我丈夫死的那天，他说要去见那个叫朴宰浩的医生，是一个跟他有交易的儿科医院院长。那个人呢？为什么不调查他？为什么他的车第二天才会被居民发现？您不是说发现的时候，是站在水库上面看到了他的车吗？那时后备箱还浮在水面上。既然这样，那为什么他当晚没有及时报警？"

一口气说出这段话需要很大的勇气，我怕搞不好反而会被警察怀疑，所以一直惴惴不安地不敢说。但一开口反倒自动带入感情，瞬间真的怒火中烧地喊了出来，好像那个医生真的就是凶手。

"我们当然第一时间就调查了那位医生。你丈夫死前最后联系的就是他，我们确认了通话和短信记录，得知那天他们约好了要见面，便马上找他进行了调查。"

"然后呢？他被拘留了吗？"

"他那天并没有去那里。"

"没有去？"

"那天九点以后只有你丈夫的车辆进入了水库。"

我本以为那个医生十一点多到水库后，看到丈夫的车便吓得落荒而逃了。

"为什么没去呢？确定吗？也有可能打车去了啊。"

"可以确定。我们确认了他的行踪，那个时间他不在水库，而在首尔。"

医生并没有通知丈夫要取消约定，那为什么爽约了呢？是因为觉得对方是无关紧要的人，所以不提前通知就可以放人鸽子吗？

"葬礼的话，打算举办两天①是吧？"

脑子里交杂着各种复杂的问题，警察的声音一下子把我拉回了现实。

"出于调查的目的，这些药品我们可以带走吗？"

"好的……您随意，但是……"

我恳切的目光轮番停留在面前这两人身上，希望能够传达出我的真心。

---

① 韩国葬礼一般举办三天，但也会因为特殊情况而延长或缩短葬礼时间。

"我丈夫，肯定是被杀的。"

听到我斩钉截铁的语气，他们二人一言不发地看着我。丈夫，肯定是被杀的。讽刺的是，至少这句话是真的，也是我可以保证的事实之一。

2016 年 4 月 16 日　星期六

珠　兰

远处的港湾上堆满了巨大的集装箱，大型工厂上方冒出了一股股浓浓的黑烟。当这一切再次出现在我眼前时，我内心涌起一种似曾相识的感觉，混合着埋藏在记忆深处的那份伤痛。

这里便是生我养我的故乡——仁川，在这里，我度过了不堪回首的童年时光。父亲在港口企业工作，因此我们一家人便在他公司沿岸码头附近的公寓安了家。父亲患癌症去世后，我们也没有搬走。但这里是他工作的地方，这就意味着所有人都知道我失去了父亲，一夜之间，我从聪明漂亮的孩子沦落为单亲家庭的可怜虫。人们的怜悯让我深深地厌恶着这个伤心之地，一心只想逃离。

"其实你真的不用跟我一起来的。"

丈夫一边开车一边随口说道。

"今天不是周六嘛，好久没跟你一起出门了，这样兜兜风也挺好的。"

　　远处厂房间的缝隙中透出落日的余晖。摁下车窗，一股熟悉的味道扑鼻而来，那便是大海的味道。

　　"以前我老跟着你，想想我们还真去了不少地方，大田、春川、丽水、统营，还去了雪岳山……我就喜欢跟你一起兜风。"

　　导航提示即将到达目的地。

　　"应该是那儿吧，入口在哪儿呢？"紧接着就看到了指向仁荷大学殡仪馆的标志牌。我听说金润范的葬礼在仁川举办后，便非要跟着丈夫一起来。他的家乡也在仁川吗？这可真不是个令人愉快的共同点。虽然只是做了一场跟他有关的春梦，但奇怪的是，我总觉得我们之间并不像只有一面之缘的人，反而像是还有什么其他的关系。

　　所以就算是遗像，我也想再好好地看看这个人。自从他出现在我们家院子里，又如风一般地消失了以后，我都有点儿怀疑这世上是否真的存在这个叫"金润范"的男人。当然，他的的确确地存在过。那天，他递给了我名片，跟我搭话，并且站在我身旁说说笑笑。我想再看一眼这个男人的脸，不管怎么说，他死在了跟丈夫约好见面的那个晚上。

　　葬礼办得很是冷清，总共就看到了三个吊唁花圈，上面分别写着制药公司、家具城和床上用品公司的名字。丈夫和我在礼金簿上签了名，递上装有份子钱的信封便来到了灵堂。

　　正中央摆着男人的遗像，他灿烂地笑着，笑容刻在眼角，留下了深深的皱纹。但我感觉照片中的他更像是一个强颜欢笑的演员，虽然一脸笑容，却看起来疲惫不堪。

我和丈夫一起向他的遗像行礼，然后转身走向旁边穿着丧服的女人，看样子是他的妻子，身材娇小且瘦骨伶仃。我对刚失去了丈夫的妻子感到有些好奇，便留心观察了一下。这个女人看起来三十岁出头，她和她丈夫给人的印象截然不同。金润范第一眼看上去比较招人喜欢，而她的五官却不太协调。这个女人双眼皮太深，导致眼睛看起来过于深邃，鼻子很小，但嘴巴又特别大。虽说是丧事，她的身子看起来也太过单薄了，却显得格外冷漠又刻薄。干燥的发质和粗糙的皮肤仿佛在诉说着她悲惨的人生。

"您节哀顺变。"

她回礼后抬起头，用那双大眼目不转睛地盯着丈夫。

"您是朴宰浩医生吧？"

她突然叫出了丈夫的姓名。

"啊……是的……"

女人说出丈夫姓名的一瞬间，眼睛也变得炯炯有神。丈夫似乎想要回避她的视线，赶忙转身离开了，但她固执地一直死盯着丈夫的背影。

丈夫的行为举止看起来并没有什么特别，随份子、去灵堂吊唁、献花，现在则坐在其他客人中间，若无其事地吃着殡葬公司准备的送葬饭。入口的食物又甜又咸又硬，味道实在是一言难尽。就在这时，一个看起来三十多岁的年轻男人走过来，亲切地向丈夫打了声招呼。

"浩哥，来啦？嫂子也一起来了啊？"

"嗯。这是姜仁燮，我大学的学弟，在富川开了家耳鼻喉科医院。"

"嫂子好！浩哥怎么来了？大家都有点儿避讳，不愿来呢。"

男人小心翼翼地凑到丈夫面前小声说道。

"既然认识，当然要来了。怎么？难不成出什么事了？"

"你还不知道啊？前段时间他跟大家闹得不太愉快。"

他犹豫地看了一下四周，看样子是觉得在故人的葬礼现场说这种话有点儿不合时宜。

"他说自己攥着大家的回扣明细，还拿那个威胁大家，说不给钱就要交给警察，浩哥还不知道吗？咱们这边已经有好几个人因为这件事被警察叫走了。"

"真的？有这事儿？"

丈夫明明也接受了调查，却表现出一副闻所未闻的样子。

"真的，听说刚开始是威胁，后来见这招不管用，就干脆跪下来死缠烂打。"

"就算是那样，也不至于葬礼也不来吧，看来那些人自己也心虚。那你怎么来了？"

"我开业才没多长时间，工作上跟他也没有多少交集。单纯是因为刚开业的时候他给我介绍了些路子，帮了我不少忙，所以我想来送送他。"

这个人说金润范是他开业时的"中间人"，还用了"单纯"这个词。我突然生出一种想法，也许来参加葬礼的人恰恰就是最"不单纯"的人吧。

"说是自杀。"

他像是要说什么不可告人的秘密一样，故意压低了声音："被公司炒了，还欠了一屁股债，所以自杀了。"

而丈夫看上去并没怎么仔细听他讲话。

"是吗？就这样结案了？"

"我找认识的警察打听了一下……"

他一副八卦的样子，正在兴头上却突然闭上了嘴，原来是金润范的妻子走了过来。她瞥了我一眼，看向丈夫。

"您方便借一步说话吗？"

丈夫目露惊讶，一时竟没接上话。

"啊，好的。您有什么事吗……那我们出去说？"

"我有话想单独跟朴医生说，拜托您了。"

女人转头对我说道，好像希望我不要干扰他们的谈话。

丈夫起身跟在她身后出了灵堂，刚才在丈夫面前八卦个不停的姜仁燮也离开了。虽然我也很好奇，但在他看来好像觉得没必要跟我说这件事。于是，就剩我一个人坐在这儿，拿着一次性木筷有一搭没一搭地搅着面前的辣牛肉汤。

我很好奇那个女人和丈夫说了什么，也很好奇姜仁燮刚才说的警察调查结果。但是谁都不会告诉我这些，我就像个被排斥在大人交际圈之外的小女孩儿一样。我能掺和的事情一直很有限，比如做什么菜、何时去超市、从哪儿开始打扫等。这样一想，我和隔壁保姆做的事也没什么区别。

过了二十分钟左右，她回来继续接受客人的吊唁，而丈夫却不知去向。我看一下，在她身上并没有看到丧夫之痛，她始终面无表情，冷静地吩咐着殡葬公司的工作人员。她在丈夫的死亡面前都没有失去理智，仍显得镇定自若。反倒是自己一个人待在这儿的我一直坐立不安。

给丈夫打了个电话，他说跟朋友正在聊天，没好气地给我挂了。

我实在不想独自一人留在这儿，还不如去车里等着丈夫。偶尔有客人进来吊唁，看到一个女人自己坐在凄凉的灵堂里，免不了都要多看两眼。我实在待不下去了，起身准备离开。

"您是金珠兰吧？"

金润范的妻子突然走到我身旁问道。

"啊，是的。您怎么知道我名字的？"

"我看了礼金簿，没想到朴宰浩医生旁边的名字，我竟有点儿似曾相识。"

"啊？您听过我的名字吗？"

"嗯，是我丈夫生前喜欢的名字。他曾说过，如果我肚子里怀的是个女孩儿的话就叫珠兰，金珠兰。"

听到这句话，我吓得起了一身鸡皮疙瘩，直接愣在当场。她指着被丧服遮住的肚子，看样子是怀孕了。啊，穿着丧服的女人竟然怀孕了。

"我丈夫经常提起您。"

经常？我只见过他一次啊。她的话让我感到不快，我为什么要成为他们这种人的谈资？面前的女人用一种充满好奇的目光打量着我，完全不像是丧偶的女人该有的样子。

"您知道我丈夫去世的那天晚上，是跟朴宰浩医生约好了要去钓鱼吧？"

她开门见山地向我发问，像是话里有话。

"是吗？这件事您为什么要问我呢？"

"我丈夫是被人杀死的。"

"什么？"

"我认为，是您的丈夫杀了我的丈夫。用不了多久，警察也会这么认为的。"

她嘴角扯出一丝笑容。这个女人竟然在丈夫的葬礼上笑了！这微笑既无礼，又让人感到不舒服。

这一刻，事情的真相是不是像她说的那样，那天晚上丈夫到底有没有去过水库，金润范究竟是不是被杀死的，这一切都不重要了。而这个微不足道的女人，仰着下巴一字一句地向我说道，眼神里充满了无视，她的态度让我愤怒不已。这个女人算老几啊，竟然也敢一脸轻蔑地看着我，叽里呱啦地说个没完。她这副德行惹得我怒火中烧，我强忍着才没把手里的皮包甩到她的脸上。

尚 恩

丧礼的前一晚我翻了一晚上丈夫的电脑，卡得要死的笔记本里，文件却被整理得一目了然，以前的电影、文件、照片一下子就能找到。如果别人问丈夫是个什么样的人，我会说，他是个擅长整理的人。得益于此，我轻而易举地便找到了他整理好的表格，里面详细地记录着日期、医生姓名、场所、内容、贿赂明细还有金额。看样子他就是拿着这个文件到处去威胁医生要钱的吧。他那么凶残地折磨我，在外面倒是天真得很，完全就是个孤立无援的可怜人。竟然拿着没有任何证据和法律效力的日记去要钱，要是真有人给他钱才是邪门了。

　　我把这个文件打印出来带着，打算等今天警察来参加葬礼时交给他们。我当然知道这个文件不具备任何法律效力，但现下至少可以拖延他们的调查时间，而且我也需要用别的东西来转移警察的视线。我穿着丧服守在灵堂，一步都不敢离开，焦急地等待着他们的到来。

　　视线一直徘徊在灵堂入口，突然，我看到了一个中年男人和一个很显年轻的女人一同进来。我一眼就认出了那个男人是谁，医院官网上那个笑得一脸和蔼的院长——朴宰浩。跟他的半身照相比，真人看起来相当结实，身材修长且健壮，块头也不小。要是不知道他是医生的话，可能会觉得他很适合娱乐圈或者黑社会。

　　一身黑色西服的他站在我丈夫遗像前献花，之后转向我轻轻地鞠了个躬。那个女人也站在他身旁，一脸悲痛地看着我。为什么他连妻子都带来了呢？

　　女人一头齐肩的黑发，倒让人猜不出年龄。肤如凝脂，再配上一双夺目的红唇，黑色连衣裙显得格外端庄，可真是天生丽质。但她一直盯着我看，那眼神就像看动物园里的猴子一样。

　　"您是朴宰浩医生吧？"

在我说出他名字的那一刻，身材健壮的男人显得有些慌张。更有意思的是，他的妻子看起来比他更震惊。我只叫出了名字而已，两人便像在犯罪现场形迹败露的共犯一样，一脸惊讶。

我没想到朴宰浩会来参加葬礼，因为他是我丈夫死了之后第一个接受调查的人。

不知是不是不想跟我丈夫的死扯上关系，两个人都尽力摆出一副若无其事的样子，祭拜完了也不走，竟还留下来吃饭。他们背对着我，面向墙壁，并排坐在了入口处。在我眼里，他俩的所有举动简直既尴尬又奇怪。夫妻两个人哪有并排坐着一起吃饭的，也许是潜意识中不想面对着我吧。看到两个成年人就那样肩并肩坐在角落里吃饭，我差点儿没笑出声来。对我来说，他俩也算是一对不速之客了。

我这两天把那个粉红色手机里的信息翻了一遍又一遍，丈夫不可能无缘无故地在约朴宰浩见面的那天特意藏起这个手机来，我相信这里面一定有什么不可告人的秘密。

我努力想把这一条条七零八碎的信息串联起来。为什么丈夫拿着这个孩子的手机？这个孩子是谁？为什么丈夫见朴宰浩前要把这个手机藏起来？反复思索了几遍，我推测出一种可能性。难道丈夫打算用这个手机威胁朴宰浩？那个坐在角落里连一次性筷子都帮妻子掰好的男人，难道他和这个叫李秀敏的女孩儿有什么关系？

我脑子里突然浮现出那天丈夫的表情，透着一种异常的兴奋。丈夫一直拿着没用的回扣明细威胁医生们，说不定这次是真的找到了绝好的机会。他把手机藏在车里，可能就是为了防止证据被朴宰浩抢走。

为了确认我的推测，我给朴宰浩发了一张女孩儿的照片，还有那句："朴宰浩医生，你还记得我吧？"

但他并没有回短信。没有得到预期的反应，这让我对这个手机的价值产生了怀疑。但是，今天他竟然来参加葬礼了。也许他的出现就是对这条信息最好的回应。

李秀敏的手机里下载了一个叫作"即时聊天"的软件，乍一看还以为就是普通的聊天软件，但实际上里面暗藏玄机，打开之后会发现这就是个提供性交易的平台。看起来这个十多岁的女孩儿，因为某些原因一直在"援助交际"。说不定朴宰浩就是个有恋童癖的变态呢。

那个一脸天真烂漫的女人要是知道自己的丈夫有恋童癖，她又会怎么样呢？说不定会在浴室里用浴巾上吊自杀吧。她看上去可不像是能沾染这种脏事的人，她就像被身边的人捧在手心的公主一样，要知道公主的世界都是加过滤镜的，自然也就只剩下了美好的一面。

我向着那对夫妻走去，他俩正在专心致志地听着对面的男人说话。在他们对面坐着一个微微驼背的男人，手里拿着水果，看上去比那对夫妻更傻。

"您方便借一步说话吗？"

我用手拍了一下朴宰浩的肩，他竟吓得打了个激灵，猛地回头看向我。

"啊，好的。您有什么事吗……那我们出去说？"

他妻子把筷子放到桌子上，看样子准备跟出来。我可不希望今天晚上她就在浴室里上吊自杀了，我只想跟这个男人单独谈谈。

"我有话想单独跟朴医生说，拜托您了。"

"啊，好的。"

她面露失望。近看她的皮肤，透亮又有光泽，每个月大概都在那种高端美容院砸了不少钱吧。以前上班时我也经常碰到这类客人，这种女人总是希望全世界都知道自己是幸福的。从小过着衣食无忧的生活，无论是人生还是婚姻都有很多选择，但她们的选择往往只有一个，那便是找一个爱自己的有钱人。倘若我也有很多钱，相比现在这悲惨的人生，我也能做出更好的选择吧……总之，这个女人一点儿都不像跟我丈夫有任何瓜葛的人。

殡仪馆停车场前，男人微微弓着背，低头看着我。

"您要节哀啊。"

虽然他一副惋惜的表情和语气，但眼睛看起来倒像是在笑。

"您知道我为什么要找您吗？"

他一时无言，一脸陷入沉思的表情，但看起来又像是在享受这一切。

"不知道呢，您现在应该没有心思找我才对吧。请问是因为……"

"您知道我丈夫是怎么出事的吧？"

"从警察那里听了个大概，至于这具体原因嘛，我当然不清楚。"

"我丈夫不是自杀的。"

"那样的话，警察肯定会查出真相，让逝者安息的。"

他的语气假惺惺的，带着让人讨厌的底气。他眼角那饱经岁月沉淀的皱纹，似乎便是这份底气的来源。

"丈夫带我回娘家后便去了基山水库，出发之前给了我一件东西，说特别重要，让我好生保管。"

面前的男人一副认真倾听的样子，略带夸张地点了点头。

"这件东西，我还没有告诉警察。"

听到"东西"这个词，下一秒他就变得面无表情。

"那个，我应该怎么称呼您呢？您贵姓……"

"我叫李尚恩。"

"这么说来，那条奇怪的短信也是您发的吧。"

听起来像是在说前几天我发的照片和短信，粉红色手机主人秀敏的照片。

"您也需要钱吧？"

他一下子就看穿了我的意图，胸有成竹地问道。面前的这个男人很聪明，跟他说话完全不需要浪费口舌。

"那就是个没人要的手机而已，没有任何其他的意义。润范不知道从哪儿捡到这么个手机，硬要跟我扯上关系……蛮不讲理地找我要钱。那天约在水库见面，本想好好劝劝他，别再找各种借口威胁别人了，后来又觉得好像也没那个必要，所以那天就没去。

他这话听起来，像是在撇清自己和那部手机主人的关系。

"那这部手机对我来说也没什么用了，我还是把它交给警察吧。"

我象征性地点了个头算是道别，转身便准备离开。

"您知道润范为什么死了吗？"

他看着我的背影问道。

"因为他一直都做了错误的选择。"

他径直地看向我，就好像在说这错误的选择也包括我一样。这个男人和我丈夫一样，都有暴力倾向，但暴力的方式截然不同。丈夫欺负弱者实则是为了隐藏那份骨子里的懦弱，而朴宰浩则不同，他身上蕴藏的暴力则是一股子不容小觑的残忍。

其实丈夫一直清楚地知道自己想要的是什么样的生活。拥有一间110平方米出头的公寓，再生个二胎，就是他这辈子的梦想。妻子为自己准备好一日三餐，把家里打扫干净、收拾整洁，下班后一家四口在家里一起吃晚饭，尽管每天都疲惫不已，却因为有家人而感到未来可期。也许对很多人来说，这只是再平凡不过的日常，但从小缺失亲情的丈夫对那样平凡又安逸的生活有种超乎寻常的执念。眼见着那个梦想渐渐远去，他也就变得越来越暴力。

刚结婚那会儿，他着了魔地想让我怀孕，看着自己的计划落空，便责怪我没有调理好自己的身体。他总是把所有责任都甩给我，好像一切都是我的过错一样。

就像朴宰浩说的，说不定那时丈夫选择跟我结婚就是个错误。可悲的是，结婚没多久我便后悔了。说不定这桩婚姻可能会让我失去一切，于是我想到了离婚。我不想一辈子就活在这样的煎熬中，不想变成被操控的木偶人，沦落为这场婚姻的牺牲品。我也不想一辈子都活在丈夫的影子里，变成他的附属品。可能在成为他妻子的那一刻，我的噩梦就开始了，"金润范妻子"这个称呼只会让我感到卑微和凄惨。

丈夫本来是我同事的男朋友，当时我在百货超市 E-mart 的进口化妆品专柜工作。那个时候我天天打扮成日本动漫的女主角向客人推销化妆品，穿着短裙配长筒过膝白袜，再加上一双十厘米的粗跟"恨天高"，扎两根小辫，见人就夸我们家产品适合敏感肌。而那个同事就在我旁边的专柜卖婴儿用品。她是个花钱格外大手大脚的女生，说站一整天太辛苦了，得好好犒劳一下自己，下班后总要去超市再转一圈，每天花的钱比挣的还多。虽然我觉得那样的行为很愚蠢，但为避免交浅言深，便也不好对她指手画脚说什么，毕竟我们的关系好像还没好到那个地步。后来她下班后消遣的场所变成了夜店，开始向周围人借钱，每次借个5万、10万的。我不想跟别人扯上金钱关系，于是尽量跟她保持距离，总是费尽心思地甩开她，但她对我这个同龄人表现得格外热情。

那时正值大冬天，我下班后全副武装好才从超市后门出来。看到外面站着一个男人，这天寒地冻的季节，他就只穿着单薄的西服，冻得哆哆嗦嗦地等女朋友下班。后来才知道，那令我避之不及的同事便是他的女朋友。之后再见面便会点头打个招呼，后来三个人一起吃饭，我便近距离好好观察了他一下。

他在制药公司从事销售工作，是个完全没有幽默细胞的人，但长得很帅，而且看起来人也老实。摊上我同事那种虚荣拜金的女朋友，这个人也真是可怜。那时我格外同情他，交错了女朋友搞不好会让他倾家荡产。不知道哪来的自信，那时我以为自己就是拯救他脱离苦海的救世主，而他也觉得不赶时髦不化妆的我，和其他女人相比多了一份淳朴。

其实，那个男人只是用老实伪装了自己的无能，而我也并不是什么淳朴，就是穷酸而已。我们对彼此抱着错误的幻想，恋爱了不到一年就闪婚了。

丈夫骨子里就是个道貌岸然的男人，满嘴的仁义道德。他认为做错事就必须受到惩罚，这种想法甚至近乎执念。结婚后他却只对我进行道德绑架，为自己的家暴寻找各种借口。因为像我这样的女人偏离了他所坚信的道德标准，于是他便以惩罚我为名义，不断对我施暴却从未感到过抱歉。其实他威胁那些吃回扣的医生或者向朴宰浩要钱，也都是因为在他眼里，那些人做了错事，而做错事就要受到惩罚。但可笑的是，他思想再扭曲也会死守道德底线，就算是为了那所谓的纲常伦理，他也绝对不会做出与未成年人性交易这样无耻的事情。

但是朴宰浩看上去跟丈夫并不是一类人，对他来说，好像根本不存在所谓的道德底线。虽然是儿科医生，但对这样的禽兽来讲，用钱让未成年人来满足自己的性欲，完全不会产生罪恶感。为了自己的私欲，他什么事都做得出来。所以这么一看，我们倒像是一类人。

于是我很好奇，到底什么样的女人会跟这样的男人一起生活呢？为了知道他妻子叫什么，我在礼金簿中找到了朴宰浩的名字，旁边写着"金珠兰"。金珠兰？好熟悉的名字。

丈夫曾说过，如果我肚子里怀的是个女孩就叫金珠兰。我真的非常讨厌这个穷酸的名字。听起来这个名字就很符合丈夫理想中女人的样子，不，是理想中的妻子。而我绝对不想让我的孩子跟金润范这个男人心里的"完美妻子"扯上一丁点儿关系。

金珠兰，这个名字里透着一股穷酸的女人一直左顾右盼，貌似在寻找她的丈夫。独处一会儿就感到惶恐不安的小女人，这不正是我丈夫心目中理想的妻子吗？

"您是金珠兰吧？"

我向她打了个招呼，问道。

"啊，是的。您怎么知道我名字的？"

"我看了礼金簿，没想到朴宰浩医生旁边的名字，我竟有点儿似曾相识。"

"啊？您听过我的名字吗？"

"嗯，是我丈夫生前喜欢的名字。他曾说过，如果我肚子里怀的是个女孩儿的话就叫珠兰，金珠兰。"

我想借用这个名字，把她拉进我和丈夫的世界里。是的，就是这个一脸纯真的女人。她从来了之后便一直眨着水汪汪的大眼睛，似乎对这里充满好奇。

"我丈夫经常提到您。"

她脸上瞬间浮起一丝不悦。

"您知道我丈夫去世的那天晚上，是跟朴宰浩医生约好了要去钓鱼吧？"

她表情有一瞬间的动摇。

"是吗？这件事您为什么要问我呢？"

我觉得刺激这个女人可比跟朴宰浩斗智斗勇有意思多了。

"我丈夫是被人杀死的。"

"什么？"

"我认为，是您的丈夫杀了我的丈夫。用不了多久，警察也会这么认为的。"

女人的表情彻底扭曲了，她完全顾不上掩饰自己。就在刚刚，她还摆出一脸微笑强装好人，而此刻眼里却充满了愤怒。不知她是因为我还是因为朴宰浩才会如此生气，但有一点可以肯定，显然她对自己的丈夫并不是百分之百地信任。也许，我能轻而易举地就让她怀疑自己丈夫手上有人命。金润范没从朴宰浩那儿得到的钱，我这个做妻子的，可得替他拿到。女人的第六感告诉我，这也许比拿保险金要更容易，也更现实。想到这里，不知不觉便露出了微笑，我又找到了新的希望。

2016 年 4 月 17 日　　星期日

珠　兰

　　我也想做一个开朗活泼、乐观积极的人。如果说二十岁的负能量是一种年轻的叛逆，看上去很酷，那么等到了三十岁，就会变成而立之年的失败。所以我总是努力去扒拉过去生活中那些美好的片段，然而姐姐的死变成了我心里的炎症，时不时就会发作，让我的努力功亏一篑。我不想成为沉溺在伤痛中的失败者，可如今那个女人说的话，又在我的伤口上撒了把盐。我的丈夫，可能是杀人凶手。

　　曾经我特别喜欢盯着丈夫那双略显粗糙的大手翻来覆去地看，还常常爱不释手地抚摸他中指的茧子，端详他的掌纹还有那傻里傻气的扁指甲，就会让我感到无比安心。然而现在，一想到这双大手有可能结束了一个鲜活的生命，我就感到毛骨悚然。

　　我现在满脑子都是那句话。那个干巴瘦又黑不溜秋的矮女人说："我认为，是您的丈夫杀了我的丈夫。"

也许丈夫是为了隐藏那天不在家的事实，才对我编造了谎言。我对所有的一切都感到气愤，快要气疯了。我气他什么事都瞒着我，就算那天他真的杀了金润范，也该坦白地告诉我，我们一起商量对策就是了，我会一直无条件地支持他的。如果那天他选择告诉我，为了给他制造不在场证明，我什么都能做。不，就算没什么我能做的，我也会比现在更爱他、更相信他。

我原本一心一意地相信着我的丈夫，他的谎言却摧毁了这一切，我对他的信任和感情也随着怀疑消失殆尽了。他让我变得消极，变得疑心重重。

我想找那个叫李尚恩的女人谈一谈，可怎么才能联系上她呢？我突然想起在葬礼上看到了他们工作单位送的花圈。那天一共就摆了三个花圈，显得格外寒碜，上面分别写着制药公司、家具城和床上用品公司的名字。想必她在家具城工作吧，好像是 W 家具城西仁川分店。于是我在网上找到家具城的号码，毫不犹豫地拨通了电话。

"您好，我有事想咨询一下，请问可以帮我联系一下您公司的一位职员吗？她叫李尚恩。"

"您好，请问您有什么事吗？"

"我想要退货。"

"是这样啊，您直接致电顾客中心申请退货就可以了。请问您购买了哪种商品？"

"不，我就要找李尚恩，我是从她那儿买的，不找她找谁？"

"啊，您请稍等一下。"

对方的声音听起来有点儿慌张，可能以为碰到了什么难缠的顾客。

奇怪的是，我从没这么语气强硬过，这一刻反倒像变了个人一样。不久前我还是个完全与世无争的人，平常哪怕买了残次品，也总是嫌麻烦不退货，要么凑合着用，要么再买新的。

"顾客您好，实在不好意思，李尚恩现在不在我们卖场工作了。"

"啊……那请问她调去哪个卖场了？"

"她已经辞职了。"

"我找她有急事，可以麻烦您给我她的手机号吗？"

"实在不好意思，我们没办法告诉您员工的个人信息。如果您有什么意见或者有关退换货的相关事项，都可以联系顾客中心，那边会尽力帮您解决的。"

假扮难缠顾客失败了。要是在以前，我一定觉得特别丢人，说不定也就放弃了。但就在这时，我突然灵机一动，要想拿到李尚恩的联系方式，或许还有另外一种办法。我拉开床头柜的抽屉，找到一张揉成团的小卡片，展开之后看到上面写着"金润范"三个大字。这是他给我的名片，还印着友真制药销售部的电话号码。

"您好，我是金润范先生的朋友，有事儿没法参加葬礼，所以想把份子钱转交给他的妻子。请问您方便告诉我他家人的联系方式吗？"

"啊，好的，您稍等一下。"

这次接电话的男人态度不错，看上去他觉得同事一场，帮我联系到金润范的妻子也是应该的。

"您好，您记一下号码吧。他的妻子叫李尚恩，010-7×××-5344。"

"好的，谢谢您了。对了，我还有东西想寄给她，能不能把地址也一块告诉我啊，您看现在这情况我实在是不好意思打扰她……"

"好的，您稍等！"

接着男人便若无其事地把金润范的住址告诉了我。果然，比起麻烦事，大家还是更愿意在好事上帮助别人。想必这个接电话的男人，也是想抱着能帮就帮的心态，就当为自己去世的同事做件好事了。

要到电话和地址后，我倒是一下子不知如何是好了。

我觉得自己并不是那个女人的对手，再加上似乎也没必要跟她辩解我丈夫到底有没有罪。拿到电话号码后，本来打算问她，"你为什么说我丈夫杀了你丈夫？能告诉我原因吗？"后来我才意识到这是个多么愚蠢的问题。

5344。看来看去，这个尾号总有种似曾相识的感觉。这个以两个4结尾的号码……突然，我想起来在哪儿见过它。前几天丈夫手机上收到的那张照片，就是这个号码发的。刚开始我以为它就是普通的垃圾短信号码，跟我偶尔收到的那些垃圾邮件和短信一样。

那张照片里的女孩儿十多岁的样子，穿着露肩装灿烂地笑着，我绝对不会记错。还有那条信息，"朴宰浩医生，你还记得我吧？"

很少有垃圾短信连收信人的名字都写得准确无误，于是我盯着那个号码看了又看。甚至在网上搜了搜，一般垃圾信息号码一搜就能知道。谁承想，这号码的主人却着实让我始料未及。那张女孩儿的照片，竟是李尚恩——金润范的妻子——发给我丈夫的。

我打算再好好理一下整件事情的前因后果，努力想搞清楚到底是怎么一回事，但婆婆和儿子进门的声音打断了我的思绪。

圣材手里拿着一个白色的盒子，仔细一看是个新手机，看样子是婆婆买给儿子的。

"妈，您又给孩子买什么了？"

婆婆一进客厅，我便冲她抱怨起来。一身米色套裙的婆婆今年已经七十岁了，跟同龄人相比，可谓是气色红润、身体硬朗。她非常注重保养，看上去顶多也就六十岁。公公在银行工作，婆婆是专职主妇，就只是非常普通的家庭。可他们不仅在寸土寸金的江南区有两栋公寓和一栋十层楼的大厦，而且在京畿道的河南市和一山新城也拥有自己的土地，那里都是属于首尔的卫星城，极具发展前景。结婚时我也很纳闷，看似普通的公公婆婆怎么会攒下这么多资产，还以为是他们从长辈那里继承的，但实则不然，这些财产都是他们夫妇二人自己赚的。婆婆虽然是全职主妇，但是对投资理财非常在行，特别是在炒股和炒房方面简直堪称专家。最近她又在慰礼新城买了套公寓，转眼就升值了1亿韩元。每次投资前都需要实地考察去看看样板间和土地，因此婆婆时常外出，她总希望我能陪着一起去，但我不喜欢通过投机挣钱，觉得这样暴富会落人口舌。

结婚前，一想到马上就要融入丈夫的家庭，我就觉得非常忐忑。他父母和我父母原本就是属于两个世界的人，我不知该如何跟他们相处。原本我还对公公婆婆抱有美好的幻想，然而刚一结婚，幻想便马上破灭了，他们并不是值得我尊敬的人。我本想跟婆婆保持距离，把丈夫拉到我的世界里来，但这种想法完全就是空中楼阁，根本不切实际。别说丈夫了，连儿子也快要被他们抢走了。他们时常对圣材展开金钱攻势，儿子还那么小，又哪里受得了这样的诱惑。

"我看孩子手机屏幕都碎了，想着要么修修，要么再买个新的。反正又不贵，就给他买了个新的。"

"妈，家里有的是不用的手机。"

原本笑眯眯的婆婆一下子冷了脸。像是不想再继续这一话题，突然转身走向厨房，看到电磁炉上的双耳锅里炖着黄花鱼，便打开锅盖闻了闻。

"这是什么时候做的呀？"

用眼前的炖鱼转移了话题，她拿起勺子在锅里随意搅了搅，舀了口鱼肉尝了尝味道。

"味道不错啊，咸淡正好。圣材他爸肯定喜欢。"

"您光给孩子买东西，他总是乱用，一点儿不知道珍惜，您别再给他花钱了。"

圣材一进门便一屁股坐在客厅，迫不及待地拆开了新手机的包装盒。一听这话，他不满地斜了我一眼，抱着手机就上楼了。

儿子的房间里堆满了奶奶送给他的东西。只要有想要的东西，他一定会头一个就找奶奶要，然后很快就将其束之高阁。而且我发现，他三分钟热度的毛病日益加重，热情消退的速度可真是比他长个子的速度还快。不久前花150万买了套架子鼓，没两天就玩腻了扔在一旁，如今反倒变成了仓库的装饰品。奶奶的纵容让他对金钱越来越没有概念。

"听说他在学校发生了不好的事情……跟同学打架了。不知是不是因为这事，孩子整个人都无精打采的，也不说话，我这不是担心嘛。买了手机以后他可高兴了，也愿意跟我聊天，还教我手机怎么用。孩子那么高兴，又不值几个钱，给他买个手机又怎么了！"

"圣材跟妈说的？说他跟同学打架了？"

儿子竟然告诉奶奶在学校发生的事情，而对我……心里生出一股被人背叛的感觉。

"不是，是他爸……也不是什么大事儿，还不是怕你担心。到这儿才多长时间你就说让他转学，你这样孩子就更没自信了。又没什么大事儿，你睁一只眼闭一只眼过去就完了，为什么要自讨苦吃。哎你看，我这说着说着就饿了，珠兰啊，有饭吗？你这鱼做得真不错。刚才跟圣材吃了午饭，这会儿又饿了，上了年纪就是这样，吃点儿东西没一会儿就消化完了。"

婆婆总是这样，每当遇到什么矛盾，把自己想说的话一股脑都说完就转移话题。我打开电饭煲，盛了一碗杂粮饭递给她。

"人不要活得那么清醒，装装糊涂，大家都轻松。不要那么较真，难受的还不是你自己嘛。"

我抬头看着她，打扮得那么精致的婆婆嘴角却沾上了菜汤，还自顾自地说个不停。我默默地抽了张餐巾纸，抬手帮她擦干净。婆婆又用手蹭了蹭我擦过的地方，一脸难为情的表情。只有在这种时候，我才能显得比她强那么一点点。

丈夫今天去参加教授的退休宴，喝了点儿酒就叫了代驾，回来的时候都快十二点了。我时而翻翻杂志，时而切换着电视频道等他回家。对于我来说，每天等丈夫回家就是再普通不过的日常生活。不管看书还是看电影，抑或是做家务，一切的一切都是为了等待丈夫。这话要是跟朋友们讲，她们一定会用一副无可救药的表情说我活在旧时代。但我很享受这种等待丈夫的过程，身边有需要照料的家人，这一点就能让我心满意足。但今天我格外不安，打扫、看杂志、看电视一系列事情做下来，马上要见到丈夫了，我整个人却变得越来越害怕。

隐隐约约闻到了酒味儿，丈夫回来了。他开门进来，一言不发地一屁股坐到沙发上。好奇怪……我一下子就感觉到，今天他有点儿不一样。平常进门总会先说一句"我回来啦"，但今天一声不吭地坐在沙发上，一个劲儿地盯着窗户看。我就站在沙发旁看着他，什么都没有问。丈夫像是感觉到我的奇怪，转过头径直看向我。

"你之前说隔壁女人是干什么的？"

不知丈夫问的是女主人还是保姆。

"你说的哪个？短头发那个？"

"对，就她。头发剪得跟男人一样短，看上去有点儿奇怪的那个。"

"哦……说是律师，听说还是家挺有名的律所的律师。"

"是吗？看着倒不像。没个正经样，脑子不怎么正常。"

"怎么了……出什么事了？"

丈夫把视线转移到自己的手机上，莫名其妙地翻着通话记录和短信。

"刚才进门的时候在家门口碰见了。她让我转达给你，说把监控翻了个遍也没发现 4 月 9 日晚上往咱家院子里乱扔垃圾的人。"

我这才想起前两天去隔壁要监控的事，那个叫银河的女人以隐私为由拒绝了我，说等自己确认后再告诉我。

什么乱扔垃圾的人，只不过是我随便编的借口，之所以要看监控，就是为了确认一下那天晚上丈夫到底有没有出去。银河不了解我的深意，查完监控见到丈夫后便只告诉他没发现乱扔垃圾的人。

"发生那种事的话告诉我就是了，你自己一个人还能怎样？"

他一下子从沙发上站起来，边扯领带边状似无意地说道。其实这句话他以前也常说，放在平时，每次听到他这样说我都会感到温暖和心安。他让我相信自己不是一个人，不管发生什么事他都会为我解决。但刚刚那句话戳中了我的自尊心，那个语气让我感觉自己就是他的附属品，这个家的所有东西也都不属于我。我顿时生出了一种无力的绝望感，也许他说得没错，我自己一个人还能怎样呢。

为了弄清楚 4 月 9 日丈夫的行踪，我甚至都跑去隔壁邻居家了，最终也没能成功。也许除了那个女人——金润范的妻子，没有人会相信那天晚上我丈夫不在家吧。

我变成了一个自己什么也做不了的废物。就在我低头沉思时，丈夫从沙发上站起来，盯着映在客厅玻璃窗上的我看了半天。窗户上我的倒影，看起来是那么可怜。

2016 年 4 月 18 日　　星期一

尚　恩

　　满心期待让我激动不已，这样的心情可真是久违了。光是听到2 亿韩元的死亡保险金，不，大概只要丈夫在我面前消失，都能让我对未来重燃希望。但现在我又有了新的期待，也许我能拿到比 2 亿韩元还要多的钱，这份期待让我想入非非。说不定我还能买间小公寓呢！如果有剩余的钱还可以买辆小车，就我和孩子坐，也用不着买大的。本来送孩子去幼儿园之前，我也没法工作，这样一来就不用担心怎么赚钱养孩子了。

　　我拿起秀敏那部粉红色的手机，从头到尾仔仔细细地研究了一遍，把手机里所有的电话号码和聊天记录都查了一遍。

　　朴宰浩的手机号是 010-××××-1939，为了找到跟这个号码有关的信息，我把秀敏的手机翻了个底朝天。但出乎意料的是，她的手机里并没有关于朴宰浩的任何蛛丝马迹，不管是通话记录、Kakao

· 134 ·

Talk 聊天信息还是短信。他难道还有个黑号吗？他若心思缜密，有可能一直用别的号码联系。所以那天我说要交给警察的时候，他才那么理直气壮吧。那么，难道丈夫知道朴宰浩的另一个秘密手机号？还是掌握了什么其他的证据？突然觉得要是丈夫还在就好了，我竟生出了这种奇怪的想法，可真是搞笑又丑陋。

这个女孩子才十五岁，就通过社交平台和手机软件物色对象，出卖自己的身体换取金钱。可照片里的她看上去跟普通女孩儿明明没有任何不同，就是那种喜欢玩偶和小狗、没事儿就躺在床上自拍、经常跟朋友们开玩笑、特别爱吃甜甜的雪冰的女孩儿，她看上去就像那样天真烂漫的孩子。单看照片，她就像一个在普通家庭长大且受到家人疼爱的平凡少女，很难相信她竟然会做出那样的事情。当然，只看照片而已。

她到底为什么会做出那样的选择呢？我内心充满了好奇，可我清楚这种好奇心是愚蠢而又残忍的。"你为什么会变得如此不幸？"问这种问题的人就是彻头彻尾的伪君子，只不过是在用别人的伤痛来安慰自己罢了。

手机的飞行模式一解除，便"叮咚"几声，又收到了几条未接来电和短信，上面显示着一个熟悉的名字——泰景。又是这个孩子。

——妈你在哪儿？你要背叛我们吗？

——你到底是死了还是逃跑了？当妈的也能这样吗？

泰景一直在找秀敏，而且叫她"妈"。我又点开相册，翻到了一张秀敏和一个男孩儿的合照。男孩儿看起来和秀敏年龄相仿，脸庞白皙又稚嫩，烫着卷发。他会是泰景吗？

男孩儿的身后停着一辆摩托车。一种似曾相识的感觉，突然想起前几天保安大叔给我看的监控，那两个少年骑的车跟这张照片里的一模一样，都是送外卖的摩托车。看样子秀敏的朋友也一直在找她，但他们并没有报警。秀敏到底在哪儿？不，她还在这个世界上吗？突然我生出了一种可怕的预感，说不定这个手机的价值远远超出了我的想象。

就在这个时候，门铃突然响了，寂静中显得格外刺耳。这个时候谁会来？我充满警戒地看了一眼可视对讲机的屏幕，结果什么都没看到。我也没出声，就那样一直看着屏幕，心想可能是推销东西的人，或是物业管理人员又拿着什么无关紧要的倡议书让住户签字。这时有人出现在画面中，像是准备再次按门铃。画面中的人让我大吃一惊，我猛地上前一步，把脸凑到对讲机前，震惊地看着画面中的女人。是她！金珠兰！

她又按了一下门铃并退后一步站在门前。这几秒钟里我脑子里想了很多。要见她吗？要不假装不在家？可她竟然找到家里，想想便觉得耐人寻味，送上门的我可不想错过。我照了一眼镜子，稍微整理了一下仪容便急忙跑去开门。生怕这一会儿的工夫她就走了。

门突然被打开，金珠兰两手拎着满满的东西被吓了一大跳，不自觉地往后退了一步。

"呃……呃……"

她一副尴尬的样子，一直不停地呃。

"您好。"

"啊……您好。"

"您怎么找到这儿的？有什么事吗？"

"我……"

"进来吧？"

我往旁边侧了一下身子，主动邀请她进来。明明是她自己来找我的，却像被硬拽来的人一样，一脸不知所措，慌张地站在门口犹豫不决。

"请进。"

我再次出声请她进来，手足无措的她看起来傻里傻气的，就像哪里不舒服或者脑子不正常的人。她脱了皮鞋走进客厅，四下看了看，一副无所适从的样子，似乎需要有人指挥她坐在哪里。

"那个……这是洗护用品。我不知道您的喜好，就挑了最普通的味道……"

她递过来的礼物套盒里面装满了婴儿和孕妇可以一同使用的洗护用品以及保健品。我犹豫了一下，家里并没有什么可招待她的东西。冰箱里连瓶果汁都没有，只有一瓶前几天点炸鸡外卖时送的可乐。因为没有什么选择，于是我连问也没问，把矿泉水倒入杯子中递给她。

"您怎么找到这儿的？有什么事吗？"

"啊……是这样的……我打电话问的友真制药。"

"找我有什么事吗？"

她露出一脸苦恼的表情，明明是自己来找我的，有什么好苦恼的……最终像是下定决心一般，她直勾勾地盯着我，这次她的目光里倒是透着一丝坚定。

"那天……您为什么那样说？在殡仪馆时……您为什么说我老公是杀人凶手？他是医生，话可不能乱说，我们是可以告您诽谤的。"

我差点儿笑出声来，但还是忍住了。这个女人大概从来没拐弯抹角地试探过对方吧，当然说不定压根儿就没有那样的必要……这种招男人们喜欢的女人，不都认为大家对她的亲切和照顾是理所应当的嘛。

"你丈夫是个有恋童癖的变态！"本已到了嘴边，但又被我硬生生地噎回了肚子里。这次没能像上次在殡仪馆时那样草率，事到如今，我得更加小心谨慎、步步为营。

"想必您也知道，那天晚上我丈夫跟朴医生约好了一起去基山水库钓鱼，结果就在那天，我丈夫就出事了。"

"可是！"

女人着急地打断了我。

"可是我丈夫说那天晚上他根本就没去水库。要是他真有嫌疑的话，现在肯定在接受警察调查吧！"

"您说的也有道理。"

我顺着她的话应了一声。对我来说，那天朴宰浩到底去没去水库已经不重要了。

她盯着我看了半天，拿出手机，打开一张照片递给我。低头一看，竟是秀敏的照片，她把我发给朴宰浩的短信拍了下来。

"那么，您可以解释一下这是怎么回事吗？为什么要把这张照片发给我丈夫？照片上的人又是谁？"

我抬头看向她。这个女人语气听起来强硬，表情却充满了恳求。就像在说，"求求你告诉我吧"，但我又怎么可能白白告诉她这一切呢？如果朴宰浩那肮脏的一面就这么被揭穿了，我的威胁也就起不到任何效果了。

"这个嘛……关于这个孩子，您丈夫没有说什么吗？"

我突然意识到这个女人可能什么都没能问，一个人苦苦纠结了半天，走投无路才来找我的。看样子比起丈夫的说辞，她更想知道客观事实。难道她不相信自己的丈夫吗？他们可是夫妻关系啊。在同一个屋檐下生活，同床共枕那么多年，又育有一子，还有共同财产，这样都不能相信彼此吗？

"您丈夫曾来过我们家，去世前一周左右……"

她倒是坦诚，在我这个说她丈夫是杀人犯的女人面前，把自己知道的信息全盘托出。

"来我们家放下一个渔具包就走了……"

渔具包……好像是有这么一回事，我对那个包有点儿印象。从不钓鱼的丈夫某一天突然买回个渔具包，我记得他还量了量尺寸，似是在计算着什么。

"这包里要是装满100万一捆的钱,能有多少呢？"丈夫笑着问我。现在回想起来，那个包大概就是丈夫威胁朴宰浩要钱，为了方便拿钱才买的。丈夫大概以为朴宰浩会把那个包装满了钱再送回来吧，谁承想那天朴宰浩并没有拿着那个包去水库。假如那天他准时出现在那里，我就不用像现在这样为保险金绞尽脑汁了。说不定现在朴宰浩那个混蛋正被当作重大嫌疑人关在拘留所呢。他到底为什么没有遵守跟丈夫的约定？难道真的像他说的那样，没把丈夫的威胁当回事才坐视不管的吗？

"稍等一下。"

我转身走进丈夫住的小房间，记得在哪儿见过一个说明书，上面有图片和信息。让她看一下就知道是不是那个包了。

　　这时我的手机在客厅响起来，我以为对方见没人接很快就挂了，没想到铃声一直锲而不舍地响着。我找到夹在文件夹中的说明书，回到客厅一看，金珠兰正慌张地拿着我的手机，一副不知所措的样子，而手机就那样一直在她手里嗡嗡地响着。从她手中接过电话，看了一眼来电显示，我也跟她一样露出了惊讶的表情。010-××××-1939，这不是朴宰浩的手机号码吗？

　　"喂，您好。"

　　"您好，我是朴宰浩。恐怕您已经猜到是我了吧？"

　　电话那端传来一个冷静且低沉的声音。我接起电话，看了一眼金珠兰，大惊之下她的嘴唇一直在抖。

　　"请问有什么事吗？"

　　"您说呢？"

　　"朴医生改变想法了吗？"

　　电话那头清晰地传来了男人的笑声。

　　"我们见面聊怎么样？您住在仁川是吧？我改天下班后过去，约个时间在您家附近见吧。"

　　"那，这样的话我们约在人多的咖啡厅怎么样？我可信不过您。"

　　"哈哈哈，我无所谓。后天周三见吧，您有时间吗？"

　　"好的，朴医生约我见面这事儿，我提前告诉警察也可以吗？"

　　其实我就想试探试探他。

　　"哈哈哈，随意。倒是您，让警察知道没关系吗？"

　　"您指的是？"

"本想我们两个人之间聊些警察不知道比较好的秘密来着。没关系，随您。"

他假惺惺的态度给我一种卑鄙小人的感觉。

"怎么做是您的自由，我也管不着，那等那天见了面我们再细谈吧。"

说完便挂了电话。和坐在身旁的金珠兰一样，我也没能隐藏住内心的惊讶。我俩用相同的表情对视了一眼。

"我丈夫为什么会……"

我一言不发地打开说明书，指着一个黑色渔具包，上面印着眼花缭乱的银色条纹。

"是这个包吗？"

她看到照片后点了点头。

"对，是这个。我见里面什么都没有，觉得挺奇怪的……"

"这个包还在您家吗？"

"嗯，可能在吧。我好像在丈夫的书房见过一次……"

我记得看到新闻上曾说，拿苹果箱子装满面额 1 万的韩元能有 1 个亿，那高 1 米多的渔具包要是装满的话能有多少钱？3 亿？4 亿？那要是，装满面额 5 万的韩元呢？

丈夫的死亡保险金是 2 亿韩元，可他想跟朴宰浩要 3 亿韩元甚至更多。如果只是单纯地嫖娼，就算是未成年人，拿这件事威胁他就能要来这么多钱吗？

我想，粉红色手机的主人，这个叫秀敏的孩子恐怕已经不在这个世界上了。金珠兰坐在我面前一无所知却还满面愁容。肯定就是她的老公，那个叫朴宰浩的男人杀了李秀敏。

"我丈夫为什么要见您呢？"

我翻出秀敏的照片递到她面前。

"我也很好奇。对了，您刚才问这孩子是谁对吧？我也想知道她是谁？现在在哪儿？不如您帮我一起问问您丈夫吧。问问这孩子现在到底在哪儿？"

她看看我，又看看手机中秀敏的照片。

"你在要我吗？"

她一下子站起来俯视着我，眼神变得格外犀利。

"渔具包是怎么回事？这个女孩儿是谁？所以你现在是在跟我开玩笑吗？"

怎么能说是开玩笑呢？就算是开玩笑，那也是她自己巴巴地找上门，带着一副渴求真相的目光，非要介入这件事情。

我撕了一张便利贴，一笔一画地写下女孩儿的名字，李秀敏，然后在下面写了崔泰景的名字和电话号码。

"别问我这孩子是谁，我也不知道。如果你实在好奇的话，可以自己去打听一下。"

这是现在我能给予这个女人的最大帮助了。

"崔泰景又是谁？"

"我只知道这个叫崔泰景的孩子跟你一样，也在找秀敏。据我所知，你的丈夫，朴宰浩医生应该对秀敏的事情清楚得很。其他的，我也不知道了。"

"我丈夫？为什么他会……"

"就是说呢。我也很好奇，所以打算见面问问他。您如果有什么疑问，最好的办法就是直接问您丈夫，如果实在不愿意，也可以问问这个叫崔泰景的孩子。我能告诉您的只有这些了。"

她苍白的脸上没有一丝血色，一言不发地看着我。水杯举在手里，一口都没喝，她放下水杯，垂头丧气地走了。

说实话，我并不好奇金珠兰在想什么。刚开始只是好奇这样一个女人若是知道自己丈夫是杀人犯会有什么反应，但现在那份好奇心也慢慢变淡了。我很了解那样的女人，她们不会轻易破坏自己安逸舒适的生活，也无法体会到承担风险的必要性。显而易见，用不了几天，她就会放弃的，然后将注意力转移到别的地方，装聋作哑正是她这种女人最擅长的。

而我，只希望知道了这一切的金珠兰能够起到推波助澜的作用。"花点儿钱赶紧把她打发走算了"，若她能这样积极地说服朴宰浩就太好了。毕竟我也只是希望他们二人能尽快回归到和谐的夫妻生活而已。

珠 兰

今天晚上我又失眠了。生怕翻身的动静吵醒丈夫，于是一直一动不动地等他进入梦乡。听到旁边传来轻微的呼噜声，我这才轻手轻脚地坐起来，低头注视着丈夫熟睡的脸庞。他在睡梦中还深深地皱着眉头，看起来很辛苦的样子。

"这样皱着眉头睡的话，皱纹会越来越深的。"

我用手指将他的皱纹捋平。他低低地哼了一声，倏尔又眉头紧锁。

我从床上起身来到客厅。宽敞的客厅一片漆黑，往常总会觉得可怕，此刻这里却让我放松下来。连灯都没开，我在黑暗中摸索到沙发，就把自己整个人都蜷缩了进去。

"秀敏的朋友们在找她，金润范死了，而丈夫知道秀敏在哪儿。"

这件事既像小时候跟朋友一起玩的猜谜游戏，又像斯芬克斯之谜一样摸不到头绪。于是我开始重新梳理思绪，叫秀敏的孩子消失了，金润范死了，丈夫知道秀敏在哪里，拿着秀敏手机的尚恩要跟丈夫见面。

我拿出手机仔细地看起秀敏的照片。白皙的皮肤，画着长长的眼线，瞳孔颜色很浅，仿佛戴了美瞳一样。年龄的话，看上去刚来月经顶多两三年，胸部也还没发育成熟，像是含苞待放的花骨朵一样。身材又瘦又小，穿上少女内衣可能都松松垮垮的。

丈夫跟这个女孩儿能有什么关系呢？不好的预感在心头挥之不去，我突然想起来前几天丈夫对儿子那件事不以为然的态度。他说儿子向女同学露出性器官这种行为没什么大不了的，只不过是男孩子青春期不懂事，还说儿子一回家就把房门锁上，跟我疏远也都是正常现象，男孩子都这样。

丈夫到底是个什么样的人呢？我真的了解他吗？

想着想着我便意识到一个讽刺的事实，原来在我内心深处最恐惧的事情，不是丈夫有可能是杀人犯，而是他会抛弃我。

今天去李尚恩住的那套小公寓时，我仔细观察了一下她家。巴掌大的客厅配上三间小卧室，墙纸掉下来了也没人管，开着门的洗手间能闻到一股发霉的味道。其实比起这个叫作李尚恩的女人，对我来说她生活的世界更可怕，一地鸡毛。正因为我很了解那样的生活，所以才不想也不愿再踏入那个世界。

小时候，在港湾附近学校上学的孩子家里都很穷。虽然我们家条件也不好，但只因为家里有洗手间，我便经常被朋友们称为"有钱人家的小孩儿"。那时大家都无比羡慕住在公寓的人，就算是烂尾楼，只要是公寓就是好的。所以那时向来都是朋友们向我示好，而我也总能很快和他们打成一片。

忘了是小学几年级了，那时有个朋友对我特别亲切，常常送我礼物。有天她邀请我去她家玩，我便欣然答应了。我们爬上一个大土坡才看到她家的木板房，那个房子看起来好像下一秒就会倒了一样，重点是里面没有卫生间。那天我憋得站也不是坐也不是，却怎么都不想在爬满蛆的公共蹲便池上厕所。朋友见我为难，就让我尿在厨房的下水道口，还直接蹲在那儿给我演示了一下。隔着薄薄的窗户纸，和厨房连着的房间里就躺着她生病的爷爷。

之后，我便从那个房子里逃了出来，哭着跑回了家。那时我以为是憋得难受才哭的，现在想想，大概是被朋友的那份贫穷吓到了。自从那天以后，我便不再把她当成同一类人。后来我去了离市中心更近的初中、高中，甚至考上了首尔的大学，可我深深地意识到自己依旧很贫穷。时过境迁，但我仍记得那时自己看向那个朋友的目光，很怕有人也会那样看着我，这份恐惧在我内心深处生根发芽。

我没有父亲，妈妈在饭店打杂挣钱养家。姐姐因为没有钱交学费，职专毕业后就工作了。我也是一边打工一边还助学贷款的。那时我从没在大学朋友面前说过姐姐没上过大学，因为他们根本不能理解，对他们来说，大学只是人生必经的阶段而已。

姐姐去世后，朋友们来参加葬礼时，我觉得特别羞愧，不想让他们看到我们家残破不堪的一面。在那么悲痛的时候，我却还在盘算着自己那点儿微不足道的体面。所以我很想跟丈夫结婚，步入新的世界让我感到幸福。直到那个世界里我最爱的姐姐也离开了，便再也不愿回忆起过去的点点滴滴，我想彻底跟过去的世界告别，从此走进丈夫生活的圈子。

丈夫的生活安定富足，我相信他可以带给我像样的生活，让我变得高人一等。可我憧憬的未来，绝不是像现在这样周围充满着谋杀嫌疑的世界。

我厌恶那种粉饰太平的生活，所以并不能接受有的人明明毁掉了别人的人生却装作若无其事。我之所以觉得自己到死都有权诅咒和审判那个伤害姐姐的杀人犯，是因为我坚信自己站在道德制高点上，至少比那个作恶多端的混蛋要高。

曾经我以为丈夫的世界坚不可摧，可如今他的世界也开始摇摇欲坠了。

卧室门"嘎吱"一声，打破了深夜的寂静，大概是丈夫醒了。他一言不发地站到我背后，我感受到了丈夫的气息，抬头看到沙发对面的窗户上映出他的模样。

"大晚上不睡，坐这儿干吗呢？"

丈夫从身后绕过来坐在我旁边。

"……"

见我一言不发，他便将我的长发整理到一边，用手轻柔地帮我按摩，从后脑勺到脖子再到肩膀。

"你最近好奇怪，整天在那儿发呆想什么呢？"

"没想什么。"

"怎么了又？难受就说出来，别自己一个人憋在心里，再憋出病来。"

于是我仿佛又回到了那一天，再次向丈夫问道：

"老公，那天叫金润范的那个人来我们家时，他看向我的眼神很奇怪。"

"奇怪？"

"对，就好像认识我一样。眼神中透着一种同情的感觉，可我明明是第一次见他。"

"第一次见？他来过咱家好几次啊。"

我大吃一惊，转头看向丈夫。

"什么时候？我怎么一点儿印象也没有？"

"有时候我喝酒了，他就会帮我把车开回来。难道他没跟你打过招呼吗？"

"他为什么要给你开车？他又不是代驾。"

"可能想巴结我呗。"

"他不是住在仁川嘛……"

那一瞬间我好像感觉到丈夫的手加重了力度。

"你管他呢，是不是参加完葬礼又觉得心里不踏实了？所以我就说不让你去嘛。死人这事儿对你来说总归是有点儿难以接受的。"

"那……难道有人会觉得这种事无所谓吗？"

见我看向他，丈夫也停下了手中的动作。

"也是……就是说呢？"

他在这一点上很像婆婆，一说到重要的事情就回避。他从来不想跟我认真谈论什么，重要的对话总会把我排除在外。

"是你杀了金润范吗？"

我尽量控制住感情用低沉的声音问道。他并没有回答，反而用同情的眼神看着我，和那天金润范在院子里看我的表情如出一辙。我在那种眼神中读出了不屑，他们都觉得我在无理取闹。就像小孩子弄丢了玩偶，失落得找爸爸哭诉，而爸爸心想，"不过是个玩偶而已，你可真是可爱"。现在丈夫看我的眼神就像这个爸爸一样。

"我问是不是你杀了金润范！"

他的表情让我郁闷不已，于是我尖叫了出来，岌岌可危的感情一下子就崩溃了。他用力把我搂到怀里，轻轻拍打着我的后背安慰道：

"哎哟……下周看完你姐回来，我们就去旅行吧。我知道，每年这个时候你总是会伤心，我能理解你。没关系……有我在，没事儿……"

"跟那有什么关系！！我问你杀人了吗！！"

我尖叫着推开他，郁闷压在心口，好像下一秒就要窒息了。丈夫那怜悯的表情就像一面铁墙一样，在我面前屹立不倒。他嘴里一直说着没关系。而我，完全有关系的我，就像个疯子一样尖叫着。而他根本不为所动，一直反复念叨着，"没关系，没事儿"。

"没关系……我在你身边，没事儿。没关系……没事儿……有我在……"

2016 年 4 月 19 日　　星 期 二

珠　兰

　　我就这样睁着眼一动不动地在床上躺了许久。一想到天亮了，新的一天又要开始了，无力感便会如潮水般席卷着我。丈夫没有叫我，自己悄悄地收拾完便上班去了。直到听到车辆驶离车库的声音，我才从床上坐起来。也许是睡眠不足，镜子中的女人顶着一双深深的熊猫眼，皮肤看起来也很粗糙。

　　我打算去院子里晒晒太阳，顺便整理一下自己的思绪，一出来就看到美龄在隔壁二楼阳台上抽烟。每到我丈夫上下班的时间，她就会准时出来，盯着我们家看个不停。我很好奇她站在那儿看着我丈夫时心里面到底在想些什么。美龄见我出神地盯着她，便也目不转睛地看着我。我们就这样相互试探地对视着，都在期待对方先开口打破这沉默。其实我有很多话想问她。她每次都好似无心地到底在看什么？如果真的是在看我丈夫，那有没有发现他有什么可疑的地方？

这时银河突然出现在美龄身后,把手随意地搭在她肩上亲密地聊着什么,对自家保姆在阳台上抽烟反倒毫不在乎,看样子这俩人的关系比我想象中要亲密多了。银河转头看到我正看着她们,露出一副吃惊的表情。

"早上好。"银河慌忙向我打招呼,而她眼神中的惊讶很快就被一种类似惋惜的情绪所替代。为什么大家总是同情地看着我,这种表情让我深恶痛绝。

"今天天气挺凉快的,您今天状态怎么样?"

美龄和银河仔细观察着我的神色。

"挺好的,今天休息吗?"

"啊,我正准备出门呢。那个……如果需要帮助的话,随时过来找我们就行。没什么别的意思,大家都是邻居嘛。"

她这话听着,倒像是把我当成了哪里不舒服的病人。回屋以后,我猛地想起了一件事,说不定我真的可以求助于她。她是律师,那么找个孩子应该……

我抱着手机站在大门口等着银河,她开着那辆红色轿车,一看到我便停了下来。

"请问……有什么事吗?"

我默默地把手机递给她,屏幕上是秀敏的那张照片。

"这孩子是谁?"

她仔细看着照片中的孩子。

"我朋友的女儿,叫李秀敏……这孩子不久前离家出走了,她的朋友也都在找她，这种情况该怎么办才好？有没有什么办法能打听到这个女孩儿在哪儿？那个，我朋友是报警了，可警察说纯粹离家出走的话是不能立案的。她特别担心女儿……您是律师嘛，不知道有没有什么办法？比如查查孩子的上网记录什么的……"

银河仔细听着，抬头看了我一眼。

"可是……其实我是专打遗产继承官司的……"

"那一点儿办法都没有吗？"

见我面露焦虑，她似是有点儿担心我，又仔细看起那张照片。

"那我打听打听吧，警察局倒是也有熟人……帮忙问问像这种离家出走的青少年该怎么办还是不成问题的。您把照片和孩子的名字发给我吧，还有她的个人信息……啊，您还不知道我手机号吧？"

她正好拿着我的手机，就直接把自己的号码存进了通讯录。

"这个孩子叫李秀敏是吧？家庭住址和孩子的手机号也一起发给我吧。"

我当然不知道孩子住在哪里。这可如何是好，怎样才能圆过去……反倒是银河替我解了围，她研究了我的表情后又开口说道。

"啊！没关系。不知道也没关系。嗯……以防万一，我把美龄的手机号也留给你。"

银河在我的手机里存上了她家保姆的电话号码。

"需要帮忙的时候随时联系我就行。要是我不方便接电话，您就打给美龄，她会帮您的。"

我觉得她的态度非常奇怪，明明是我拜托她帮忙找秀敏，怎么倒像我才是那个需要帮助的对象。她把手机还给我时，还顺便瞥了一眼我的鞋。这眼神让我感到莫名其妙，但我还是若无其事地说道：

"啊对了，上次谢谢您帮我看了监控。我听丈夫说了。最近一直没空，也没机会好好谢谢您。"

"啊……没事儿……我看了4月9日晚上到第二天早上的监控……没看到有人乱扔垃圾，是不是您记错了？唉，这也很正常！记错了又不是什么大不了的事，没什么的。"

"可是……我丈夫……说那天晚上出门的时候看到了可疑的人，监控真的一个人都没拍到吗？"

她似是回忆了一下监控录像。

"对，您丈夫出门的时候一个人都没有。而且一整晚都没有人路过，车的话，倒是有几辆……"

"啊，好的……"

我又回味了一遍她说的话。

"您丈夫出门的时候一个人都没有。"

其实有没有人路过对我来说根本不重要，重要的是，那天晚上丈夫确实出去了。我这么固执其实就是为了确认这个事实而已。这段时间我的内心好像住着两个小人儿，一个劝我妥协，"如果真的像他说的那样，是我精神错乱怎么办？"而另一个则劝我坚持，"如果是他在撒谎，那天晚上他要是出去害人了怎么办？"这两个小人儿一直在打架，而今天邻居的一句话打破了他们势均力敌的局势。现在胜负已分，我不会再相信丈夫了。

"您丈夫很担心您。"

"嗯？"

"但凡需要帮助就尽管开口，我们没有什么不方便的。"

　　银河走之前又强调了一遍，说一定会帮助我的。我目送那辆依旧满是灰尘的红色轿车远去，转身正准备回家，却看到美龄站在隔壁大门口，她和银河一样也一直盯着我的脚看。我这才低头看了一眼，原来我右脚穿着黑色拖鞋，而左脚却穿着黄色凉鞋。

尚　恩

　　一大早房东就打来电话，本来说押金要再涨 5 000 万韩元，但她决定只再多收我 4 000 万韩元。一口一个身不由己，都怪房价上涨，但其实就是想说自己觉得我可怜，所以大发慈悲地便宜了 1 000 万韩元。我一言不发地听着，房东见我连句道谢的话都不说，便生气地挂了电话。我又没央求过她便宜点儿，是她自己一厢情愿地可怜我，主动打给我说要少涨点儿，大概以为我会感激涕零吧。可我并不打算继续住在这里了。卫生间的污垢顽渍怎么擦都擦不干净，房门上的贴纸都掉下来了，而且时不时地还能看到虫子爬来爬去，住在这样一个老旧的小区里，能有什么不舍的呢？我想去一个新的地方，开始属于我自己崭新的生活。

　　一出门就看到贴在门上的传单广告，上面写着松岛新公寓开始预售了。

拥有三千户以上规模的海景房高级住宅，享有国际学校教育资源，坐拥国际化商业投资区，毗邻现代奥特莱斯和乐天购物中心。

　　我扫了一眼传单便顺手揉成了一团。我正在想尽办法寻找秀敏，在我把她手机翻了个底朝天后，终于在邮箱里发现了很久之前的购买记录，上面写着一个配送地址，看样子是她家。我要尽可能知道这个孩子更多的信息。明天晚上跟朴宰浩见面前，我一定要找到对我有利的证据，这样才能如愿以偿地掌握主动权。

　　秀敏家离我住的地方不远，位于仁川间石洞，打车不到十五分钟就到了。下车后我便开始寻找652-5号。这一片都是多层住宅，老旧的红石墙上勉强还能分辨出门牌号。652-5，我又确认了一遍，看样子这里就是秀敏家了。带着狮子把手的蓝色大门敞开着，我径直走了进去。

　　虽然是老旧的三层住宅，但每层台阶上都放着花盆，一看就知道主人是爱种花养草的人，门前还放有小孩子骑的三轮自行车。透过客厅的大玻璃窗可以看到室内装饰，墙上挂着电视，对面摆放着棕色皮沙发，家里东西塞得满满当当的，看上去就是普通住户家的客厅。虽然我从没住过这样的房子，但兴许是触景生情，看到这温馨的光景竟莫名有点儿想家。

　　不知从哪跑来一条小狗汪汪地叫了起来。听到动静，一位看上去六十多岁的阿姨走过来，打开门面露不悦地看着我。

　　"有什么事吗？"

"您好，请问这是秀敏家吗？"

"秀敏？秀敏是谁？你说楼下那家的孩子？那个初中生？"

我顺着她的视线向下看去，看到了一个通往地下的楼梯，我还以为那是个地下室呢，谁承想那才是秀敏的家。

"您最近见过秀敏吗？"

"哎呀，不知道，我压根儿就不关心。你去敲门问问吧，应该有人在。"

她一副不耐烦的表情，说完就关了门。我默默地站在一楼门口犹豫了很长时间。

我后知后觉地担心起来。这样莽撞会不会掉入什么陷阱？然而畏惧也只是一时的，一想到我可是谋杀了丈夫的女人，这点儿小事有什么可怕的。

我顺着台阶走下去，敲了敲那扇灰色的铁门："有人吗？"

里面什么动静都没有。我看了一眼时间，十一点三十五分，这个时间倒是很有可能不在家。正当我纠结要不要晚上再来时，铁门发出"吱呀"一声。一个中年男人从缝隙里探出头来，看样子是匆忙套了件衣服，仔细一看，衬衫扣子都没扣好。

"您好，请问是秀敏家吗？"

"嗯，有什么事吗……你是？"

男人的双眼中充满了恐惧。

"我是秀敏的班主任。"

为了能从他嘴里套出话来，还是装成秀敏的老师比较方便。

"啊，您好。"

他回头看了一眼屋里，面露难色，一副现在不太方便让人进去的模样。

"方便的话，我们进屋说吧。"

说完我便往门前走了一步，表现出不容拒绝的态度。今天我穿了条贴身的针织连衣裙，男人看了一眼我的肚子，似是发现我怀孕了。一个身强力壮的男人实在没必要警惕一个孕妇，虽然不好意思，但还是无可奈何地让我进去了。

进屋一看，地下室就只是一个狭窄的单人间，客厅和卧室隔开。进门的地方有个水池，让本就拥挤的客厅显得更加窄小，小到甚至坐不下两个成年人。而直接让我进卧室坐着似乎也有失礼仪，于是他一直站在客厅里，而我却若无其事地打开卧室门走了进去。垃圾袋随意堆在角落里，褥子和被子就那样铺在房间正中央。男人见状赶紧走进房间，把褥子卷起来推到角落。

斑驳的墙上挂着小女孩儿幼儿园毕业的照片，应该是秀敏小时候。照片中的她还带着一些婴儿肥，怯生生地笑着。卧室中间的天花板上安装了一个简易衣架的轨道，外面还挂着一面帘子。

"家里实在是有点儿……要不我们去外面找家咖啡厅吧？"

"没关系，我想多了解一下秀敏平时的样子。"

他打开客厅的小冰箱翻了半天。

"您喝杯水吧？"

他这才拿出桶装水给我倒了杯。眼前这帘子有种莫名的诱惑，我没忍住一下子掀开了中间挂着的帘子，结果却发现里面竟另有一番天地。

里面的墙上贴满了电影宣传单，角落里放着几个破旧的玩偶，看起来像是秀敏的。敞开的抽屉柜里堆满了女孩子的衣服，衣架上挂着一套初中校服。看起来，这里像是属于秀敏的私人空间。

如此狭窄的单人间，一家人竟然用帘子隔成了两个空间。看样子，为了争取一个只属于自己的独立空间，秀敏也是煞费苦心了。我这才发现窗帘外面用黑色发夹固定着一张泛黄的白纸，上面写着"请敲门"。不知为何，此刻我竟觉得这三个字是如此凄惨。

"请问您来是有什么事吗……"

"最近秀敏一直没来上学。"

"是吗？"

他恭敬地双手举着杯子递给我。看样子面前这个男人对女儿一无所知。

"孩子也一直没回家吗？"

他翻了翻墙上挂着的日历。

"对，差不多一个多月了吧……家里没有她的房间，上初中以后她就经常去朋友家住，而且跟一些坏孩子混在一起……反正也经常不回家。"

"您不找她吗？"

"自己要离家出走的，找了又能怎么样？她说朋友可比家人强多了。"

"那您也没想过要报警吗？"

听到我的话，男人"扑哧"一声笑了出来。

"她自己要走的，报什么警。等在外面知道她爹有多不容易，脑子清醒了，再回来也不迟。"

看到他用帘子给孩子打造了这个小小的私人空间，我还以为这男人会是个温柔的父亲，谁知他竟是个如此不负责任的懦夫。

我站起来观察着孩子用的东西。初中生的家里应该贴着偶像的照片才对，秀敏却在墙上贴满了电影宣传单。

"看样子她很喜欢电影吧？"

"啊，那是因为发霉了……"

我这才意识到这样围着帘子里面一定很潮。稍微揭开一点儿墙上的贴画，就露出了被遮住的霉斑。

"秀敏很久没来上学了，想问问您知道孩子可能会去哪里吗？"

他慌张地看着我。

"我怎么会知道？老师应该更清楚吧？"

无能的男人，只会把问题栽赃给别人。不仅自己的生活一团糟，甚至对孩子也毫无责任感，这样的男人为什么要活在这个世界上呢？"你这样的男人怎么不去死"，这句话涌到嘴边又咽了下去。

"这里原来挂着什么吗？"

秀敏桌子上方的墙纸上有一个浅色的四边形痕迹，和周围的颜色形成了鲜明对比。看样子那里曾挂着什么东西，看起来像相框似的，应该是最近才摘下来的。

"她妈的照片。好像是上次走的时候摘下来的……"

"您离婚了吗？"

"没有，她去世了……"

我以为来秀敏家能知道她是什么时候失踪的，没想到我得到的消息只有一个，那就是孩子是抱着再也不回来的决心离家出走的。她带走了对她来说最珍贵的东西，大概是想永远离开这个地方吧。

"失踪只有家人才能报案，孩子可能永远都不会自己回来的，只有您报案才能找到孩子。"

听完我的话，他喉咙里发出一声闷响，"呸"的一声把痰吐在卫生纸上。看样子人家不愿听我的话，早知道就少说两句了，多管闲事真是。

从秀敏家出来，往回家的方向走去。见到秀敏父亲后，我脑子里一直浮现出丈夫的模样，两个人明明截然相反却又如此相似。秀敏的爸爸毫无责任感，对家庭也是漠不关心；而丈夫却过分地关心，以至于变成了一种变态的执念。朴宰浩和丈夫约好了在基山水库见面，说不定秀敏就是在那儿被杀害的。同一个水库，丈夫的尸体浮出了水面，可那个男人的女儿说不定还沉睡在水底。

走到一个熙熙攘攘的市场前，就看到了公交车站。正当我查看站牌时，包里的手机振动了起来，想都没想我便接通了电话。没承想电话那头传来了金珠兰的声音，还是那副犹豫不决、惊慌失措的语气。

"那个手机……你要把它……交给警察吗？"

"请问，我有义务回答你这个问题吗？"

"啊，不不……你说我丈夫知道那个孩子在哪儿对吧？"

难道她问朴宰浩有关秀敏的事情了？我一言不发地等着她的下文。

"那天你不是给了我个电话号码嘛，崔泰景的。你说他是秀敏的朋友，也在找秀敏。我跟他联系了。"

上次金珠兰来我们家时，我给了她崔泰景的电话号码，让她自己联系，但我其实根本就没期待她真的会联系那个孩子。我只是出于好奇，才给她提供了两种方法，想看她到底是会去找秀敏的朋友还是会直接问自己丈夫。事实证明，她放着捷径不走，偏要绕远路。

那天在地下停车场殴打我丈夫的两个孩子，其中一个应该就是崔泰景吧。他们之所以找上他，肯定也跟秀敏有关。

"我跟那个孩子说好了要见面，但我不能自己去，你陪我一起去吧。"

瞬间我怀疑了一下自己的耳朵。陪？

"谁？"

"你陪我一起去见崔泰景吧。你不是说我丈夫是杀人犯吗？你得为自己说过的话负责吧。我在开车去仁川的路上，我去接你。"

"什么？"

这个女人可真是蛮不讲理。我无话可说地笑出了声，一不留神就错过了回家的公交车。

很明显，对自己的丈夫，她现在什么都问不出口，不，好像是害怕从她丈夫那里听到什么。难道是害怕他坦白自己的罪行吗？就算杀人了又能怎样？照常拿着丈夫给的钱，享受着精致的衣食住行，吃穿用度样样奢侈，依旧过着悠闲自在的日子不就完了。这女人真的太傻了，傻到我没忍住笑出声来。

后面紧接着又来了一辆回家的公交车，然而我仍没上车。这次并不是因为嘲笑她而错过了，而是我心里突然涌起一股似曾相识的感觉，不禁打了个寒噤，一下子愣在当场。仔细想想，我对金珠兰的嘲笑和我丈夫经常对我说的话简直如出一辙。

想到这里，我便收起了笑容，没想到在厌恶丈夫的同时，不知不觉间我竟变成了和他一样的人。也许现在的金珠兰就像过去的我，正在为怎样摆脱自己的丈夫而苦苦挣扎呢。

像我这样的人，这辈子是不可能再奢望成为好人了。奇怪的是，此刻我对金珠兰却生出了一种歉意。

珠　兰

每周二和周四，圣材都要去大岾洞上英语辅导班，丈夫负责接儿子下课回家。我打电话给丈夫，骗他说大学同学有急事约我见面，让他带着儿子在外面吃晚饭或者去婆婆家，然后我开着那辆橙色沃尔沃 SUV 就出门了。这辆车是丈夫几年前送我的礼物，我一般只有去附近超市或医院的时候开，几乎没上过高速。本以为会很害怕，但没想到出发之后竟生出了一种成就感，那是一种被我遗忘的感觉。就好像考试前临时抱佛脚，只熬了一晚上却压中了考试题，那种心满意足的感觉。

哪怕得不到什么有用的信息，但亲自去寻找答案还是让我激动不已。虽然内心很害怕，但我还是鼓起了勇气。早上从具银河那里听到

4月9日晚上丈夫并不在家这一事实后，我便下定决心要弄清事实真相。我拿出李尚恩给我的便利贴，上面写着一串陌生的数字。那天晚上丈夫到底做了什么？这个叫李秀敏的孩子到底和丈夫有什么关系？我一定要自己查清楚。

电话那头传来了一个男孩儿的声音，听上去漫不经心的，那含糊不清的发音一听就是个孩子。一听我提到秀敏，就一直反复问我有什么事。

"我们能见一面吗？"

"有什么事吗？"

"我想问一下有关秀敏的事情。"

"有什么事吗？"

"我也在找她。"

"……"

听到我说也在找秀敏，孩子一下子就没了动静。

"拜托了，有件事想问问你。"

"唉行吧……在哪儿见呢……仁荷大学后门行吗？"

"行，什么时候？"

"啊……明天不行，后天也没空……今天行吗？晚上六点，我干完活儿能腾出一会儿空来。"

"行，我去找你。"

挂断电话后我一直坐着发呆。刚才为什么要打电话？为什么要跟这个孩子见面？此时的我后悔不已。这孩子的态度和声音让我想到了圣材，转念一想，崔泰景跟儿子差不多大，也就是个普通的孩子，没什么好担心的。但是我自己一个人去见他终究是件危险的事情，"得跟别人一起去！"我脑子里过滤了几个朋友，但还要跟她们找借口解释实在是太麻烦了。于是我想起了给我电话号码的尚恩，至少不用在她面前编什么冠冕堂皇的理由，再加上万一这要是她给我下的圈套，那么拉上她去也能放心。

没想到尚恩虽然有些无奈，但还是一下子就同意了。终于一切准备就绪，我才开始担心最现实的问题。要是秀敏和丈夫之间真的发生了什么不好的事情怎么办？要是丈夫真的犯罪了怎么办？一想起那孩子白皙明亮的脸庞，我便不由自主地叹了一口气。我到底在干什么？

我慢吞吞地行驶在京仁高速公路上，车仿佛感受到了我的满腹心事，一直提不起速度，逼得后面的车辆纷纷超车。旁边的应急车道上一辆拖车拉着两辆保险杠破损的私家车，看样子像是出事故了。有几个人站在车外争吵，这时我听到了一个女孩子哭泣的声音。虽然只是瞬间与事故现场擦肩而过，那个女孩子的哭声却一直回荡在我耳边，似是什么不祥之兆。

仁荷大学后门挤满了车辆和行人，显得异常嘈杂。我开着双闪把车停在后门附近，看着时间一分一秒地过去。已经是下午五点五十四分了，离我们约好的六点没多长时间了。

我默数着眼前的信号灯变换了几次，看着一拨又一拨过马路的行人打发时间。这时一辆出租车停在我面前，尚恩穿着芥末黄的针织连衣裙从出租车上下来。裙子是贴身的，一眼就能看出隆起的小腹。

以前我怀圣材的时候，为了不让大家看出我是孕妇，总是故意穿能遮住肚子的 T 恤或半身裙，再在外面搭件针织上衣或者开衫。那时我才二十四岁，不好意思让别人知道我怀孕了。然而尚恩的肚子还不大，完全可以不让人看出来，她却故意穿着贴身的衣服。仿佛想大张旗鼓地告诉别人，自己怀孕了。

她弯腰向我车里看了一眼，我一开锁她便毫不见外地一把拉开副驾驶座的车门，坐了上来。

"那个……实在是给你添麻烦了。"

"没事儿。"

她一上来就把头扭向车窗的方向，我们就那样一言不发地等着崔泰景。

由于没有地方停车，我就直接临时停在了车道上，结果时间一长，越来越多的车辆鸣笛表示不满。过了半个小时了，他还是没出现，也不接电话。很明显我被那个孩子给耍了，我的表情变得越来越焦躁，而尚恩的表情却变得越来越淡定。我给他打了好几通电话，也发了短信。

——你在哪儿？我已经到仁荷大学后门了。

但他既不接电话也不回信息。尚恩像是等累了一般，深深地叹了口气说道：

"我就觉得他可能不会来。"

这话听起来莫名有点儿伤自尊心，就好像她早就知道崔泰景并不会来，却一直在袖手旁观。

"这话是什么意思？什么叫就觉得他可能不会来？"

她并没有回答我，而是两手抱胸不耐烦地看着我。

"跟我见面的事，你告诉你丈夫了吗？"

"没有。"

"那有关秀敏的事呢？"

"没有。"

"为什么不问呢，看来你好像并不相信他呢？"

我没能轻易回答她的问题。她的言外之意就像在质问我，明明直接问丈夫就能轻易解决的问题，为什么非要兜这么大一个圈子。

"因为他并不信任我。"

我丈夫并不相信我。不仅如此，而且一直给我洗脑，让我也不要相信我自己。

她放下双臂盯着我看了一会儿，接着掏出手机搜索了什么之后，就把身子凑到导航前。

"这个怎么搜索地址？"

"什么地址？"

她还是没回答我，而是直接在导航界面的地址栏里输上"仁川广域市南区朱安"。

"去这儿吧，不远，也就十分钟左右。不过现在是下班时间，也有可能堵车。"

"这是哪儿？"

她还是不回答我，又把头向车窗那边扭去。我迟迟没有动，如果她不告诉我这是哪里，我就不打算出发。

我真的受够了这样的交流方式，谁都不告诉我事实，也不告诉我事情进展得怎么样了。不知不觉我也已经习惯了这样的相处模式，独自一个人在有限的信息中摸索，反复揣摩别人的意图。为了尽可能地不给别人添麻烦，用积极的方式去解读那些少得可怜的信息。我就像个小孩儿一样，被排斥在信息圈之外，什么都不知道。而现在，这个女人也这样理直气壮地看不起我。连这个女人也……

"这里是什么地方？"

我又问了她一遍，不知不觉间我的语气里充满了愤怒。一直看着窗外的尚恩这才转过头看向我，脸上隐隐带着一丝微笑，不知是不是也感知到了我的愤怒。

"朱安的旅馆一条街，秀敏的朋友们有可能在那儿。"

"你早就知道他们在那儿吗？"

"我也是刚知道的。"

她拿出手机找到一张照片递给我，是秀敏在床上拍的自拍。透过她后面的窗户看到了一个招牌，上面写着"都市旅馆"。

"她手机里有很多照片是在那里照的，我还以为那是她的房间呢。但她家住在地下室，窗户外面什么都看不到，所以我就搜了一下照片里的这家旅馆。而且在这个房间拍的照片不只有秀敏，还有其他人。虽然不知道崔泰景是不是住在这儿，但也有可能找到她的其他朋友。"

"明明了解得那么清楚，为什么什么都没说？"

"说不定崔泰景会来呢。而且如果你今天没来找我的话，我本来打算自己去那里的。"

听了她这话，我反倒没能轻易踩下油门。我后知后觉地意识到，她准备得这么彻底，我该不会中了她的圈套吧？

"我只是想找到证据，而你不是想知道真相吗？那不就结了。就算你告诉你丈夫也无所谓。这不是什么秘密行动，我们只是凑巧一起去而已，大家各取所需罢了。"

她用了"证据"这个词，什么证据……丈夫犯罪的证据吗？既然尚恩怀疑我丈夫，那为什么她不报警，还要挺着个大肚子自己找证据呢？见我面露严肃，她难得地笑了笑，催我快点儿出发。我关了双闪，发动车辆向着朱安驶去。

都市旅馆的对面是一家叫作"瑞士旅馆"的旅馆。在它栖身的这条小胡同里开着各种各样的小旅馆，八爪鱼饭店和大排档比比皆是，角落里还有个小小的教会。这里随处可见未成年人和上班族，一看就知道是个鱼龙混杂之地。

把车随意停在路边，我们便走到了这家模仿古典欧式风格的三层旅馆前。我从没来过旅馆这种地方，就算去每天有人定时清洁的高级宾馆，我也会仔仔细细地检查床上用品潮不潮、干不干净。

正当我站在门前犹豫不决时，尚恩却大步走了进去，我赶忙跟在她后面。一进门，一股令人不快的潮湿感扑面而来。旅馆大厅铺着棕色和黄色相间的廉价大理石，装修风格一言难尽。前台有个小小的窗户，一个看起来四十多岁的男人探头探脑地打量着我和尚恩，带着意外的眼神。

尚恩掏出手机把秀敏的照片拿给他看。

"您认识她吗？"

男人看了一眼照片便皱着眉摇了摇头，接着就把手机还给了尚恩。

"不认识。"

"一次也没见过吗？"

"没见过。"

"那您认识一个叫崔泰景的孩子吗？这个。"

尚恩滑到另一张照片，男人一下子变了脸色。

"你们找他干什么？"

"啊！泰景说有事儿找我们。本来说好在这见面来着，这孩子一直不接电话……"

这女人撒谎可真是脸不红心不跳，男人这才轮番看了看我俩，指着我们身后点了点头。转头一看，一个身材干瘦、一头卷发的男孩儿正从送外卖的摩托车上下来。

"崔泰景？"

我喊了一声他的名字，他这才看到我俩，犹豫着站在原地。

"你们是？"

"仁荷大学后门！"

"啊，你是打电话给我的人？"

孩子尴尬地笑了笑，一副试探我们的样子："你们怎么找到这儿的？跟秀敏是什么关系？秀敏不在这儿，你们走吧。"

"我们是她亲戚。她去世的妈妈那边的。"

孩子盯着尚恩怀孕的肚子看了看。

"你们是她姨妈吗？"

"……嗯"

"啊……真的？哇。"

看样子这孩子觉得尚恩怀孕了，不会伤害自己，这才对我们放松了警惕。说不定尚恩就是故意穿着紧身的衣服，好利用自己孕妇的身份。

"阿姨有什么事吗？秀敏现在住在你们家吗？"

"不是……"

突然有人穿着拖鞋踢踢踏踏地从楼梯上走下来。抬头一看，有个女孩儿穿着粉红色睡裤和短袖，还有一个看起来跟泰景差不多大的男孩儿，他们开心地向这边招手。

"爸，零食！零食！"

两个孩子从楼梯上蹦蹦跳跳地走来，明明年纪都差不多大，他们却叫泰景"爸"。等走近了，他们看到泰景面前的尚恩和我便愣了一下，往后退了一步。泰景举起双手拎着的袋子向孩子们晃了晃。

"她们是秀敏的姨妈。"

"真的啊？太过分了吧！秀敏躲到姨妈家去了？"

"秀敏让阿姨来拿她的东西吗？真是的……一个电话都不接！"

我完全听不懂孩子们到底在说什么，只好看向尚恩，她咬着嘴唇仿佛陷入了沉思。

孩子们打开泰景拿的袋子："威化、蜂蜜小麻花，现在谁还吃这个。爸怎么买了这个？"

"其实，我也在找秀敏。"

本来一脸天真的孩子们听到尚恩这句话，一下子就变得闷闷不乐了。

"你们饿不饿？"

尚恩话锋一转，孩子们便激动地频频点头。

旅馆的房间里只有一张床，再加上小电视和冰箱，就已经很挤了。地上满是零食袋子和泡面桶，孩子们的内衣和袜子晾得到处都是，窗框、电视机柜上……阴暗潮湿的房间里充斥着廉价洗衣粉和一股发霉的味道，这些孩子们到底在这个房间住了多久了？

"加上秀敏，你们四个人一起住在这儿吗？"

"对，这里还行。起码还有窗户呢，以前住的地方连窗户都没有。虽然这里的价钱贵1万韩元，可这人啊还是得晒晒太阳，对吧。"

这个叫龙泰的孩子嘴里塞满了糖醋里脊，边吃边向我们介绍自己的房间。我跟尚恩点了炸酱面和糖醋里脊，孩子们仿佛见到了什么山珍海味，一个个狼吞虎咽地大吃起来。

"秀敏走的时候有没有说什么？"

"告诉阿姨的话有什么好处吗，给钱吗？"

这个叫彩英的女孩笑嘻嘻地说道。正当我不知所措时，尚恩点了点头。

"当然了，有偿的。你觉得多少钱合适？10万韩元？"

彩英看起来想要跟我们做交易，一口气提高了价格。

"15万韩元。"

"成交。"

尚恩从钱包里拿出一张5万韩元的纸币递给他们。

"现金就这些了，剩下的一会儿从外面的自动提款机取了给你们。"

彩英一把夺过尚恩手中的钱塞进口袋里。

"3个月吧？是吧爸？"

彩英转头看向泰景。

"你为什么叫泰景'爸'？"

"啊……就是我们之间的称呼，因为我们是家人，一家人。泰景哥年龄最大，我们就叫他'爸'。秀敏跟我同岁，但出生月份比我早，而且她挣得最多，打扫、洗衣服等家务也做得最多，再加上她很重情义，所以就是我们的'妈'。我们之间就是闹着玩儿的。"

离家出走的孩子们竟然假扮家人角色过起了日子，听起来着实匪夷所思。难得彩英讲得倒是头头是道的。

"好像就是那天吧，泰景哥跟秀敏吵架那天。我来'大姨妈'了，肚子疼去药店买药来着，不知道为什么他俩就吵架了。哥打了秀敏，结果她一气之下就走了，我们本以为她很快就会回来的。阿姨也知道，离家出走的很多是坏孩子，可我们真的不坏，所以关系特别好，而且从来不会欺负谁。"

彩英看了看手机。

"20日，我来'大姨妈'第二天。"

"你确定吗？没错我才能给你剩下的钱。"

"没错。你看，就是我来'大姨妈'第二天！"

孩子把手机拿给我们看，是一个经期记录软件，上面记录着她的生理期。彩英看了尚恩的肚子一眼。

"阿姨怀孕了吗？"

"嗯。"

"你……不是秀敏的姨妈吧？秀敏跟阿姨的丈夫睡了吗？"

这句话让我的表情瞬间凝固。尚恩一口便否认了，我却没能轻易开口。尚恩从手机里找到一张照片递给他们。

"这是你们吗？"

照片很模糊，而且小到几乎看不清。但依稀能辨别出有两个戴着头盔的男人，旁边还有个男人倒在地上。孩子们看到照片后露出了慌张的表情。

"不是我们。"

"是吗？那我把这个监控视频交给警察也没关系吗？"

"你到底是谁？你根本就不是秀敏的姨妈对吧？" 泰景再次警惕地问道。

尚恩指着照片里倒在地下的男人："我是他妻子。"

"我们跟这件事一点儿关系都没有。"

龙泰也警惕地看着我和尚恩，时不时地偷偷瞄我俩一眼。尚恩完全不理会孩子们继续说道：

"我丈夫十天前死了。"

泰景猛地站起来，把炸酱面的碗扔到地上。

"不是我们！给谁扣屎盆子呢！是他先来找我们的！问这问那调查秀敏的事！我们觉得他肯定跟秀敏之间发生过什么，就想教训教训他。又没用刀，就拿着木棍吓唬吓唬。这人一直跟踪秀敏，就是个变态！报警？你报啊！哼，我都给他捅出去，敢和未成年人发生关系！"

"看来秀敏经常跟人'援交'吧？"

与激动的泰景不同，尚恩冷静地问道。彩英一把拽过泰景，把他按到椅子上。

"但是……谁也没有逼她。是从她说要养活我们开始的，因为她是'妈'啊！"

因为她是"妈"……我不可置信地看着彩英。这些孩子假扮家人过日子，因为秀敏扮演了家长的角色，所以就要养活他们。秀敏为了供他们吃穿，走上了这条路，而他就这样坐视不管。为了承担"妈妈"这个角色，一个十几岁的女孩子竟然出卖了自己的身体，不管是不是她自愿的，想想就觉得毛骨悚然。

"你们走吧！出去！没什么好说的了！"

泰景甩开彩英，拽着我和尚恩的胳膊就往外赶。我们被赶出了旅馆。一出来，头顶便响起了"哐"的一声，三楼他们住的那个房间一下子关上了窗户。我正要上车，尚恩转身走进便利店取了20万韩元。

"说到做到，当然得给了钱再走。"

我呆呆地站在旅馆门口，默默地看着她再次走进去的背影，脑袋都嗡嗡的。我不相信这些孩子，他们说的话说不定也掺了水分，并不一定是事实。他们所处的环境让我感到可怕，一想起照片里拿着木棍殴打金润范的孩子，我就不寒而栗，赶紧自己一个人先上了车。哪怕只是独自站在那里，我都觉得害怕。尚恩一副若无其事的样子走出旅馆，拉开车门坐到副驾驶座上。

"麻烦你送我回家吧，我实在太累了。"

尚恩一坐上车便立马露出一副疲倦的表情。她明明觉得秀敏失踪了，却为什么不报警呢？金润范也和我们一样，为了打听秀敏的事情找到了这里，哪怕被孩子们打了都没有报警。我又突然想起丈夫学弟那天说，金润范生前到处威胁医生要钱。难道他也威胁了丈夫吗？只是单纯因为吃回扣吗？还是真的跟秀敏这个孩子有关呢？

我瞥了一眼闭着眼的尚恩。这个女人也和她死去的丈夫一样，在背后调查秀敏却不愿意报警。难道也是为了威胁我丈夫吗？

虽然她闭着眼睛，但仿佛在专心致志地思考并算计着什么。她找到了对我丈夫构成威胁的证据了吗？

我又回想了一遍刚才孩子们说的话。3月20日秀敏不见了，之后就再也没联系过他们。那天是星期几来着……那天丈夫在哪儿……乱七八糟的思绪在脑子里横冲直撞，想着想着，转眼就到了尚恩住的公寓楼下。

"您在这儿稍等一下行吗？"

她亲切地看着我说道。我点点头，看着她急匆匆地消失在公寓门口。再次飞速转动大脑，3月20日那天我干什么了，丈夫在哪里，我一定要想起来。然而那天似乎就是再平凡不过的一天，没有在我脑海中留下任何印象。

尚恩拎着一个纸袋子出现在楼下。她走过来，站在车窗外把袋子递给我。

"这是？"

我接过来，看到纸袋里有个盒子，盒子里则装着一个微型摄像机和数据线。

"要是想准备离婚的话，收集证据时也许你会用到它。"

她说完这句话转身就走了。离婚……我从来没有想过离婚这件事。其实甭管是谁，结婚后都想过要离婚吧，哪怕不是认真的，但我一次都没想过。可现在尚恩理所当然地认为我会准备离婚。

因为丈夫花钱睡了小姑娘吗？因为他可能会有恋童癖吗？还是因为他有可能是杀害了金润范的凶手？

现在我还不能相信任何事情，所以当然不会考虑离婚。再说了，也没有客观证据证明丈夫真的嫖娼了，对象还是个十几岁的孩子，这件事想想都觉得可怕，也许不是事实。这个女人是不是在诱导我怀疑自己的丈夫？她说我丈夫是杀人凶手，这一切会不会都是她的圈套？还是说，难道丈夫和她早就认识，这一切只是丈夫想跟我离婚才设下的圈套？为了离婚补偿？怕我狮子大开口？

啊……还不如说是因为金润范拿这件事威胁丈夫，丈夫这才杀了他。想来想去还是这个理由更有说服力。

我俩固定一周过一次夫妻生活，似乎已经变成了习惯，然而这么多年丈夫从未向我提出过什么变态的要求，也从未强迫过我。而且每当我心理上遇到困扰或者感到忧郁时，他都会耐心照顾我，帮我稳定情绪。这么一说，4月9日金润范死的那天，他还在家帮我按摩，给我泡了香草茶……

我猛地一打方向盘，一脚急刹车把车停在路边。瞬间全身的力气都被抽干了，双手不停地颤抖，根本无法继续驾驶。

香草茶！对，我想起来了。金润范死的那天，4月9日，那天丈夫递给我一杯热腾腾的茶水，为了让我尽快入睡还帮我按摩。然后第二天，4月10日那天，我和儿子都起得特别晚。而且圣材床边的桌子上还放着喝完牛奶的杯子。他是乳糖不耐受的人，一喝牛奶第二天就会拉肚子，绝不可能是我让他喝的。他自己也很清楚自己的身体，学校食堂发牛奶时要么给朋友要么扔掉，从来不喝。虽然我给丈夫说过儿子不喝牛奶，但他也没当回事，反正儿子的饮食一直都是我负责的。如果那杯牛奶是丈夫递给儿子的……要是丈夫强迫的话，圣材那么怕爸爸，就算明明知道自己喝了难受，也还是会喝的。也就是说，那天丈夫让我们喝下茶水和牛奶，然后我和圣材就睡着了。所以，那里面，肯定放了安眠药。

突然，我想起来那天自己为什么难受，丈夫又为什么安慰我了。那件事，我竟忘得干干净净的。

啊……所以……我知道……秀敏在哪儿了。

2016 年 4 月 20 日　星期三

尚　恩

　　走进富平站十字路口的星巴克，里面简直座无虚席。我好不容易抢到一个靠窗的双人桌，坐下来等朴宰浩。说实话，一个嫖小姑娘的男人约一个谋杀了丈夫的女人见面，这里可算不上是一个合适的地方。是我决定在这个喧闹的地方见面的，对我来说这里反倒安全。况且还有人想盯着我们呢，权当行个方便了。这人多嘈杂的，自然是个暗中监视别人的好地方。

　　我们约好了八点见面，都过去二十分钟了，朴宰浩才现身。他一眼便认出了我，就像来见老朋友一样，笑着向我走过来。

　　"不好意思啊，我没开车，没算好时间，来晚了。"

　　先给自己的迟到找了个借口，然后低头看了一眼空空如也的桌子。

　　"我去点杯喝的吧。"

　　朴宰浩站在前台，抬头盯着菜单看了半天。他的态度显得那么游刃有余，反观我倒是一副郑重其事的样子。不一会儿他就端着两杯饮料过来，把一杯果汁放到我面前。

"孕妇不适合喝咖啡，我就点了果汁。"

他这才坐下，慢悠悠地喝着咖啡，脸上挂着一股子悠闲，不慌不忙地将我上下打量了一番，就像那种装腔作势的"小痞子"一样。

"您为什么要见我呢？"

我盯着他的眼问道。他明明在笑，那份笑意却未达眼底。

"我这两天常常想起那天在润范葬礼上您对我说的话。那个手机……然后我便想起了润范生前曾威胁过我的事情。"

"原来是这样啊。"

我的语气不知不觉间便加上了一丝嘲讽。

"他生前找我要钱时，说了很多莫名其妙的话。当时我听了之后根本没当回事，想着他就是丢了饭碗才这样的，回头帮他找到工作就好了。然而现在连您也因为这件事来找我，我觉得不能再放任不管了，得弄清真相才行。"

"如果是那件事，正好我也有话要说。那您先说吧，我听听您是怎么想的。"

"是这样的，有一天他突然来找我，非要说我掏钱找小姑娘。简直就是无稽之谈，所以自然也没有意识到他这话的严重性。可他以为抓住了我的把柄，威胁我要3亿韩元，说否则就会给我捅出去。当然，我根本就没做过那样的事情。"

朴宰浩镇定自若地继续说道："兴许因为我是儿科医生，所以想把这个罪名安给我吧。我知道他被解雇了，也知道他正在到处威胁其他医生。当然，我也知道他妻子怀孕了。马上就是要当爹的人了……所以当时我本来打算好好劝劝他，这才约他去钓鱼的。后来我却害怕了。怎么说呢，那时候他的眼神完全像变了个人一样……反正我就是觉得说不定会有什么危险，所以明知爽约有失礼貌，但那天我还是没去。这些警察都是知道的，而且确实也有证据证明那天我并没去。"

他这一番话我多多少少也猜到了。然而如果朴宰浩说的都是事实，那他对我手里拿着的手机、对李秀敏这个孩子的东西应该不感兴趣才对，毕竟是跟自己毫不相干的东西……

"我反倒是怀疑他，他是怎么拿到那个手机的。人家一个女孩子的手机……说实话，当时他看起来一副不择手段的样子，要说他盘算了什么危险的事情或者做了什么触犯法律的事情，我倒是觉得都有可能。"

"那，就算我把这孩子的手机当成证据交给警察，您也无所谓是吧？我打听了一下，孩子现在是失踪状态……手机里的资料都还完完整整地保存着，警察应该轻而易举就能找到跟这个孩子有交集的人吧。相信很快就能打听到孩子的下落了。"

"随便，这是您的自由。我当然希望快点儿找到孩子。"

我觉得不能继续跟他兜圈子了，得让他知道我的意图。只要拿钱堵住我的嘴，这件事就结束了，大家皆大欢喜。

"养孩子需要钱，所以我想跟润范一样，向朴医生提出同样的建议。这笔钱对您来说根本就不算什么，我希望这件事能画上一个圆满的句号，就此结束。难道是我想错了吗？"

他同情地看着我。我看出来了，面前这个男人不管怎么样都不会妥协或受到我威胁的。

"如果做了错事，当然要受到惩罚了，哪怕是已经离开这个世界的人。我不想看到润范死后还被人说三道四，所以就没有跟警察细说我受到威胁的事情。因为我不想让故人的名誉受损，不想让他在死后再背上一个跟未成年人性交易的罪名。又或是为了我们之间的友情……"

他虚情假意地笑着说道，这笑容让我感到恶心。丈夫为什么会那样亢奋地觉得朴宰浩一定会给他钱呢？难道是找到了什么决定性证据吗？

"那我就把手机交给警察吧，我感觉您好像也希望这样。时间不早了，我就先走了。"

我一站起来，他又将我上下打量了一番。

"哈哈，您可真是个急性子呢。不过话说回来，有一点我很好奇。您有多高？一米五八？一米五五？"

"什么？"

他莫名其妙的问题让我感到十分不爽。

"我就是觉得很奇怪。哪有丈夫死了，而妻子却一心只想揭露他的罪行的？我见过负责这个案件的警察，他说最大的犯罪嫌疑人就是您呢。听说您以前跟律师咨询过离婚的事情，而且那天跟润范最后在一起的人也是您。"

"您想说什么？"

"听说警察把从水库到市里的公交车和出租车都查了个遍，就是想看看有没有人见过您。但是调查之所以一直没有什么进展，就是因为您看起来实在太过柔弱，一个弱女子怎么有力气谋杀一个成年男子，这是最说不过去的一点。"

此刻嘈杂的咖啡厅里，所有噪声仿佛都渐渐远去。只剩下朴宰浩的声音，在我耳畔不断放大。

"如果凶手是您，那么骗丈夫吃了安眠药后，您是怎么把熟睡的丈夫搬到水库的呢？就算是润范坐在副驾驶座上，您把车开到水库，可一个弱女子要想独自一人把身材健壮的男人再搬到驾驶座上，也并不是件容易的事情。甚至警察连帮凶都考虑到了，把您哥哥和亲近的异性朋友都调查了个遍，看他们是否有不在场证明。"

"别胡说八道了，警察根本不可能那样调查我，就算调查了凭什么要告诉您？"

"哈哈哈，我朋友跟负责这个案件的警察是老熟人，很容易就打听到了。不过今天这一见，您比我想象的要更瘦小呢。"

他一直上下打量我的身体，仿佛要看穿我一般。

"啊，别误会，我对您的身材不感兴趣。一直说体型，是因为警察的逻辑让我感到很纳闷。为什么一定要把润范搬到驾驶座上呢？就算座椅上本来坐着一个人，如果身材瘦小的话，完全可以把座椅往后调整一下，这样坐在他膝盖上或者挤在前面开车也不是不可能啊，警察怎么这么一根筋呢。再说了，润范死了，您还能拿到保险金。"

瞬间我产生了一种强烈的冲动，真想拿起面前的马克杯，狠狠地砸向他的脑袋。

"这么说搞得跟拍电影一样。到底谁说得对，我们走着瞧吧。"

"好啊，我奉劝您再好好想想，可别让无辜的人蒙受冤屈。也许您无所谓，但我不同，不管是社会地位还是家庭，我苦心经营的一切，可不能说没就没了。"

我不记得是怎么从星巴克走回家的了，只记得是那一腔愤怒支撑着我一步步往回走。一到家我便直奔丈夫住的房间，把他的电脑和留下的物品翻了个底朝天，可找来找去也只有那些再普通不过的日记、账本和文件。我尖叫着把他的东西都扔到地上，可这并不能平复内心的怒火。

朴宰浩根本就不害怕秀敏的手机，甚至竟然反过头来威胁我。可秀敏的手机里除了那个软件外，明明和十多岁的普通孩子没有什么两样。相册里面除了自己喜欢的美食、化妆品和玩偶的照片，就是各种自拍。

昨天跟金珠兰从那家旅馆出来后，我从取款机取了 20 万韩元。自己一个人拿着钱又回到三楼孩子们住的房间，有几个问题我想趁金珠兰不在问问他们。

"你们用木棍打的那个男人，他找你们问什么了？你们怎么跟他说的？"

"那男的问了很多奇怪的问题。秀敏老家是哪儿的，身体哪里不舒服，以前交过什么男朋友之类的。烦死了，跟狗皮膏药一样……"

"所以，所以你们都说了些什么？"

"这我们咋知道？我们几个就是在网吧打游戏的时候认识的。"

"你们总不能什么也没说吧？"

"我们就算知道也不会说的。凭什么告诉他！我们就跟他说，秀敏是为了钱才跟那些老男人睡的，背后一直在骂，把他们祖宗八辈都骂了个遍!"

虽然我又逼问了一阵子,可孩子们的嘴严得不行,什么都撬不出来,我就那样一无所获地走了出来。丈夫肯定是抓到什么证据了,我现在都还清楚地记得他那得意扬扬的眼神,就好像相信自己肯定能拿到钱一样。我祈祷丈夫千万要把证据记下来。他一定记在哪里了,只是我还没找到而已。

于是我继续翻箱倒柜,希望能找到丈夫留下的证据,这时我在书桌抽屉的深处发现了一个盒子。打开一看,里面放着很多贵重的小东西,比如万宝龙的钢笔、领带夹等。我知道这些东西是什么,它们都是丈夫偷来的。

丈夫有个习惯,在跟那些吃回扣的医生应酬的时候,喜欢神不知鬼不觉地顺走他们的东西,拿回家收藏起来。一起喝酒时,对方摘下手表,他就会偷偷地装起来。或者假装勾肩搭背,趁机偷走那人的领带夹或钢笔之类的。不过丈夫从来不肯用"偷"这个字,他说这是"恶有恶报"。他向来瞧不上那些一天到晚都有人请喝酒,而且随随便便就能收到礼物的医生们。

所以只要医生喝得烂醉或者暂时出去一下,他就会替天行道,对其施以因果报应。不只会偷东西,有时他也会朝他们的酒杯里啐唾沫,或者等那些人喝得不省人事了,还会打两下他们的后脑勺。然后一回到家就大肆宣扬他的"英雄行为",好像自己特别伟大地伸张了正义一样。秀敏的手机肯定也是这样得到的,他经常在朴宰浩附近转悠,逮到机会顺走了朴宰浩的东西。丈夫一开始可能跟我最初的想法一样,看到是粉红色的手机便起了疑心,以为自己抓到了朴宰浩出轨的证据。

后来吃惊地发现这原来是个十五岁女孩儿的手机，等看到手机里下载的性交易软件，才开始打起另外的算盘。丈夫应该也没有在手机中找到和朴宰浩有关的任何直接证据，但他跟我一样发现了那家旅馆，所以找到了秀敏的朋友，调查她的过去和行踪，这才被泰景和龙泰怀疑意图不轨，挨了一顿打……

这些我都已经知道了，那么为什么丈夫的证据威胁到了朴宰浩，而我却没能撼动他分毫？难道丈夫在那些孩子那里得到了什么线索吗？我脑子里一片混乱。再加上朴宰浩竟怀疑是我杀了丈夫。说不定那天他早就到了水库……难道他目睹了那天的一切吗？搞不好他就是那场谋杀案唯一的目击者。

不过警察明明说那天只有丈夫的车进入了水库。

我想起来了。那天晚上水库格外寂静，连虫子的叫声都没有，别说人了，就连动物的气息也不曾感受到。我确信，那时肯定只有我和丈夫，绝不会有第三者在场。

我在丈夫的电脑中找到了一个名为"驾驶"的文件夹，谈恋爱时他曾教过我开车。点开一看，里面都是那时拍的照片。在空地上练习驾驶时，我们总把驾驶座椅调到后面，我就那样坐在丈夫的膝盖上。看到这些照片，我的嘴角不由自主地上扬。

"那时真好啊……"

虽然现在我们走到了这步田地，但这些照片还是让我回想起了那时珍贵的记忆。我们也不是一直都处在水深火热的地狱中互相折磨的。恋爱时虽然都给自己戴上了面具，但那时我们的确是一对般配的情侣。在公交车或者地铁上，只要有空座，丈夫就想赶紧让我坐下，而那时我总会硬把他按在座位上，站在旁边盯着他的头顶看个不停。我们身高差异很大，平时很难看到丈夫的头顶，我总喜欢趁这个时候好好地观察一下。我们相爱时，就算地铁上满是人，我也能一眼就认出他；在人群里也能一下子就找到跟他体形或相貌差不多的人，一看到他们我就能想到他。不管在哪里，光看背影就知道是他，他完全占据了我的世界。那时，能够遇到这个叫金润范的男人，能够与他相知相守，对我来说简直就是莫大的幸运和幸福。

我们之间的矛盾是从筹备婚礼开始的。他非要打肿脸充胖子，说但凡别人结婚有的，我们也一样都不能落下。然而我压根儿就没有多少可邀请的亲戚和朋友，他也一样。他执意把大家聚在一起，硬是连拜公婆的礼都行齐了。我始终忘不了行跪拜礼时那些八竿子打不着的远房亲戚一脸莫名其妙的表情，好像在问，"为什么让我坐在这儿？"我和丈夫就在他们面前尴尬地接过栗子和大枣。丈夫还要背新娘，走形式的流程一点儿都没少。最后我们一起幸福地拍照留念，现在想想可真是假惺惺。那天他笑得格外开心，努力装出一副若无其事的样子，实际上从头到尾都很刻意。对别人来说再普通不过的婚礼仪式，大家却觉得我们好面子、讲排场，简直就是铺张浪费。

准备婚礼的过程中，但凡我对丈夫的决定提出疑问，他都会拿一句话堵住我的嘴："你觉得我没爹没妈，所以看不起我是吗？"那句话就像什么魔法一样，让我只能对他言听计从。有次我们因为彩礼和嫁妆吵了起来，他气愤地把手放在我头上威胁我。现在想想，其实我早就看出了他有家暴倾向，只是我不愿承认，选择自欺欺人罢了。

"我就是太生气了，没忍住。这人啊，生气的时候哪能控制住自己，我不是真要打你。是我过分了，是我不好。"

那时结婚要准备的事情太多，忙得根本顾不上仔细琢磨他是不是真的想打我。马上就要举办婚礼了，在这个节骨眼上较真，对谁都没好处。可那时我没想到日后自己会如此后悔。为什么不较真？如果当时我俩没有结婚的话……

如果没有结婚的话，我看到这个文件夹里的照片时应该会有种恍若隔世的感觉吧。然而现在它在我的记忆中完全变了质，变成了让丈夫消失在这个世界上的作案手法。

他喝了我做的排毒果汁，哦不，应该说是安眠果汁，之后很快便不省人事。没错，把车从母亲家开到基山水库的就是我。丈夫在驾驶座上昏睡过去，我把座椅调到后面，利用身材优势坐在丈夫双腿之间狭窄的空间。我找了一片人迹罕至的水域，把车紧紧贴着水库边停下。然后把驾驶座调回原来的位置，拿着丈夫的手把挡杆换成前进挡。

汽车开始慢慢地一点点往前滑，大概十秒，就滑进了水里。我就站在那里紧紧盯着那辆载着丈夫的车，满心的怨恨化作一双隐形的黑手推动着车辆前行。那一刻，就算我被指控为杀人凶手也没关系，对我来说，最重要的就是丈夫终于要消失在这个世界上了。

当车开始慢慢沉入水里后，我便抄小路离开水库，一步不停地朝着母亲家赶。我要走6公里左右，为了不被发现，我一直弓着身子，沿着人烟稀少的田埂小路快速挪动脚步。本以为等朴宰浩十一点到了就会立刻报警，于是我计划着一定要在十一点前到家。虽然一步不停地拼命快走，但奈何肚子越来越沉，再加上路也相当难走，到家时已经十一点多了，侄子政敏和母亲都已经睡了。浑身是汗的我洗了个澡，侧身躺在母亲身旁。这件事终于完成了，一身轻松的同时又夹杂着几分对自己的憎恶，人生竟沦落到这步田地，也真是可悲。我闭上了双眼，今夜注定难眠。

肚子里的孩子好像动了一下。我的体重已经长了2千克了，虽然行动没有太大的限制，但明显感觉肚子变重了。现在我的肚子里正孕育着一个新生命，他完全依靠我才能生存下去，突然感觉到肩上的担子变得沉重起来。然而我并不知道这种感觉是不是丈夫嘴里所说的母性。孩子长大了能相信我吗？现在我心里最强烈的想法不是疼爱孩子，而是希望孩子将来能够爱我，因为我本就是个自私自利的人。等他长大了，我会给他讲爸爸的故事，会翻出丈夫电脑里那些曾经美好的照片，告诉他，"你是爸爸妈妈爱情的结晶"。我希望孩子将来不要像我一样生活。

但我还是删除了那个叫作"驾驶"的文件夹。这些照片，是见不得人的，只能被永久埋葬。不管朴宰浩是不是目击者，这些照片都只会变成证据，为他刚才说的那些话提供佐证。

珠　兰

丈夫没发现我。丈夫进来的时候我猛地低下头，心跳个不停。但他并没有认出我，而是向着尚恩径直走去。我坐在星巴克的角落里看着他们二人，但是完全听不见对话内容。晚上的咖啡厅格外嘈杂，我旁边还有一桌来聊天的人，声音大得仿佛要把房顶掀了一样，叽里呱啦说个不停。他们挡在我和丈夫之间，倒是隐藏了我的存在，但也完全将丈夫和尚恩对话的声音盖了过去。

我通过缝隙观察着他俩的表情，有时表情比对话内容更能说明一些事情。比起丈夫约尚恩见面要聊什么，我更好奇丈夫会用一种什么样的表情面对尚恩。

所以我拜托尚恩告诉我他们见面的地点和时间。

她很快就回复了我，一副并不在意的样子。

——八点富平站十字路口星巴克。

现在她觉得我们是一伙的吗？还是说她想毁掉我？

尚恩一直冷着脸听丈夫讲话，反倒是丈夫的表情相当丰富，时而随和，时而亲切，时而嘲讽。两人聊了一会儿，一直面无表情的尚恩突然生气地站起来走了出去。她走后，丈夫露出了一丝微笑，那微笑让我心里格外难受。

那是我再熟悉不过的表情，每次我跟他聊什么为难的事情，他总是那样微笑着。微笑……这样一想，丈夫总是面带微笑，不管是对我，还是在医院里面对患者的时候，又或者是对同事、对朋友。但他从来只是微笑，从未见他大笑过。或许正是因为如此，即便我做些搞笑的动作逗他笑，他也从来不会开怀大笑，向来都只是报以微笑。

丈夫现在的微笑就是为了掩盖真实想法而戴上的面具，用上翘的嘴角隐藏自己对尚恩的嘲笑和鄙视。我一眼就看透了他这副表情。

尚恩气得扬长而去，像是从丈夫那儿听到了什么非常不快的话一样。她走后，丈夫并没有马上离开，而是坐在那个靠窗的位置，慢悠悠地把面前的咖啡都喝完了。然而比起在尚恩面前戴着面具的他，他独自一个人坐在那里的表情更让我揪心。也许是觉得没有观众了，他一下子便放松警惕卸下了自己的伪装。那丝微笑消失得一干二净，整张脸上都写满了蔑视。他咬紧嘴唇，瞪大双眼，隔这么远我都能感觉到他的愤怒。愤怒让他的表情变得扭曲，显得十分怪异。我从未见过这样的丈夫，他一次都没在我面前流露过这样的表情。

他又独自默默地坐了十多分钟，像是在整理思绪。喝完最后一口咖啡他便离开了，而我又继续坐了十多分钟，我也需要整理一下脑子里凌乱的想法。我的另一半到底是个什么样的男人？跟那样的男人生活了十六年的我，又是什么样的人？

对我来说，他一直是个好人，不，是个好丈夫。多亏了丈夫，我的生活才能吃穿不愁。但反过来一想，长期以来，他都把我锁在狭小的空间里，让我与外界保持距离。尽管对我的兴趣爱好他都非常支持，但当我说想继续深造时，他又拐弯抹角地反对，最终这件事也就不了了之了。虽然他说会尊重我的选择，听上去却话里有话，就像在说假如我因为继续学习而造成了什么家庭问题，可别怪他没提醒过我。

对于我该扮演什么样的角色，也向来都是他替我决定的。刚开始是可爱的女大学生，后来就变成了贤妻良母。每当我对自己的角色产生怀疑时，他就会不停地鼓励我。以前照顾孩子累得我筋疲力尽，那时周围好多人说给我介绍一位能干的保姆，但他不喜欢别人影响自己的私生活，于是只能由我自己照看孩子。那段时间我体重日益增加，健康状况急剧下降，还饱受产后抑郁症的折磨，可哪怕这样，他仍鼓励我，说相信我可以的。而且……归根结底，也是他勾起了我对姐姐的难以释怀。

"因为我们去中国香港旅行姐姐才会出事的，我觉得特别对不起她。"

这句话深深地烙在我的心里，埋下了内疚的种子。正是他的话让我第一次对姐姐产生了强烈的负罪感。我以为他也对姐姐的死感到愧疚，所以才那样积极出面处理姐姐的事情。但不知何时，他变了，变得不再主动帮我，而是等我求他。他开始掌握主动权，变成了那种面临困境总会后退一步，等对方求助后才会施以援手的人。渐渐地，"对不起"就变成了"求我帮忙的话，我会帮你的"，于是我们之间变成了施舍与被施舍的关系。就这样，姐姐的死变成了我自己的问题。当我岌岌可危地站在悬崖边，不知所措地高声求救时，他总会以胜利者的姿态站在那里等着我。而对我来说，只有丈夫会站在那个位置上。他让我与这个世界产生隔阂，最终被外界抛弃，而这样当我需要别人帮助时，他就是那个唯一的"救世主"。只有丈夫才能听到我的求救，而这一切都是他一手造成的。

我走到公共停车场，发动车辆后却不知道去哪里，看着导航发了半天呆。要回娘家吗？母亲倒是也住在仁川。可突然回去的话，她势必又会问个不停。最终我还是下意识地向着那个熟悉的方向驶去。回板桥的路上，我的内心充满了绝望，不管遇到什么事情，我能回的地方居然只有那里了。

到家的时候，丈夫已经洗完澡坐在沙发上看电视了，和往常没有任何不同，一点儿也看不出来他刚刚约一个怀疑自己是杀人凶手的人见了面。丈夫到底是个什么样的人呢？

"去哪儿了，怎么才回来？也不提前说一声……"

"你猜我去哪儿了？"

听我话里有话的样子，丈夫转头看向我，把电视的音量调小了几格。

"又怎么了？去教堂了？"

"你觉得我会去哪儿呢？"

他对我的态度并不在意，拿起遥控器把电视的音量又调了回去，重新把视线集中在电视上。像个没有灵魂的机器一样下意识地敷衍道："挺好的，该去。姐姐也会听到你的祷告的。"

听到他的话，我"哼"的一声冷笑了出来。无论什么时候，他都会把问题归结到姐姐身上。

我把包扔在客厅，转身向着院子走去。去仓库拿了一把铁铲走到花坛旁，脱了高跟鞋，光脚踩在花坛上。抬头看到一轮满月挂在漆黑的天幕上，一片清辉。

我拿起铲子，亲手毁了我心爱的天竺葵、郁金香和雏菊。每挥动一下铲子，就会有红红黄黄的花瓣掉落在地上，像是下起了花雨。它们被我无情地摧残，原本娇艳的花朵再也谈不上什么美感，而我毫不在乎，继续挥动铲子不停地使劲挖着花坛里的土。

我明明在这里看到了尸体，秀敏的尸体。可是无论我怎么挖都找不到尸体的影子。土，挖来挖去只有土。我一定要找到尸体！于是我疯了一般挥动铲子，使劲挖，不停地挖。

不知不觉，丈夫面无表情地走到我身边，抓住我的手腕，眼眨都没眨就一把抢过我手里的铲子。我感受到了他的力量，是一股我无法反抗的力量。他使劲把铲子摔到院子里，"哐当"一声，在寂静的黑夜中显得尤为刺耳，接着便把我从花坛里拽了出来，我的力气根本就不足以跟他对抗。

　　"放手！"

　　"你到底在抽什么风？又怎么了？你不是答应我了吗？说起码今年 4 月一定不犯病，老老实实的！这又是在干吗！"

　　"我以为你是要在这儿种花，可你倒好，你摸摸自己的良心，问问自己到底在这儿埋了什么？"

　　丈夫一下子使劲把我拥入怀中。

　　"老婆，你怎么了？求你了，别这样。我也很累。"

　　"你也累？真的吗？那你为什么不向我寻求帮助，为什么什么都不说？你觉得我很搞笑是吧？我告诉你，我不是伺候你的保姆！"

　　"谁说你是保姆了。求你了，今年就消停消停吧。我哪次说过你什么吗？我知道，你因为姐姐难受，所以每次，每次我不都理解你、包容你吗？"

　　"提姐姐干什么！我在说死在你手里的女孩儿！！"

　　丈夫猛地放开我，扬起那双大手，狠狠地打了我一巴掌。事情发生得太快，我一下子愣在当场，而他也一脸慌张。比起丈夫竟然动手打我，他这一巴掌里蕴含的愤怒更让我震惊。到底谁才是那个应该愤怒的人……

　　"醒醒，你有被害妄想症，你是病人！你姐姐的死怨不得我，也怨不得任何人。她就是那天倒霉，才死的！"

"啊……"

为了让丈夫闭嘴，我撕心裂肺地放声尖叫。丈夫不停地晃着我的身体，试图让我镇定下来，然而什么脸面、什么教养都不重要了。我疯了一般不停地尖叫。就算丈夫再打我耳光，我也绝不会停下来。如果不这样喊出来，压抑在身体里的负面情绪如同一颗定时炸弹，恐怕马上就要爆炸了。

哐哐哐！

有人在砸门，紧接着就听到使劲按门铃的声音。隔壁的具银河站在门外。丈夫平复了一下心情，换了副表情朝门口走去。我像是力气被抽光了一样一屁股瘫坐在地上，眼睛一抬，看到美龄站在隔壁二楼阳台上。四目相对，她举起手中的手机向我指了指。

"我已经报警了，但是不知道警察什么时候才能到，没办法我只能先过来了！"

"不好意思，吵到您了吧。"

丈夫深深地向银河鞠了个躬表示歉意。

"不是吵不吵的问题，您刚才对妻子使用暴力了。我不是因为嫌吵，而是因为您使用暴力才报警的！"

"您也知道，我妻子她精神不正常。"

丈夫跟银河说我精神不正常。

"这个问题您上次不是已经说过了吗？我也知道，您妻子的状态不是很好，我觉得很遗憾。可您倒好，前几天还拜托我们照顾她呢，今天竟然对精神不正常的妻子使用暴力！她需要的是治疗，怎么可以对她动手呢！"

"不好意思，看着她的状态越来越差，我这心里一急……实在是不好意思。"

丈夫在银河面前不停地低头道歉。而刚才银河竟然说我"精神不正常"，还有，丈夫拜托她们照顾我又是什么意思……我现在才恍然大悟，为什么美龄和银河总是那样看着我。原来，那是怜悯的眼神啊。

在她们眼里，是我无中生有非要找什么扔垃圾袋的人，还要看她们家的监控。所以她俩把我当成精神不正常的人，这我也能理解，再加上丈夫拜托她们照顾我。可精神病患者……

圣材……难道儿子也觉得我是精神病患者吗？难道他不是因为青春期，而是因为觉得精神不正常的妈妈丢人，所以才渐渐疏远我的吗？有精神病的妈妈……这得给孩子带来多大的伤害，想想就心疼他。我突然觉得奇怪，外面乱成这样，儿子怎么这么安静。连隔壁女人都听到我的尖叫跑了过来，儿子竟连面都没露，什么动静都没有。

"圣材！圣材！"

我打起精神，跑到二楼敲了敲他的房门，里面一片寂静。

"圣材，妈妈可以进去吗？"

没有任何回应。虽然不知道怎么跟他解释这一切，但我绝不能让孩子在精神上受到折磨。现在我只想把他拥入怀中，告诉他妈妈没有疯，妈妈很正常。

我小心翼翼地打开房门进去一看，里面根本就没有人。衣橱、床底，都没有人。我从他的房间跑出来，慌慌张张地跑到丈夫的书房、洗手间、储物间，把所有能藏人的地方都找了个遍，都没找到儿子。我想给他打电话，拿起手机的瞬间脑子里一片空白，呆呆地看着手机竟不知道怎么办才好。冷静，冷静下来。我哆哆嗦嗦地解锁手机，在最近的通话记录里找到圣材的头像点了下去，这一套动作仿佛把残余的一丝力气也耗尽了。然而电话那头只传来冰冷的提示音，"您所拨打的电话已关机"。

刚才一片混乱，我竟没发现，儿子消失不见了。我好像忘记了自己刚跟丈夫吵完架，不，忘记了丈夫那一巴掌，再次跑下去向他求救。让我绝望的是，能帮我的人只有丈夫。

"老公，圣材不在家！不见了！"

我冲上去抓住他的胳膊，丈夫的嘴角上翘，微笑地看着我。既带着胜利者的悠闲，又带着一种鄙视的嘲讽。

"看看，因为你闹得天翻地覆，这下你高兴了？"

他冷漠地甩开我。

"你别操心了，我去找他。你就坐这儿冷静冷静！求你了祖宗！"

丈夫撇下我出门找圣材去了。我蜷缩在沙发上等着他，祈祷他快点儿把儿子带回来。我还是只能这样无能为力地指望丈夫，内心充斥着负罪感。儿子因为我才离家出走的，都是我的错。

银河和美龄报警后三十多分钟警察才到。一见到他们我就苦苦哀求，说儿子不见了，求他们帮我找儿子。

"您夫妻二人吵架的时候，孩子不见了是吧？"

警察一副不以为然的样子，查看了家里的监控。录像中显示，正当我和丈夫吵得热火朝天时，儿子背着书包默默地走出了家门。明显是为了远离父母的争吵，这才把手机关机了。就是单纯的青少年离家出走，既不是被绑架了，也没有危险到需要警察介入。

"这个时间孩子有没有什么能去的地方？您先打电话找一找吧。他的好朋友啊……或者常去的网吧……要是明天还找不到的话，您再联系我们吧。"

警察也一脸莫名其妙，本来接到的报案是家庭暴力，结果来了一看，竟变成了未成年人离家出走。然后他们就满不在乎地问了问，大概觉得十多岁的孩子正值青春期，离家出走也没什么大不了的，佯装担心地叮嘱了几句就离开了。他们的态度让我气不打一处来。已经过了十二点了，圣材还没回来。我顾不上打扰别人休息，开始到处打电话询问儿子的下落。外面的院子一片狼藉，可我根本顾不上收拾，现在我只想看到孩子平安无事地回来。这次他是会觉得儿子的行为没什么大不了的，不就是男孩子青春期吗？还是会告诉别人，孩子是因为"精神不正常的妈妈"才离家出走的？

"就等等吧，你别瞎折腾了。他能去哪儿？等等就回来了。"

丈夫知道离家出走的孩子都是怎么过日子的吗？秀敏和那些孩子整天就用冰箱冷冻室的零食充饥，那么小的孩子为了生活甚至出卖自己的身体，这些丈夫都知道吗？如果他知道的话，还会对儿子离家出走这么不以为然吗？不，也许他就是瞧不起这样的孩子，所以才会对十五岁的孩子做出不伦之事，然后杀了她，把尸体埋在花坛。

丈夫从口袋里掏出烟，点燃了一根。他戒烟已经有五年了，可现在就像一个天天烟不离手的人一样，熟练地从口袋里拿出烟盒，若无其事地在家里抽了起来。而我现在根本没心情管他。正在丈夫吞云吐雾的时候，他的手机突然嗡嗡地响起来。

"喂……圣材在您那儿？"

我猛地站起来，一把抢过丈夫的手机。

"嗯，圣材在我这儿，放心吧。刚才他不让我说，就没告诉你们。我这不是怕你们担心，想着跟你们说一声来着，没承想这么晚了。"

是婆婆的声音。

"您说圣材在您那儿？现在怎么样？没事儿吧？"

"没事儿，别慌。他自己坐公交车来的。我看孩子小脸儿煞白。你们两口子吵架了？孩子好像着凉了，我怕他感冒了，就让他吃了感冒药。可他明天怎么去上学？我跟你爸送他去吧。得几点前到学校啊？"

"不用，妈，我们现在就过去接他，不好意思。"

"你们来干吗，这都几点了。圣材他爸明天还得上班呢，这么晚折腾一趟不值当的。就当他想我们老两口了，来看看爷爷奶奶。你俩别操心了，快睡吧。就这样吧。"

丈夫在一旁听着，一下子抢过手机说道。

"妈，我现在就过去，不能这么惯着他。"

丈夫说完，便直接挂了电话准备出门。

"你在家等着吧。我去把他带回来。"

就像没听到他说的一样，我披上外套就准备跟他一起走。

"听话不行吗？你去干吗？就老老实实在家待着吧。"

他再次出言阻拦我。

"你走你的，我自己开车去。"

丈夫一言不发，站在原地盯着我的眼睛。他以为这样就能让我屈服于他。

我使劲将他推开走了出去。我刚才回来的时候就把车停在大门外了。我一把拉开车门，坐上去发动车辆，在导航上输入婆婆家的地址。这时丈夫的车从旁边疾驰而过。孤独让我既恐惧又无助，但我还是握紧方向盘，坚定地踩下油门，心里默念着，我一定要自己带圣材回来。

公公婆婆住的房子对于老两口来说实在有点儿浪费，将近 200 平方米的大公寓一共有 4 个房间，每个房间都配有储物室和阳台。其中有一个是圣材的房间，为了让孙子来的时候能好好地休息和学习，房间里放着床、书桌，还打造了一个壁橱，里面整整齐齐地挂着婆婆亲自给他挑的衣服。公公婆婆对这唯一的孙子格外疼爱，但每次看到那个房间，我都会觉得心里不是滋味。

我把车停到公寓的停车场，按下门铃后一直没有反应。他们明明在家，却没有立刻给我开门。直到我又按了一遍门铃，大门这才"吱呀"一声打开。一上电梯我便着急地按下 21 层的按钮，电梯慢慢上升，我独身一人站在这个密闭空间里，整个人越来越紧张。

出了电梯，走到门前按下门铃。婆婆马上就开了门，但她看向我的眼神无比冷漠。

"你来干什么？"

她的态度冰冷又生疏，仿佛我是什么不速之客。我跟在婆婆身后穿过走廊，丈夫和公公正坐在黑色的沙发上。而公公连看都不看我一眼。看到这一家子漠不关心的样子，突然一种窒息感袭来，就像猛地被人攥住了心脏，我膝盖发软，好像下一秒就支撑不住身体了。

　　婆婆也不再问什么。我就那样默默地站在客厅，看着他们一家三口，这时我终于意识到自始至终自己就是一个外人，根本就无法融入他们的生活。然而最搞笑的是，我竟下意识向厨房走去。不知不觉中，我的身体已经习惯了，到这儿第一件事就是去厨房给他们做饭，而走到厨房才发现这个情况有多搞笑。此刻自己就像个没头苍蝇一样，不知道该干什么。

　　"干吗呢，这大晚上的。"

　　"妈，圣材在哪儿？"

　　"他睡了，就让孩子在这儿睡吧。太晚了，要不你也在这儿睡一晚再走吧。"

　　婆婆这句话彻底让我变成了一个不速之客。我一刻也不想耽误，现在就要把儿子带走。

　　"我带他回家，他在房间里吧？"

　　"哎哟，这孩子还挺拧巴呢，你今天怎么这么奇怪？"

　　说完她便看着我的脚。我低头一看，自己竟光着脚，想来是进门时太着急，没顾上穿拖鞋，脚下都是土。我这才发现，自己刚才光脚踩在花坛上折腾了半天，也没洗脚就直接来了，结果大理石地板上让我弄得到处都是土。婆婆一脸嫌弃地看着我沾满泥土的脚，好像看到什么可怕的脏东西一样。

　　"啊！不好意思。"

　　我拿起客厅的无线吸尘器。

　　"你干什么呢，这都几点了！怎么能用吸尘器呢！"

一听到这话，我着急忙慌地抽了几张卫生纸，擦了擦自己的脚。婆婆眉头紧锁地看着我。我逃也似的从厨房跑出来，一下子推开儿子的房间，昏暗中我看到他蒙着头，整个身子都缩在被子里。待我打开房间的灯，儿子在被窝里蠕动了一下。

"儿子，走吧，跟妈妈回家吧。"

隔着被子，我把手放在他身上，想要说服他跟我回家。我耐心地等着他回答我，但他像是正在气头上，一声不吭地躲在被子里。

"妈妈错了，给你道歉。你看看妈妈好不好？"

我想把被子拉下来，他却用尽全力拽着被子。一股悲伤和歉意涌上心头，我的泪水再也控制不住了，我就这样隔着被子紧紧地抱住孩子。就算孩子拒绝我，我也不可能拒绝自己的亲生骨肉。

被子一抖一抖的，原来儿子也在偷偷地抽泣。孩子躲在自己的空间里，哭都不敢发出声音，这让我悲痛不已。以前只要一想到孩子长大了要经受无数痛苦和挫折，我就会感到既恐惧又心痛。谁承想让孩子伤心的人竟然会是我，此刻我简直心如刀绞。

"妈妈真的错了，好儿子，妈妈对不起你。"

就在那时，双眼噙满泪水、眼前一片模糊的时候，有个东西却以一种奇异的姿态映入我的眼帘。我一把抹掉泪水，揉了揉双眼，想要看清楚它到底是什么。透过阳台的玻璃窗，我清清楚楚地看到了那个东西。

是一个黑色的渔具包，上面印有眼花缭乱的银色条纹。我一眼就认出了它，我在丈夫的书房见过它，是金润范递给我的那个，跟去尚恩家时她给我看的一模一样，就是那个包！

我起身走向阳台，一打开门便感受到了夜晚的寒意。1米多高的渔具包，里面的内衬布全都被撕下来了，显得特别旧，而且摸上去还是潮乎乎的。

　　"这个包为什么会在这儿？"

　　我满脑子都是这个问题，就那样呆呆地站在阳台上。就在那时，丈夫推开房门，看了我一眼后深深地叹了口气。婆婆跟在丈夫身后进来，看到我也是一脸荒唐的表情。说要进来哄孩子，却站在阳台上发呆，他们都觉得我精神不正常吧。

　　丈夫把被子掀开，扶儿子坐起来。儿子的眼睛哭得又红又肿。

　　"回家吧，跟爸爸回家吧。"

　　孩子一边抽泣一边一言不发地点了点头。婆婆把孩子的书包和东西收拾好递给丈夫，走到阳台上轻抚着我的脸庞。

　　"珠兰啊，咱去医院吧，听话。去医院跟医生聊聊。没事儿，没什么大不了的。找个当医生的丈夫的好处，不就是为了这种时候方便嘛。圣材他爸有个熟人，听说是很有名的精神科医生，咱们去看看吧。唉，一直这样也不是个事儿，病还是要治的，对吧？"

　　婆婆抓着我的手，把我从阳台上拉了出来。这一刻，不管是婆婆的态度，还是丈夫把圣材带走了，这些都不重要了。我所有的心思都在阳台上的那个渔具包上。

　　花坛里发现了尸体……我的脑海中再次浮现出那天的景象，4月9日，就在那天晚上，丈夫递给我一杯香草茶，哄我快点儿睡觉。也就是在那天之后，花坛里的恶臭就消失了，尸体也消失了。然而眼前这个渔具包，明明是金润范这个月才给丈夫的，现在却像不知道洗了多少遍一样破旧。

丈夫那天晚上没有去水库见金润范，也没有在家。他给我和儿子服下安眠药，等我们沉睡过去，就把花坛里的尸体放到渔具包里转移了，然后把这个包给了自己的父母。为了消除证据，婆婆这段时间每天不厌其烦地清洗，这才变成了这个样子。丈夫真的杀了那个女孩儿吗？为了掩盖自己的罪行竟动员了他的家人吗？只把不可信的我和年幼的儿子排除在外？

那么，他们根本就不是什么家人，而是肮脏丑陋的犯罪团伙。

我自己开着车走在回家的路上，但跟往常不同，我并没有因为不认路而徘徊。摆在我面前的道路是如此笔直，而我也看清了前行的方向。我一定要带儿子逃离这个肮脏的地方。

2016 年 4 月 21 日　星期四

尚　恩

　　该来的总是会来的，难道这就是丈夫常说的"因果报应"吗？刚才尹昌根警官打电话给我，让我去警察局一趟，说是跟丈夫的案件有关。一接到那个电话，我便想起了昨天朴宰浩的眼神。难道是他向警察举报了我吗？警察怀疑是我杀了丈夫，所以才打算调查我吗？

　　去警察局的路上，我把最坏的情况都想了个遍。在监狱里生孩子？被关进暗无天日的监狱永远失去自由？会被家人和周围人指指点点？其实，这些都不怎么重要。在谋杀丈夫时，我早就做好了心理准备。现在我心中唯一气愤的就是我竟然被朴宰浩"摆了一道"，这让我无法接受。

　　推开"重案三班"的大门，放眼望去，有一屋子的警察，还有跟这个空间莫名相配的铁质办公桌。大家本来做着手头上的工作，听到"吱呀"的开门声，他们一下子都抬起头向我看来。那么多警察的视线突然集中在我身上，吓得我心头一怵，我稳了稳神，才径直向尹昌根警官的位置走去。他低头仔细地看着文件，头快要埋进桌子上几乎堆成山的文件里了。在他的眼神中，我没看到什么世俗的野心，反而捕捉到一种乐在其中的求知欲。

"啊！你来了，坐吧。"

我顺势坐下后，他便开始忙活起来。先是在电脑上打开了什么文件，趁打印文件的工夫又忙不迭地用卫生纸擦了擦我面前的桌子，还顺便找了个纸杯，给我倒了一杯绿茶。看他的态度，并不像是把我当成了嫌疑人，于是我便渐渐放下心来。这时他拿来一个箱子，把刚才打印的文件放在了箱子上面。

"这是？"

"这是你丈夫的遗物，是我们当时在现场发现的。介于搜查需要，一直由我们保管，现在这些东西也要物归原主，还给家属了。"

我打开箱子看了看，里面有丈夫用的圆珠笔、本子，还有丈夫的衣服、钱包和手机等。

"这些东西为什么现在才……为什么现在给我？"

箱子上的那份文件回答了我的问题。

"之所以请你来一趟，是想顺便将调查结果告诉你。我们对物证和可疑人物都进行了调查，也反复查看了尸检结果，所有调查结果都显示不存在他杀的可能性，而且死者体内的药物成分和从你家中搜查到的安眠药成分一致。因此我们认为死者是自杀的。这起案件算是结案了，这才将遗物交还给家属，希望你能理解。事发当时，手机和本子长时间浸泡在水里，基本上已经损坏了。"

我看了一眼装在塑料袋里的本子，不过是一堆破破烂烂的纸，已经没有任何意义了。他打开抽屉，拿出一个小 U 盘递给我。

"这是手机里的文件，对遗属来说手机里的东西非常宝贵，所以我把故人生前拍的照片和信息都保存到 U 盘里了。"

照他所说，丈夫的案件最终被判定为自杀。警察叫我来，不是怀疑我，而是向遗属告知调查结果。难道朴宰浩并没有把昨天对我说的那些话告诉警察吗？还是说，警察听了他的推测后仍认为丈夫的死是自杀呢？结案对我来说有好有坏，这代表着我不至于惨到把孩子生在监狱里，但同时也意味着丈夫的保险赔偿金泡汤了，本应到手的 2 亿韩元飞了。

真可惜，丈夫天天说的"因果报应"并没有降临到我的头上。不，站在我的立场来看，确实善有善报、恶有恶报了，家暴的丈夫最终被作为受害者的我给杀了。

尹昌根警官一直把我送到楼下，还帮我打了一辆出租车，直到我上车才转身离开。一上车我便卸下了那副柔弱的面具。出租车司机见警察亲自帮我打车甚是好奇，一直想跟我搭话。

"按说警察局这个地方还是少来的好……可是奇了怪了，这上车说去警察局的客人啊，还真不少。一问去那儿干啥，十有八九都说是处理交通事故。"

司机从后视镜里瞥了我一眼，继续拐弯抹角地问道：

"怎么，您也是来处理交通事故的吗？"

我一言不发地皱了皱眉，现在压根儿就没有心情理他。

"您看上去好像哪里不舒服。"

司机见我皱着眉头，便自顾自地猜道，这人可真是没眼力见儿。车里放着广播剧，不断传来演员夸张的声音，再加上司机还一直啰里吧嗦个没完。

"我干这行啊，可是什么样的人都见过了。去警察局的、从里面出来的、见了警察撒腿就跑的。我这后座可是连明星都坐过呢。更别说什么嗷嗷哭的、吐的……"

这时有辆车想加塞，司机见状拍了拍喇叭，一脚油门紧贴上前面的车辆。

"最神奇的就是碰巧遇上了认识的人。十年前啊，我还在公司工作呢，我们公司是做广告横幅的。结果不久前有人打车，上来一看竟是以前一起工作的老熟人。而且他还没坐后面，坐的副驾驶座，嘿，您说这巧不巧……"

正当我心不在焉的时候，突然捕捉到了一个单词，猛地一个激灵。

"碰巧"……

我瞬间想起那些孩子说丈夫一直问他们秀敏老家在哪儿、以前认识什么人，如果秀敏和朴宰浩本来就认识，不是通过那个性交易软件，而是碰巧见到了……他是儿科医生，肯定有很多机会接触到这么大的孩子。如果秀敏是他的病人……如果他们是碰巧认识的，那么秀敏的手机上找不到他的痕迹也正常。

这么一说，丈夫也是为了找到秀敏和朴宰浩的关系才到处瞎打听的吗？如果孩子去过他开的医院就诊……而丈夫又经常出入朴宰浩的医院，若他发现了这一事实，确实可以让朴宰浩这个老狐狸束手就擒。可我又不像丈夫一样能出入他的医院，所以也没有机会获取患者记录。到底怎样才能找到证据证明他俩认识呢？一时半会也想不出什么好办法，我又不是警察，怎么都不可能看到他的医疗记录。再去问她的朋友，或是去找那个对女儿丝毫不关心的父亲，恐怕都很难有什么收获。

一到家，我就把警察给我的 U 盘插到了笔记本上，打开一看，丈夫手机里的备忘录和照片都被整理到了文件夹里。备忘录里都是些无关痛痒的内容，中午饭花了多少钱、谁骂自己了、谁对自己态度不好之类的。大体扫了一遍没什么收获，我就打开了照片的文件夹。结果里面全都是些工作时拍的药箱子和药店、医院的照片，单从照片也能看出丈夫是个多么无趣的人，工作之外根本没拍过其他照片。然而这时，几张模糊的照片映入眼帘，它们在丈夫的相册中显得格外突兀。

那是几张拍虚晃的照片，既像样板房，又像电影的拍摄场地，看轮廓大致是房子的客厅。滑过这几张之后，我的视线停留在最后一张照片上，那是一个女人。照片中的女人双手捂着脸，一副拒绝的样子。虽然没有对上焦，有点儿模糊，但我一眼就认出了那个女人是谁。丈夫照片中的女人竟然是金珠兰。看样子丈夫是想偷拍她家，结果被金珠兰发现了。再仔细一看，这透过窗户拍到的室内摆设，为何有种似曾相识的感觉？

我想起来了！我在秀敏手机里看到过差不多的房子，就是因为那几张照片，所以刚开始我才会以为她是富人家的孩子。后来到她家里一看，才知道我猜错了，再加上那几张照片怎么都不像在自己家拍的，我还以为是什么样板房或者家具城，便没当回事。

我翻出秀敏的手机，几百张自拍，没有一张是她自己真正的家，基本上都是以漂亮的咖啡厅或者房子为背景拍的。这孩子相册中的照片并不是自己真实的生活，只是刻画出了一个她向往的世界罢了。

显然秀敏去过朴宰浩家。不知道为什么去他家，但她手机里的照片说明了一切。我留心观察了一下相册照片的文件名，IMG_20160322_220551、IMG_20160323_230057。

这是最后两张照片。那几个孩子说秀敏3月20日就消失了。那这样说来，至少到23日为止她还去过朴宰浩家？那，金珠兰呢？金珠兰真的会对秀敏一无所知吗？难道朴宰浩瞒着自己的老婆把孩子拐到了家里？甚至能连着待好几天？

说不定这几张模糊的照片是丈夫费了九牛二虎之力才拍到的，为了向朴宰浩要钱。丈夫知道秀敏最后的照片是在哪里拍的，而之前我并没有找到她最后这几张照片里隐藏的线索。现在一想，没找到也正常，毕竟那里是只有朴宰浩和金珠兰才熟悉的私人空间。几个小时之前我还在痛恨竟然被朴宰浩抓住了把柄，然而现在风水轮流转，他的小辫子被我抓到了。对我来说，机会又来了，我要让他知道，善恶到头终有报。

珠 兰

我看了一眼窗外，外面高楼大厦林立，每个高层建筑上都能看到数百扇窗户。我突然很好奇，对面窗户里的人们是否也像我一样苦恼呢？

"有时候会听到噼里啪啦的声音，有时候会听到水声，是吗？"

一个身穿白色衬衣、外加米色开衫的医生坐在我面前。这位叫金善玉的精神科医生一边仔细观察我的表情，一边神色温柔地看着我问道：

"听到那些声音会怎么样？会害怕吗？"

"嗯，我也不知道声音到底是从哪儿来的，所以很害怕。"

"那花坛里的尸体呢？您觉得这些声音和花坛里的尸体有关吗？"

我摇了摇头。

"没有，虽然它们都会折磨我，但不是一起出现的，完全是两回事。"

"现在呢，还是老样子吗？现在也会听到奇怪的声音，也会觉得花坛下埋着尸体吗？"

这位五十多岁的女医生是丈夫的学姐，脸庞丰腴富态，带着符合这个年龄的派头和沉稳。

"不,现在没有了。"

我并不相信她,于是敷衍地回答道。在婆婆的苦苦劝说下,我决定暂且接受一段时间的心理咨询。婆婆和丈夫都认为我需要接受治疗,就连这个医生也是站在丈夫那边的。丈夫肯定告诉了她有关我的事情,那她就会带着先入为主的观念评价我。

"是这样啊,那您觉得为什么只有自己才能听到那种声音呢?"

"我……"

如果我把自己的想法原封不动地告诉她,婆婆和丈夫肯定会更加一口咬定我就是精神病。虽然恨不得现在就从家里搬出来,但我不能撇下圣材自己离开。而且我也不能跟丈夫离婚。若我提出离婚,丈夫一定会污蔑我是精神病患者,这样我便不可能得到儿子的抚养权。我觉得自己中了丈夫的圈套。

"我听说您失去了亲爱的姐姐,是吗?"

我抬头看着医生。果然,她也想听有关姐姐的事情。她的表情摆明了就想从姐姐的死上找原因,想把我"精神不正常"和姐姐的悲剧扯上关系。

"嗯,我姐姐去世了。"

"唉,您一定很难过吧……"

我低下了头。这一刻,医生的同情让我很有负担。

"其实,五年前我也失去了我最小的孩子,就在他七岁那年……"

我猛地抬起头看向对面的医生,她的眼角有一丝湿润。看上去不像在说谎,可对方没问就讲出自己的痛苦,总给人一种别有用心的感觉。

"孩子死后，我讨厌世界上的所有人，不，甚至可以说是憎恨。都去死吧，都给我去死。那时我脑子里每天就只有这句话，世界上的所有人好像都在折磨我，都想逼死我……别人跟我打招呼，我会觉得他居心叵测。哪怕对我好，我也只会厌恶他……希望所有人都去死，大家一起死……"

"我……"

我艰难地开口说道。

"我从来没想过大家都该死。我……不希望任何人像姐姐一样遭遇悲剧。"

"您一看就是个善良的人。"

"不，我只是不希望有人像姐姐那样惨遭毒手，但是对于杀害姐姐的混蛋，我一直在祈祷，祈祷他被五马分尸，祈祷他口吐鲜血痛苦地死去。每天，都在祈求神明能听见我的祷告。"

"啊……这也没有什么……这是再正常不过的想法了。"

"难道是我杀了他，所以他死了正在诅咒我吗？"

"不会的，您不会那样的。"

"明明是我在诅咒那个混蛋去死……为什么我却像被五马分尸了一样？医生……为什么我会这么痛苦？"

我紧紧闭上双眼，痛苦得难以呼吸。

"您有没有想过，也许不是因为那个犯人，是因为姐姐您才这么痛苦的？有没有想过家里听到的怪声也可能是姐姐发出的动静？"

我摇了摇头，姐姐并不是这些事的导火索。也许我确实仍对姐姐的离世而感到自责，但我从不认为人生走到今天这步田地是因为姐姐。对姐姐的负罪感只会让我想过得更好。我想让姐姐……看到一个更好的我……让姐姐放心……

医生一把握住我的双手，本就哽咽的我再也忍不住，哭了出来，从抽泣到歇斯底里地号啕大哭。我痛苦地捶胸顿足，完全泣不成声。婆婆在休息室听到动静后吓了一大跳，一下子推开了咨询室的门。我根本管不了那么多，一心只想把积攒的悲痛都发泄出来。这份悲痛不是为我亲爱的姐姐，而是为了死在丈夫手中的那个孩子，那个年仅十五岁的少女。此刻就让我为她恸哭，让我为她哀悼吧。

"没事儿了，看完医生心里舒服点儿了吧？就是她怎么没给开药呢……"

出了医院，婆婆便安慰我。

"对了……让圣材在我们家住几天怎么样？我们可以送他去上学……"

"妈，不用了。我没事儿了，现在好多了。"

"你这孩子……你知道那个时候我为什么反对你和圣材他爸结婚吗？因为……你八字煞气太重了，自己克自己啊。周围什么事都没有，可你就是不能放过自己啊。所以呀，别想那么多，你就得过且过，安安静静地什么也别瞎想。就顺其自然……"

"您自己打车回家吧。"

我打断了婆婆的话，没等她说完就转身向着停车场走去。我实在是没耐心听她说下去了。

一进门，家里乱得一塌糊涂。吃完早饭，碗就那样扔在水池子里，家具上也蒙了一层尘土，象牙白的地毯上一眼就能看到掉落的饼干渣。我重新审视了一遍这个我每天打扫的空间，收拾这里就是我的工作，长期以来，我都觉得自己出色地完成了任务。然而不知从何时起，在周围人眼里，我变成了那种无知的蠢女人，就知道没心没肺地花丈夫挣的钱。大家都认为我的体面是靠丈夫的钱买来的，从来没有发自内心地尊重过我，也并没有把我当成一个独立的成年人来对待。

　　也许他们想的没错，属于我自己的人生在二十三岁那年就结束了。可这一切根本就不怨姐姐，并不是因为姐姐的死亡，而是因为我自己，要怨就只能怨那个遇到困难便选择回避和逃避的自己。没错，我一直在逃避。哪怕早就读懂了丈夫那充满讥讽的眼神，也假装不知道，一味地自欺欺人。

　　医院里的护士都觉得丈夫是个严厉的医生，她们都很怕他。新来的护士连几个月都干不满就辞职了，哪怕这样我也只会心疼丈夫。他还要忙着招人，可真是辛苦了。以前我只会吐槽这些护士没长性，一个个虚荣得不行。现在我突然意识到，护士们辞职可能跟虚荣心或者有没有长性没多大关系，而是因为丈夫那偏执的性格。工作中一旦发生问题，丈夫就会逼别人承认自己的错误，只有对方恳求自己原谅时才会装出一副宽宏大量的模样。如果有人把问题归结到丈夫身上，想要争执一番的话，那么丈夫不管用什么方法都会证明自己是无辜的，直到对方承认错误为止，否则决不放弃。

　　丈夫的业余生活很简单，除了钓鱼之外，一般就是在家里看看书、看看电影，几乎不会因为私人交情跟人聚会。我一直以为他只是不善交际，但有次跟他一起去同学聚会，总感觉大家似乎都有点儿怕他。虽然丈夫不喜欢聚会，可去了一般都会喝个酩酊大醉，而那时送他回来的从来都不是代驾。现在仔细一想，每次送他回家的大概都是那种臣服于丈夫的人，比如金润范吧。

我和丈夫结婚十六年来，能够一直没有发生什么大的冲突和矛盾，只是因为我们向来分工明确。丈夫一直凌驾于我之上，而我也一度认为那是保护，于是欣然接受。我绞尽脑汁地研究他喜欢吃的食物，努力配合他的喜好。可他倒好，他杀害了一个跟自己儿子一样大的女孩儿。说到底，丈夫并没有变，这些年都是我在自欺欺人，只看到自己想看到的一面，努力忽视他本来的面目。我一直都在逃避丈夫的真面目，那真正的他到底是个什么样的人呢？和丈夫初次见面时的情景还历历在目。

我们刚认识时，他三十二岁，我二十二岁。二十多岁的我长得格外显小，经常会被误认为是高中生。开始交往后，我向朋友介绍男朋友时，总会加上一句"他特别照顾我，几乎感觉不到年龄差异"。但当朋友们听到他是有钱的住院医师后，看向我的目光中总是掺杂着一丝明显的轻蔑。当时我也没太在乎别人的态度，因为当他们知道我在单亲家庭长大，需要打好几份工自己挣学费时，也流露出了同样的表情。我迫切地渴望得到人们的称赞和尊重，而那时正是丈夫完全满足了我的这份需求。

对讲机响了起来，屏幕里出现了一个熟悉的脸庞，是具银河。正在纠结要不要给她开门时，她大喊了一声我的名字，同时我的手机铃声也响了起来，看上去很着急的样子。没办法，我只好打开门让她进来。

"你上次拜托我找的那个孩子！"

银河激动地大声喊道。我想起来前几天曾拜托她帮忙寻找秀敏的下落。

"我打听了一下……结果那孩子已经被发现了！真的是你朋友的女儿吗？"

银河用了"发现"这个单词。

"被发现了？"

"对……她真的是你朋友的女儿吗？"

我犹豫了一下。见我没说话，她继续激动地说道。

"在水原的一座山上，发现了一具严重腐烂的尸体，好不容易才确认了死者身份。不是……你朋友的女儿吧？"

没想到，事实终于还是摆在了我面前。

"不是朋友的女儿，只是我认识的人在找这个孩子……"

"那个认识的人是谁？"

"犯人呢？抓住犯人了吗？"

此刻我内心无比希望犯人已经被抓住了，希望那个人不是丈夫，这难道是因为我对他还残存一丝迷恋吗？

"没有。实在是腐烂得太严重了……我急着来是想告诉你，警察也许会找你调查。因为我已经告诉他们了，你在找这个孩子。没办法，这个案件实在太恶劣了，为了能尽快破案，哪怕有一丁点儿线索也得告诉警察。"

"警察？"

我吓得反问道。

"你别激动，女孩的尸体是在山上被发现的，现在最重要的事情就是抓到凶手。是你拿着女孩的照片找我，让我帮你找到这个孩子，对吧？所以……这件事不管再麻烦也得配合警察进行调查。"

银河总是这么理智，说得有理有据的。我倒很想问问她：

"要是你最亲近的人是杀人凶手，你还能这样吗？"

银河走后，我拿出一个巨大的行李箱，把重要的东西一股脑地扔进去，又拿出厚厚一沓现金装到钱包里。我还没有做好面对警察的准备。眼下，我必须逃跑。不管是丈夫还是警察，我都要躲开他们。这一刻，我决定做一个自私自利的人，像李尚恩那个女人一样。

尚　恩

对面这个男人嘴角长着癣，跟搜查丈夫案件的尹昌根警官相比，他的体格更壮，长得也更凶。

"原因是什么呢？你为什么要拿着那个孩子的手机？"

正当我激动不已，觉得自己终于找到了能威胁朴宰浩的证据时，警察也查到了我，他们发现了秀敏的手机在我手上。

"不是我要拿着的。"

"好好说话！问你呢，为什么她的手机在你手上？"

在警察的逼迫下，我完全丧失了回答的欲望。面前这个男人一大早突然来敲门，说自己是水原西部警察局的警察，吓唬我说若不赶紧把秀敏的手机交出来，就会立刻申请逮捕令对我实施逮捕。

"手机本来在我丈夫那儿。"

"去世的金润范吗？"

"嗯。"

上周在水原八达山发现了一具腐烂严重的女尸，确认死者身份后发现就是这个名叫李秀敏的女孩儿，而孩子的父亲和朋友们在接受调查时都认为我有重大的犯罪嫌疑。她父亲说，自己早就觉得我不对劲。秀敏已经辍学了，而我却说孩子最近一直缺勤，所以他一下子就看出我在撒谎。但怕我是借高利贷的人派来要钱的，所以就老老实实地回答了我的问题。于是我便成了犯罪嫌疑人，与此同时，秀敏手机信号的定位又出现在我家附近，所以他们立马就找上了门。

"金润范为什么拿着这个手机？"

"不知道。"

"不知道？什么都不知道的话你为什么要到处寻找手机主人的下落？难道不是猜到了什么吗？"

"因为我觉得丈夫不是自杀的。"

"什么意思？别想要什么花招，说仔细点儿。"

我深呼吸了一口，像是下定决心准备要说什么重要的事情。"他去世前，曾无缘无故地在地下停车场被两个高中生揍了一顿。所以我觉得他绝不是自杀。到底是谁杀了我丈夫，我一定要查个水落石出。我觉得他手里的这个手机有问题，所以就仔细看了看。心想说不定能发现什么……"

"这样啊……金润范生前，也因为这种问题让你很难堪吗？"

"您指的是？什么问题？"

"你这不是明知故问吗？嫖娼。他生前是不是经常嫖？"

"我不太清楚……"

"什么叫不太清楚？有就有，没有就没有，把话说清楚了。"

"没有。"

"是你希望没有呢，还是确实没有呢？"

其实警察心里早就有了期待的答案，现在我只要按照他想的回答就行了。

"这事关我丈夫的名誉问题。"

"什么？名誉？"

"所以我不能无凭无据地胡说。丈夫已经离开了……我不能随意诋毁他的清白。"

警察深深地叹了一口气，点了点头表示理解。

"我们已经收到了华城警察局那边所有的调查资料，如果你现在说谎或者捏造事实的话，以后只会对你自己不利。难道只有你丈夫的名誉重要吗？那死去的女孩儿呢？难道人家没有名誉吗？她也有家人，她才十五岁，以后的路还长呢，就这么不明不白地死了。你不也怀着孕呢吗？就算是为了肚子里的孩子，也要把知道的都坦白才行啊。当妈的首先要坦坦荡荡，这孩子才能正直地长大啊！"

警察严肃的态度反倒让我舒了一口气，看上去他对自己的是非观念有着明确的认知。

"我怀孕后便拒绝跟他发生性关系，结婚四年好不容易才怀上，所以就特别小心。但是丈夫觉得受不了。有一天他跟我说，这样下去别怪他在外面找别的女人。"

"是吗？那你是怎么得知这个手机的？是看到他放在哪儿了吗？"

"他死后，我整理东西时在抽屉里发现的。因为是个粉红色的手机，所以觉得有点儿奇怪，就打开看了看。"

"得知丈夫被打之后为什么没有报警？看起来伤得不轻呢。"

"我一直都不知道。是丈夫死后保安大叔告诉我的，他给我看了监控视频，还说是丈夫不想报警的。"

"那为什么明明去找了女孩的父亲，却没把手机还给人家？"

"因为很奇怪。"

"什么？"

"开机后收到的信息都是询问孩子下落的，可主人从没找过自己的手机……"

警察紧紧地盯着我。

"这么说……你也怀疑过。对吧？说不定孩子遭遇了什么不测。"

我低头看着地板。

"嗯。"

"那为什么！为什么不报警！为什么自己一个人在背后偷偷摸摸地调查？"

警察猛地提高了声调。

"因为我丈夫……他也有可能是杀人凶手。您让我怎么办，我能随便就举报自己的丈夫吗？所以我想查清楚，等证据确凿再报警。"

我继续低着头。这里的监控将我说的所有内容都录下来了，为了不留下证据，我得把自己的表情隐藏好。

"我们已经抓住了殴打你丈夫的孩子们。他们跟你丈夫的死亡没有任何关系，而且那天确实也有不在场证明。但那些浑小子确实犯了罪，所以他们会接受应有的惩罚。"

"谢谢您。"

我的声音染上了一丝颤抖，不知为何，复杂的情绪突然涌上心头。在警察的搀扶下，我艰难地起身走了出去。每次我说谎时，总能感受到肚子里孩子的蠕动，仿佛他什么都知道一样。

秀敏的尸体竟会在水原的山上被发现，这一事实让我震惊不已。我以为那个孩子会沉入水底，永远不会被发现。然而朴宰浩竟然莫名其妙地把孩子的尸体遗弃到山上，再加上旁边就是被封为"世界文化遗产"的水原华城行宫，周围的市民每天都会去那里运动。而且据警察所说，犯人连半山腰都没去，就把尸身草草埋在了入口。我担心朴宰浩没我想象中那么严谨，好不容易才找到了威胁他的证据，如果他轻易就被警察抓了，那这一切可就都泡汤了。现在除我之外，不能让别人知道他是真正的杀人犯，所以就先暂时把这脏水泼到丈夫身上吧。

珠　兰

本来能买张机票远远地逃走，但是我只跑到了仁川的一家酒店躲了起来。儿时玩捉迷藏的时候，即使本该藏得严严实实地不让人抓住，但我怕别人永远找不到我，所以总是不敢走远。现在的心情跟那时一模一样。因此我就只逃到了这个从小长大的地方——仁川松岛，而且母亲也住在这里。在这种不知如何是好的情况下，除了熟悉的地方，我根本就不知道还能去哪里。

办理了入住手续，我一进房间便开始担心圣材，他会不会再次对妈妈感到失望？我拿出手机，给他编辑了一条信息："儿子，好好吃饭，有事给妈妈发信息，妈妈去朋友家休息几天就回来。"顿了顿，又默默地都删了。最终就简单地说了一句："儿子，好好吃饭。"孩子并不知道我的情况，自然也根本没办法理解我的心情。

接着我就把手机关机了，从昨天晚上开始就这样一直躺在酒店的床上。什么都没吃，只喝了放在酒店房间的矿泉水。然而就算这样躺着，世界也不会有任何改变。寂静之中，时间流逝得格外缓慢，我就躺在这里熬时间。闭上双眼，听着钟表嘀嗒作响，时间一分一秒挪动着脚步。我知道，我不能一辈子都躲在这里。但就像婆婆说的，很多事只要假装不知道就能凑合过去。眼下只要我从这里走出去，我就要向警察解释，我为什么在找那个叫李秀敏的孩子。

哐哐哐！有人在大力砸门，接着门铃就响了起来。终于，猫要来抓我这个老鼠了吗？

来抓我的不是别人，正是我的丈夫。打开门后，我看到了站在丈夫身后不远处的警察。原来丈夫和警察一起来抓我了。

"唉，可算找到您了。太好了，真是。"

"谢谢您，我想跟妻子聊一聊，回头再联系您行吗？"

"好的，没问题。需要我在酒店门口等着吗？"

"不用，没事儿，您忙吧。有事儿我再联系您。"

"啊，好的。那我先走了。"

警察打声招呼便离开了。我以为警察是因为秀敏的事才来抓我的，吓得不知所措地愣在当场，而警察听了丈夫的话竟若无其事地离开了。警察一走，丈夫便大步走进房间，"砰"的一声摔上了门。房间里只有我们二人。

"你怎么找到这儿的？"

"警察查了你的刷卡记录。"

"看来警察不管离家出走的孩子，倒是管离家出走的老婆。"

"为什么跑这儿来了？手机也关机了。这不是让我担心吗？"

"圣材呢？他怎么样了？"

"我让他放学后去奶奶家，周末先在那边待着。我们回家吧。"

"我会带走圣材的，绝对不可能让你妈照顾孩子。"

他深深地叹了一口气，一屁股坐到床上。丈夫还是来找我了，这让我松了一口气，又再次充满愤怒。

"警察马上就会再次找上我的。"

他根本没有认真听我说话，冷笑了一声直接躺了下去。

"唉……我的祖宗，回家吧，求你了……"

丈夫闭上了双眼，一脸疲倦的样子。今天是周五，一周当中医院最忙的日子。

"是你杀了秀敏，所以警察马上就会来找我的。"

他深深地皱了一下眉头，猛地睁开眼，长长地沉沉地叹了一口气。

"你知道为什么为了找你连警察都出动了吗？"

接着他从外套口袋里掏出一张纸，扔到我面前。上面有昨天去过的那家精神科医院的标志和医生的签名。

"你是病人，得了被害妄想症！虽然你自己不承认，但是所有人都知道你病了。你到底还要逃避到什么时候？连警察也知道你不正常，所以才会出面解决问题的。"

昨天那位医生坐在我面前，安慰我说我们有着同样的伤痛。结果她竟是这样的人，转头就说我得了被害妄想症。可她说的话能信吗？她是丈夫的学姐，而且带我去那家医院的还是婆婆。

"花坛下面埋着的就是尸体，我亲眼看见了。你4月9日那天晚上，把尸体装在金润范给你的那个渔具包里，转移到山上埋了。这件事你爸妈都知道，是他们掩护了你。然后同一天，知道这一切的金润范死了。我说的不对吗？你敢说这一切都是我的妄想吗！"

丈夫就像面对着要赖皮的小孩一样，一言不发地听着，等我话音一落就开始给我收拾行李。

"回家吧，回家再说。我们回去就接受系统治疗，回去先冷静一下。"

丈夫根本没有理我。

"警察会来找我的。"

"好，我知道了。不是有我在你身边吗？警察有什么可怕的？"

"你为什么不早点儿告诉我，实话实说然后求我原谅你不就完了。我一直在找李秀敏这件事警察已经知道了。这一切不是我的妄想。具银河告诉我，说那孩子的尸体已经被发现了。所以，我根本就不是妄想。警察知道李尚恩和我一起找过秀敏，很快就会找上门来的！"

丈夫皱着眉一脸严肃，仿佛这才意识到事情的严重性。

"你……见了李尚恩那个女人？"

丈夫无语地哑然失笑，一屁股瘫坐到地上。

"你知道她是个什么样的人吗？"

"我知道她不是什么好人，就想要钱……"

丈夫一下子打断了我的话，大声吼道。

"那个女人，杀了自己的丈夫！就为了2亿韩元的保证金，大晚上的把自己丈夫害死在水库！那样的女人你都能信？你是不是真的疯了！"

丈夫说杀死金润范的人不是他，是李尚恩。这现实吗？难道我真的有妄想症吗？真相和谎言在我脑中交织在一起，横冲直撞地找不到出口，让我无法判断真假。

"你真的不能这样，你会后悔一辈子的。我为了我们的家庭苦苦挣扎，而你竟然怀疑我，你真的会后悔一辈子的。"

"我能相信什么……"

"你真的想知道这段时间到底发生了什么吗？如果我告诉你，是不是你就不会再做这种令人无语的傻事了？"

我看向丈夫，他使劲按了按眼眶，年近中年的他仿佛一下子老了好几岁，脸上写满了疲惫，一副被沉重的责任感压得喘不过气来的样子。

"我也想知道……"

丈夫没能轻易开口。这次换我把手放到丈夫的肩膀上，让他感受到我的决心。无论他说出怎样的实情，我都做好了心理准备。他痛苦地紧紧闭上双眼，深深地叹了口气。

"你……一定会后悔一辈子的……跟那个女人见面，还跟她一起怀疑我……"

尚　恩

　　在那份为了勒索而做的回扣明细表上，丈夫连那些医生的家庭地址和孩子的学校都记了下来。我在上面找到了朴宰浩的名字。他的住址改动过一次，原来是首尔市江南区，现在变成了京畿道城南市盆唐区。而他的名字旁边写着他妻子金珠兰的名字、年龄和生日，下面写着他儿子的名字和学校。这样一想，其实朴宰浩拥有丈夫所羡慕的一切，也许丈夫并不是单纯地只想夺走那个男人的钱，说不定连他的整个家庭都想夺走。

　　从我家到板桥花了一个多小时，我坐地铁换乘新盆唐线到板桥站下车后打了辆车，在街口下来向住宅区走去。这里乍一看有些荒凉，道路两旁屹立着各种独栋住宅，每栋房子都设计得各具特色，显得威风凛凛，让我联想到了"高门大户"这个词。奇怪的是，那么宏伟的房子却只折射出属于建筑物的冰冷，完全感受不到生活气息，没有一点儿人间烟火气。这里看起来压根儿就不像人住的地方，倒像是房子"住"的地方。

　　朴宰浩和金珠兰住的房子是栋有着红色屋顶的木质洋房，配合整体风格打造了低矮的大门和院墙，跟其他房子相比，大大的落地窗让人眼前一亮。精致的小院子里铺着草坪，摆放着雅致的桌子和烧烤烤架。这栋房子的景致和气派让我感到陌生，也许这便是丈夫所渴望的生活，是他欲望的写照吧。看到这栋房子的瞬间，我感觉自己对金珠兰的同情显得如此可笑。但转念一想，房子再豪华又有什么用，也只是隐藏朴宰浩那个人的丑恶和罪行的空间而已。

"你找谁？"

一个身材修长穿着校服的男孩子走过来，低头看了我一眼。

"这里是我家，你找谁？"

孩子的校服上写着"朴圣材"三个字。

"你就是圣材呀？"

"你是谁？"

"我是你妈妈的朋友，妈妈在家吗？"

"阿姨自己打电话问问她吧。"

孩子没好气地说道，嗖地一下就闪进了大门，走到门口快速按下密码。

"我跟你妈妈说好了在家里见面，但她不接电话！"

我大声喊道，孩子露出了尴尬的表情。

"我怀孕了，不能站太长时间，我能进去等吗？"

孩子瞄了一眼我的肚子，走过来打开了大门。我向他报以温暖的微笑。

"你真是个善良的好孩子……"

进门之后，站在院子里可以更加清楚地看到房子的外观，不愧是新建的房子，真的是窗明几净、光彩夺目。孩子打开房门，示意我进去。

客厅里整齐地摆着居家拖鞋。我换上柔软舒适的拖鞋，跟着孩子走进客厅，坐到客厅一角的深灰色沙发上。沙发下面铺着象牙白的地毯，坐在沙发上透过大大的落地窗一眼就能看到外面的院子。这窗户就像剧场悬挂的巨大屏幕一般，可以看到窗外有棵枝繁叶茂的古树，绿叶随风摇曳，别有一番安宁的景致。

孩子走进餐厅发出一阵噼里啪啦的声响，像是在拿什么东西。我循着声音走过去，正中央摆着一张巨大的八人餐桌，餐桌上方悬挂着圆形吊灯。而餐厅的另一侧也采用了和客厅同样的落地窗，一眼就可以看到外面的花坛。这个房子所有的家具摆放和房屋设计好像都对窗户有种莫名的执念。

孩子递给我一个杯子，里面装着紫色的果汁。

"你可真是个善良的好孩子……"

许是我的称赞让他有点儿不好意思，他尴尬地笑了笑。

"妈妈不接电话。"

他将我上下打量了一遍，一副警惕的样子。

"妈妈上哪儿去了？怎么不接电话呢？"

他自言自语地嘟囔了几句，仿佛想要打破这种尴尬的气氛。孩子嘴边已经冒出了黑黑的胡茬儿，个子在一米六五到一米七之间，皮肤白皙，戴着一副眼镜，这浓眉大眼看上去像是遗传了妈妈。虽然是男孩子，但是校服上仍散发出好闻的味道。

"你在学校一定很受欢迎吧？对吧？"

"没有，根本没有的事儿。"

孩子挠挠头，噔噔噔跑上了二楼，就剩我一个人在客厅。我这才掏出手机，打开丈夫拍的那张照片对比了一下。丈夫应该是从院子里偷拍的房屋内部，黑色的窗框、灰色的沙发、米色的墙壁都是一样的，但这跟秀敏照片的背景并不一样。虽然整体上家具的风格和墙壁的颜色一致，但是秀敏照片中窗框的颜色是白色的，而客厅和餐厅的窗框都是黑色的。难道秀敏并不是在这里拍的照片？只是装修风格差不多的房子？不可能，不，不行！能把秀敏和朴宰浩联系起来的唯一证据就是这个房子的照片。

我小心翼翼地向一楼卧室走去。那是一个非常简约的房间，里面只有一张特大号的床和一个梳妆台。看上去有种熟悉的感觉，仔细一想，跟我在家具城工作时看到的卧室样板间差不多。

"原来真的有人住在这样的房间里啊……"

我坐在他们夫妻俩的床上，下意识地按了按床垫的弹簧。当意识到自己的行动后我顿时苦笑了一下。但这间卧室的窗框也是黑色的。我再次陷入沉思，这里也没法藏人啊，难道朴宰浩趁金珠兰不在家时把孩子带到家里来了？

这时，在一片寂静中隐隐约约听到二楼传来了水声。我从夫妻二人的卧室出来，走上通往二楼的楼梯。二楼也自带客厅，只是比楼下的大客厅稍微小一点儿，客厅一侧通往外面的阳台。我轻轻地推开阳台旁边的房门，一进去映入眼帘的就是满满一面书墙，看样子是书房。刚踏进书房我便惊讶地一把捂住了嘴，生怕自己激动得喊出来。白色的窗框！难道朴宰浩把孩子藏在这里了？但是这里除了书柜和书桌外再无任何家具，要想一连好几天瞒着家人把一个大活人藏在这里，看上去并不现实。

我走到书房的床边，想象着秀敏拍照的位置，把百叶窗帘拉上去用手机拍了张照。仔细看着照片，发现不太对，不是这里。我发现这扇窗户外面紧挨着隔壁，看不到外面的景色，正因如此，所以才一直用百叶窗帘挡着的吧。

但在秀敏的自拍中，透过窗户可以看到湛蓝的天空。照片中孩子的脸有点儿暗，窗外的蓝天却照得格外清晰。

"你在干什么？"

孩子见到我走进书房觉得有些可疑。

"你们家真的太漂亮了……"

孩子故意拿着手机在我面前晃了晃。

"得给爸爸打个电话问问了。阿姨叫什么？"

说着他就要拨电话。

"李秀敏。"

我说出名字的瞬间，他突然尖叫起来。

"你是谁？我要报警了！"

"怎么？阿姨的名字有什么问题吗？"

孩子神色慌张地四下张望，一副不知所措的样子，瞥到立在角落的高尔夫球杆，猛地一把举到胸前。为了躲开他，我一路后退到了二楼客厅。就在这时，一转头忽然瞥到了另一间有着白色窗框的房间，那里看起来像是圣材的房间。

"出去！"

这个年龄的孩子要是发起疯来，不知道能做出什么事情，我逃一样地跑下台阶离开了他们家。房子外面的监控把我的行为拍了个一清二楚，朴宰浩和金珠兰很快就会知道我来过这里了。我站在外面的路上望着他家的房子，不得不说可真是栋气派的房子啊。绕到房子后面发现这里竖着高墙，后面只有一片空地，看样子是为了安全起见才在这里加高了墙体。我抬头望了望二楼的窗户。如果在那个窗前拍照的话，完全可以看到湛蓝的天空。如果我有一栋这样的房子，一定也想把打开窗户便能望见天空的房间留给孩子。

"朴圣材！圣材！"

我大声喊道。他小心翼翼地把窗户打开一条缝，仿佛见了鬼一样，"哐"的一声就把窗户关死了。我终于明白了。为什么李秀敏的手机里找不到和朴宰浩有关的任何线索。秀敏在他儿子朴圣材的房间里，在那里拍了照片。如果杀死秀敏的人不是朴宰浩，而是朴圣材的话……

这就是丈夫闻到的钱味儿吗？我深深地吸了一口气，又缓缓地吐出来。黄沙和雾霾都变轻了，今天可真是个难得的好天气呢。

珠 兰

"金润范那天晚上横竖都会死的。"

丈夫一脸死心地说道。

"那天我本来计划趁晚上钓鱼时杀了他的，然而我根本就没去，当时还想算他命大。结果第二天警察找到我，说金润范死了……我当时真的觉得是上天助我，都不用我亲自动手。那天晚上他命就该绝，横竖都是要死的。"

"你真的想杀了他吗？为什么？"

丈夫弯着腰一动不动地盯着地板看了半天，一手解开领口的扣子，深深叹了口气看着我。

"为了我们的家庭。"

"因为那个叫秀敏的孩子吗？所以啊，你为什么要跟那么小的孩子……上床……"

他听到我的话，"扑哧"一声就笑了出来。他从来没有这样笑过。

"你脑子里到底在想什么啊……胡扯什么呢……"

"花坛下面的尸体……"

"怎么就让你给发现了呢……"

"什么？"

"我埋的，尸体是我埋的。但人不是我杀的，是你儿子杀的。"

丈夫就像投降的军人一样紧紧地抓着白色的床单。

"人是我在圣材房间里找到的，我太清楚尸体是什么味道了。我也不知道说你什么好了，你一直都在家，而那孩子在圣材屋里躲了整整三天，你竟然都不知道？怎么能觉得是鬼呢？明明一天到头都在家。"

丈夫说杀死秀敏的不是他而是圣材，我实在无法相信我的耳朵。难道我真的有妄想症吗？所以现在幻听了是吗？

"圣材？你说圣材？"

"不是我，杀死秀敏的不是我。"

"那是谁杀了她？"

丈夫猛地抓住我，使劲晃着我的身体。

"求你清醒点吧……这样下去我们都要完蛋！"

"谁杀的？"

我真的很好奇，于是再次反问道。

"你天天就知道念叨着鬼鬼鬼……我还能跟你说什么呢……"

丈夫一脸死心的样子，不再理睬我。他同情地看着我，看着看着竟哭了起来。他哭泣的模样让我感到异常陌生。我突然觉得他很可怜，走过去抱紧他。他在我怀里时而哭得像个孩子，时而咯咯地笑，哭了又笑，笑了又哭。这样的他好生奇怪，就像是疯了一样。

丈夫不承认自己犯的罪，还栽赃给儿子。我紧紧地抱着他，这次换我抚摸着他的身体，为他缓解紧张和不安。现在我终于明白了。为什么丈夫和我明明在相同的时间和空间，明明看到了相同的东西却认为是不同的，为什么丈夫明明出去了却硬说自己没出去，为什么对周围的人说我精神不正常……

"我们圣材……怎么办……"

丈夫在担心圣材。以前每次我担心儿子时他都不会在意，说我这个当妈的大惊小怪。而现在他却说，是儿子杀了秀敏，还在担心儿子。我知道了，真正疯的人不是我，而是丈夫。

所以……我的丈夫一定是疯了。

2016 年 4 月 24 日　星期日

尚　恩

很多人穿着登山服，坐在搭好的帐篷前悠闲地钓着鱼。我默默地经过他们身后，顺着垂钓者不常走的小道一路向上，看到了一块四周树木茂盛的空地，水库中央浮着一棵腐烂的树木，看样子像是被拦腰砍断的。这里便是我和丈夫曾经的约会场所。我俩常常手牵着手来这里散步，等没有人了就铺个垫子席地而坐，亲密地拥吻，直到眼中只剩下彼此。我笑着听丈夫添油加醋地炫耀自己，而他则时不时就抬头四下张望一下，生怕别人看到我们。

"不会有人的，我保证。"

这里是恋爱时我告诉丈夫的秘密基地，也是他约朴宰浩见面的地方。想来丈夫拿出的证据让朴宰浩忌惮不已，于是丈夫趁机向他勒索3亿韩元。我猜朴宰浩那天本来打算破财免灾的，但出于一些原因没能出现。

秀敏的案件明摆着就是他杀，因此跟丈夫那时不同，警察为求早日破案明显加快了调查的速度。我希望警察断定杀人凶手就是丈夫。丈夫不是一直都认为他为家庭牺牲了自己吗，这是他能为我和孩子所做的最后一件事了。他最后的任务和责任就是背负上杀害秀敏这一骂名。这样一来，除了当事人，只有我知道这件事的真相了。

再次站到这里，我清晰地回想起把丈夫推下水库的那个晚上，那个充斥着仇恨的夜晚。当时摆在我面前的只有两个选择，杀了我自己或者杀了丈夫，但我又不愿像身边的人那样总是委屈自己。既然已经受了委屈，与其沦落为受害者，那我情愿选择反抗，将黑手伸向那个残忍的男人，让他也尝尝受害者的滋味。

"喂！您是来钓鱼的吗？"

工作人员在远处向我大喊道。

"那里死人了，不能钓鱼的。您去那边的钓鱼场吧。"

"我不钓鱼，就是觉得天气好，来这边走走。"

"这里很危险，您小心点儿。快下来吧！"

我跟着工作人员顺着来时的方向朝入口走去。他一直向我嘀嘀咕咕地抱怨着，看样子丈夫的事故给他们添了很多麻烦。我穿过水库停车场，在入口的公交车站等了十来分钟，车来了我便坐了上去。从这里到母亲家大概需要三十分钟的车程，我看着窗外的田埂小路，那天晚上我就是那样一步一步地走回了家。生怕被路过的车辆发现，一直蜷缩着身体艰难地穿行在小路上。那晚的寒气和痛苦仿佛还历历在目，让我不禁颤抖起来。

昨晚嫂子在饭店通宵工作了，回来后到现在还在卧室睡觉，五岁的侄子正自己在客厅里玩。他推着掉了轮子的玩具汽车，一个人无精打采地打发着时间。

"看电视吗？"

"不行，奶奶和妈妈在睡觉。"

"好吧，那我们一起玩吧？"

我拿起放在他旁边的挖掘机模型。

"政敏最近最想要的东西是什么？"

孩子露出苦恼的表情。

"没有哎……"

"没有想要的吗？姑姑想送给你礼物呢。"

"没有什么想要的。"

孩子推着早已跑不起来的汽车，灰心丧气地拿起来往地板上砸了砸。我从孩子手里抢过汽车使劲扔到地上，彻底把它砸了个稀巴烂。孩子看着完全坏掉的玩具，委屈得好像马上就要哭了一样。

"不喜欢的索性就扔掉，姑姑再给你买一个更好的。要想得到自己想要的东西，你就得动脑子想办法。"

孩子一副泫然欲泣的表情，我把他搂到怀里安慰着他。他强忍着不哭出声，怕吵到长辈休息，他还那么小就知道看人眼色。

"来了？"

母亲刚睡醒，顶着一头凌乱的头发从房间里走出来。在被诊断为老年痴呆之后，她比以前睡得更多了。与其说是因为老年痴呆症，不如说自己慢慢放弃了，更像是开始为离开这个世界做准备了。

母亲一口气喝了一杯水，一屁股瘫坐到沙发上，紧接着长叹了一口气。这个家从老到小所有人全都是一副生无可恋的模样，到处充斥着负能量，就像一座死气沉沉的坟墓一样。

"身体怎么样？按时去医院了吗？孩子没什么问题吧？"

妊娠糖尿病筛查非常正常，胎儿畸形筛查也没有任何问题，孩子正在我肚子里平平安安地长大。

"当然，也不看看咱家是什么基因，想死都死不了，命硬得很。"

"说给我听的？你个没良心的混账东西。"

"我就算再混账，也不会故意说这种话给你听啊。"

"在孩子面前说这话，就是混账东西。"

"妈，医生说是个女孩儿。"

"正好，现在这世道生儿子也没什么用。"

"等孩子出生以后，咱把这个房子卖了，去乡下买个大房子一起住吧？"

"说什么屁话呢，你还是对你嫂子好点儿吧。等生了孩子，除了你嫂子，你还指望谁能帮你？谁知道到那时候我脑子还清醒吗，说不定不仅不认人，连屎尿都不分了。来的时候吃过饭了吗？"

母亲走到厨房，拿起水池里堆得满满的碗刷了起来。

"妈，到时候我跟你用一个房间怎么样？既能照顾政敏，也能照顾你。"

"放着你自己的房子不住，来这巴掌大的破地方干吗？"

"润范欠了一屁股债，回头拿那房子的保证金还了贷款，我跟孩子就没地方住了。"

"所以说啊，何必非要了他的命？"

我大惊失色看了一眼母亲，她一副若无其事的样子继续刷着碗。我快速地瞥了一眼政敏，他还坐在客厅里呢，不过他正专注地坐在一堆积木中玩着汽车。

"再难也该凑合着一起过的，吃他的喝他的，榨干他的最后一滴血。"

不知是不是腰椎病又犯了，母亲拿出护腰围上也还是"哎哟"个不停，撂下刷了一半的碗，转身回了自己的小屋。看样子她早就看透了一切，但在接受警察调查时还是帮我作了伪证。不过就算她照实说，恐怕也没人会听信一个老年痴呆患者的话。

我摸着政敏的头给金珠兰打了个电话。我决定改变策略，与其咬住朴宰浩不放，眼下转向金珠兰下手的话，从她那里拿到钱的概率更大。我提出的价钱肯定是她可以接受的，而且我还会将这件事的真相一五一十地告诉她。她那么渴望知道事实，我就告诉她，至于她听完我的话会不会崩溃就与我无关了。是爬起来继续战斗，还是摔倒后一蹶不振，就要看她自己的选择了。

珠 兰

明明在酒店的时候一直睁着眼躺在床上，回到家却睡个不停，仿佛要把这段时间缺的觉都给补回来一样。突然一通陌生来电将我叫醒，莫名有种不祥的感觉，果不其然，怕什么来什么。

"您好，这里是水原西部警察局。我们了解到您以前找过一名叫李秀敏的孩子，目前她跟一桩谋杀案有关，鉴于调查需要，麻烦您来警察局一趟可以吗？"

我从床上猛地坐起来，不知如何是好。"啊？我吗？为什么？"我就一直傻傻地重复着这句话。丈夫走进卧室，看到我异乎寻常的表情便猜到了是警察。

"先答应了再说。"

于是我以身体不好为借口拖延了几天，答应警察过两天去做笔录。

"你过来看看。"

挂了电话之后，丈夫把我叫到客厅里，打开了室内监控的视频。画面中出现了一个女人，定睛一看竟是尚恩。她来我们家干什么？

"圣材之所以突然发疯，想必就是因为她。"

在我睡觉的时候，圣材不停地砸东西，显得焦躁不安。丈夫说他把儿子送到婆婆家了。为什么偏偏在我睡着的时候……

"那个女人怕是知道了什么，这才找上门来的。"

我不想知道丈夫的话意味着什么。可他就像变了一个人似的，开始跟我一起计划起来，以前向来缄口不言，什么都瞒着我，他一定是想利用我来摆脱自己的罪行。

　　"如果警察问你为什么在背后调查那孩子，你就说是因为李尚恩，是她叫你一起去的。就说她想把自己丈夫犯的罪全甩在我身上，把一切都推给那个女人。"

　　丈夫绞尽脑汁地算计，积极地说服我按照他说的去做，说眼下只有这样才能守住我们的家庭。

　　"暂时让圣材住在爸妈家吧，孩子现在很害怕，先别让他回来了，省得对他更不好。"

　　我打心眼里强烈反对儿子住在婆婆家，他们一家人就是罪恶的同伙。但眼下为了不惹怒丈夫，我只好点了点头。

　　"你，倒是说点儿什么啊……从昨天开始，怎么就一句话都不说了？"

　　我又点了点头。我知道，丈夫现在如此周密地谋划，只是为了摆脱自己的罪行而已。他告诉我这一切都是圣材做的，让儿子替自己背黑锅，又让我告诉警察所有的一切都是那个女人和她的丈夫做的，把我拉进这摊浑水，让我去害人。也不知道他是从什么时候开始瞒着我这般精心盘算的。丈夫说只要好好听他的，我和圣材都会平安无事。然而这话听起来就像是让我当他的同谋，跟他同流合污一样。

　　我有一句没一句地听他说完便走进了浴室，打开花洒的瞬间，一股温热的水流喷射在我身上，我这才感受到了一丝解脱。如果可能的话，真想就这样放任这暖流冲洗着我的身体。

"你什么都做不了。"

丈夫平常挂在嘴边的那句话伴着水声回响在我耳边。我能做点什么吗？我用毛巾随意擦了擦身体又再次躺回床上，到底能做点什么呢？

这时手机响了起来，来电显示写着"李尚恩"。

"我什么都做不了。"

并不想接，可电话铃声一直响个不停，她锲而不舍地打了一通又一通。难道她不打算威胁丈夫，准备把矛头对准我了吗？我仍然没有拿起手机，铃声终于停了下来。屏幕上一下子多了三个未接来电，我就那样默默地看着。

尚恩也认为是圣材杀了秀敏吗？为什么？凭什么？就因为丈夫说自己没杀秀敏？可怎么能完全相信他的话呢，至少这段时间我收集到的证据告诉我，不能相信丈夫。

我拨通了电话，尚恩就像抱着手机等着一样，一秒钟便接通了。在她说话之前我抢先开口说道。

"我们明天见一面吧。"

"好的。"

她一口就答应了。尚恩和丈夫，这两人互相都想让对方背黑锅，而我恰好就夹在他们中间。现在他们两个人都是被动的，谁都没有选择权。丈夫根本就不能解决我们家眼下的问题，说不定解决问题的钥匙，自始至终都握在我手里。

2016 年 4 月 25 日　　星期一

尚　恩

　　身穿黑色连衣裙的珠兰扎了个马尾坐在对面，她扭头望着窗外发呆，完全沉浸在自己的思绪中。

　　我顺着她的目光望过去，透过餐厅的落地窗可以看到一个狰狞的花坛。花草被拦腰折断，到处都是残枝落叶，就像杂草一样凌乱无章，而且花坛里还被挖得坑坑洼洼的。珠兰就这样一直沉默地看着那个花坛。

　　我从包里拿出冲洗的照片，把它们放在桌子上一字摆开，都是秀敏在这个房子里拍的照片。珠兰这才转过头来盯着照片看了良久，然后默默地把照片合起来，推到我面前，仿佛根本不需要这些东西一样。

　　"你想要多少钱？"

　　她二话没说直接问道。这个问题在我的意料之内，可事情的进展速度让我始料未及。原以为听完我的说明她会大受打击，之后我再略施手段，在我的纠缠和威胁之下她定会哭着说出这句话。

"没想到你看到这些照片并不惊讶呢。"

"是那个孩子从我们家拍的吧。"

珠兰已经知晓了我的来意。

"3 亿韩元。"

"张口就是 3 亿韩元……"

"这笔钱对你来说根本不算什么。"

"我怎么相信你呢？你拿到这笔钱，这件事就能一笔勾销吗？你叫我怎么相信你？"

珠兰无力地看着我。

"这件事恐怕你没有什么商量的余地吧，除了相信我还有什么办法吗？放心，只要我拿到钱，就再也不会出现在你们一家人面前的。"

"如果我不给的话，你又能怎样呢？仅凭几张照片能证明什么？手机不是一直在你那儿吗？如果我告诉警察这一切都是你栽赃陷害我们的，警察会相信谁的话呢？"

我向警察录口供时，旁敲侧击地暗示了金润范就是杀害秀敏的凶手。如若翻供，自然是讨不到什么好果子吃，可就算那样，此刻我也没有任何退路了，此刻只能表现得更加强硬，希望能震慑到她。

"如果你今天是来讨价还价的，那没什么好聊的了，你留着去跟警察说吧。"

我猛地站起来作势要走，这时珠兰着急地喊住我。

"5 亿韩元。"

从她嘴里说出"5 亿韩元"这个数字，我不明白她是何用意。

"我给你 5 亿韩元。"

"5 亿韩元？"

她站起来倒了杯咖啡。我一直盯着她，等着她继续说下去，可此刻她好像把全部精力都集中在了面前的咖啡上。她把一杯热气腾腾的咖啡放在我面前，透明玻璃杯中荡漾着黑色的液体。然后她坐下，不紧不慢地喝了一口咖啡，看似没有任何表情，拿着咖啡杯的手却在颤抖。

"3 亿韩元太少了。"

她没头没尾地说了一句，然后把窗前的棕色大号托特包拿过来放到我面前，我一眼就看到了 LV 的经典标志。

"这里有 1 亿韩元的现金，你确认一下吧。"

听完她的话，我拉开拉链一看，里面装满了 500 万韩元一捆的现金。

"今天你先拿走这些吧，事成之后我再给你 4 亿韩元。"

"为什么？为什么是 5 亿韩元？"

珠兰又喝了一口咖啡，这次她的手抖得更厉害了，我都怀疑下一秒她会不会把杯子打翻。看似努力保持镇定，身体却出卖了她。

"用钱买我丈夫一条命，3 亿韩元实在太少了。"

"什么？"

对面的女人痛苦地吸了口气，继续说道。

"帮我杀了我丈夫吧。"

我目不转睛地盯着她。她看起来很紧张，嘴角却向上翘着。我这才拿起放在面前的咖啡杯，"咕咚"喝了一大口。

"如果是你的话，可以伪造成自杀吧。"

她站起来走向窗边，黑色的连衣裙看起来就像丧服一样。

"你喜欢什么花？"

"我没什么喜欢的花，连名字都不怎么了解。"

"很恶心吧？虽然远看美如画，可凑近了就能看到里面密密麻麻的雌蕊，让人毛骨悚然，就像恶魔张着血盆大口一样……"

我起身走到珠兰身边，隔着落地窗望了一眼外面的花坛，然后转头看向她。脑海中突然浮现出不久前谋杀丈夫的自己。此刻我看着珠兰就想到了那天，下药之后把不省人事的丈夫送去黄泉路的自己。她眼神空洞地注视着花坛，我第一次因为她的目光而感到恐惧。这个女人现在已经没什么不敢做的了。

5亿韩元……我做梦也没想过能拥有这些钱。我告诉自己，金珠兰这个女人可以相信，她一定会给我剩下的钱，一定不会骗我的。而且我已经开始想象，拥有了那一大笔钱可以做些什么。我望着那个狰狞的花坛，任思绪渐渐飘远。

珠　兰

尚恩的计划很简单，给丈夫服下安眠药后把他放在车内，点燃蜂窝煤导致他一氧化碳中毒身亡，而我们只要把这一切都伪装成丈夫烧煤自杀就行了。尚恩以为我为了获得儿子的抚养权才要谋杀丈夫，她以为所有事情的起因都是圣材。为了达到我们的目的，她还建议我把儿子犯的罪栽赃给丈夫。"儿科医生背负着杀害女孩儿的罪恶感，最终想不开自尽"，她说这句话听上去毫无破绽，能骗过所有人。

我现在谁都不信，我决定只相信自己的直觉和想法。对我来说，不管是尚恩还是丈夫，他们都在骗我，他们竟然说一个十五岁的孩子会杀人。该说他们想象力超群呢，还是无耻呢？他们只是在利用弱者而已，为了钱，又或是为了掩盖自己的犯罪事实。

我坐地铁去丈夫的医院。昨天开车时发呆走神，一下子错把油门当成了刹车，吓得我决定暂时不开车了。但一走进地铁我便后悔了，数百人散发出的气息、噪声和味道让我精神错乱。我闷得喘不过气来，只想立刻逃离这里。额头上的汗顺着脸颊流下来，我大口大口地喘着粗气。周围有几个人向我报以关切的目光，但我都把头转开了。到了2号线的换乘车站，大批人流涌来，我再也忍不住，一下子逃出车厢，跑出去打了辆车。静下来后还感觉脸上不断发热。

丈夫医院的内部装饰仿佛集中了这世上所有鲜艳、明亮的颜色，到处都是花花绿绿的。一进门就能看到五颜六色的沙发，以及供孩子们扔着玩的橡胶积木和玩具。那些鲜艳的色彩也许能让孩子们心情愉快，但各种颜色叫嚣着强行闯入我的视线，实在乱得我眼晕。

一进医院，护士们就纷纷热情地向我打招呼，我把在医院门口面包店买的曲奇和咖啡递给她们。她们打完招呼就赶紧去忙了，招待患者、叫号、打印处方，都忙得不可开交。

花里胡哨的沙发上坐着陪孩子一起来的妈妈们，来看病的孩子大多还停留在完全需要依赖妈妈的年纪。圣材也曾有过那样的时期，那时对他来说，妈妈就是全部。突然，有个孩子害怕得哭了起来，其他孩子像是被他传染了一样，一个接一个都开始哇哇大哭，医院大厅一下子变成了眼泪的海洋。妈妈和护士们见状赶紧跑过去哄孩子，拿着糖果和玩具在手里晃个不停。

我趁乱走进前台，一个叫明智的护士正在打印处方。我将曲奇放到盘子里，方便她们拿着吃，借着找纸巾擦手的名义打开护士休息室的门走了进去，里面放着保管衣服的铁质储物柜和医用器械。我匆忙把一盒装着二十个手术刀片的纸盒放到包里，还在器具保管盒里拿了一把手术刀刀柄。这里是护士的更衣室，所以没有监控。装好后，我拿起角落里堆着的纸巾盒走了出去，把曲奇整整齐齐地摆好。

"这家的苹果曲奇可好吃了！"

"真的啊？太好了，老板说这个卖得最好……"

"谢谢姐！"

护士们好不容易把孩子哄好，如释重负地走过来，拿起我递给她们的曲奇。

"院长刚刚看完一个病人正在休息，您要不要进去找他？"

她们中看上去年纪最长的护士说道。

"真的？好啊，谢谢！"

说不定护士们也都以为我精神不正常，所以在她们面前我故意笑得格外灿烂。丈夫告诉周围所有人我有精神病，借此来标榜自己是富有责任心的老公，又装可怜博同情，以此为乐……想来他工作的地方也不会例外。

我敲了敲诊疗室的门，自己打开门走了进去。丈夫用一个舒服的姿势倚在椅子上，上下打量了我一眼。

"难得啊，你怎么来了？"

"我还是不放心，想来再跟你商量商量……"

丈夫用指尖敲着桌面，似是暂时陷入了沉思。

"不用了，从现在开始你就假装什么都不知道就行，其他的我会看着办的。"

果然，他还是那样，根本没有任何变化，还是那么以自我为中心，对我仍不会表露出内心真实的想法。

"圣材怎么办？总不能一直在爷爷奶奶家吧？"

"唉……"

丈夫一副头疼的表情。

"这孩子现在也不正常。等这事儿结束以后，他最好也去看看心理医生……这样下去回头指不定说出些什么奇怪的话来？"

"什么叫奇怪的话？"

丈夫一脸不悦地看着我，根本就懒得理我。他说儿子也不正常，可既然我现在明明好端端的，那儿子肯定也没有疯。我应该相信儿子，不，我就是相信他。

"还有隔壁那女的……你离她远点儿。"

"隔壁？"

"嗯……唉，可真是的……我朋友在她那家律所工作，我就随口打听了一下，结果你猜怎么着，都说她是同性恋。"

"什么？"

"真是……想好好过日子才搬到这儿的，结果隔壁竟然住着一对同性恋……估计那个年轻的不是保姆吧，她俩八成是一对。"

我就那样默默听着丈夫的话，想起来每天站在阳台上望着我们家院子的美龄。我曾以为她一直看着我丈夫，现在想来恐怕那只是我的错觉。眼前这个男人转眼就要五十了，这样一个愚蠢的老男人有什么魅力值得美龄偷看呢，我竟然还以为她想勾引我丈夫。

"我就说看着那么别扭……头发剪得跟男人一样短，笑得那么大声也没个女人样。反正你离她们家远点儿。"

现在他说什么，我一句都不信，再说了，就算住在隔壁的具银河和美龄是同性恋，那跟我又有什么关系呢。丈夫说谋杀金润范的是尚恩不是他，杀害李秀敏的是儿子也不是他。他还说是我一手造成了姐姐的死亡，所以我要对姐姐抱有负罪感。在他嘴里自己始终是没有任何错的圣人，我再也不会相信他说的话了。

我装模作样地点了点头便站起来准备离开，他开口说道：

"什么都不用担心，你就站在旁边看着就行，没有任何需要做的事。"

"好……谢谢。"

我艰难地从嘴里挤出一句"谢谢"。走出医院后，十字路口处的化妆品店和手机卖场正在搞活动，前面一片喧闹。街上人群涌动，来来往往的行人穿梭不断。我站在路边好不容易招手打到一辆出租车，一上车，我便把手放到包里摸了摸那个装着手术刀片的盒子。虽然不是丈夫一直使用的东西，但也足够了。我今天可以算是完美地完成了任务。

他大概还认为世界上只有自己知道真相，只有自己能解决所有问题。他一定没想到，至少这次，选择权绝对不在他手上。

2016 年 4 月 27 日　　星期三

尚　恩

　　珠兰的提议让我心动了，5 亿韩元足够我开启人生新的篇章。也许某些人会觉得这话听起来很搞笑，但事实上，5 亿韩元对我来说完全就是奢望，我从没想过这辈子会拥有这么多钱。

　　我的日子总是过得很痛苦。生活被没有意义的新闻和信息所包围，周围人表面上一团和气，背地里却瞄准我的心脏狠捅刀子。我既没什么想做的事情，也没有想见的人。不知从何时起，我学会了后退一步。但凡遇到问题，我就会先往后退一步，站在旁观者的角度观察李尚恩这个人眼下的处境。当局者迷，旁观者清，有时站在远处才能清楚地看到局中人到底如何从痛苦中逃离。

　　这次也不例外，我后退一步，客观地对眼下的情况进行了分析。现在不仅没能拿到保险金，还得还丈夫留下的贷款，肚子里的孩子也在一天天长大，我真的很需要钱。再说了，那个禁锢我、否定我的丈夫已经消失在这个世界上了，为了生存，我还有什么不能做的？5亿韩元，足以让我赌上一切。

珠兰的建议我很满意。她说会亲自动手让朴宰浩服下安眠药，但接下来的事情需要人帮忙，所以找到了我。想当初为了谋杀丈夫，我可是绞尽脑汁制订了很多方案，如今就做个顺水人情，直接送给她了。

"喂他吃下安眠药，然后在车上烧炭怎么样？那样很容易伪造成自杀。如果有遗书就更好了，没有也没关系，因为他自杀的理由已经足够充分了。但最重要的是，这个蜂窝煤一定要是你丈夫朴宰浩自己买的，而且一定要找一家有监控的超市，越自然越好。"

"自然……可是……话说回来，丈夫死了我应该有多伤心呢？"

在杀死丈夫之前，我从来没有考虑过"伤心"这种感情，那种苦恼对于我来说是多余的，那时我仅剩的精力都用来自我合理化了。说实话，丈夫死后我并没有感受到悲伤，整个人都沉浸在一种深深的无力感当中。我曾以为丈夫便是我痛苦的来源，我的人生之所以会变得如地狱般绝望也都是因为他。然而等他消失后我却发现，什么都没变，我的生命中还是充满了痛苦。这下我真的无能为力了，不知道如何解决这些剩余的痛苦，也不知道再把原因归结到哪里。也许能解救这种情绪的只有金钱吧。只要有了钱什么都能做，想到这里我便又有了动力。

"不要考虑以后的心情，那样什么都做不成。"

话是这样说，但这两天我一直在努力平复自己的心情，昨晚甚至还被不好的预感折磨得彻夜未眠。虽然尽量不让自己乱想，但脑海中还是一直浮现出一些不好的念头。

我在黑色手提包里装了两双劳保棉线手套，以防万一还戴了副墨镜。穿上紧身短袖和裤子，又拿出一件换季时常穿的风衣套在外面。用头绳简单地把头发扎起来，然后扣上一顶帽子。等我收拾好之后，左看右看，怎么都觉得风衣配帽子有点儿奇怪，于是又从衣柜中翻出一件米色的连衣裙。换上裙子再在外面套上藏蓝色风衣，想了想还是把帽子摘了，这样好像更低调。然后穿上了一双普通的黑色休闲运动鞋，这是我在折扣店清仓大甩卖时买的。我把身上所有的首饰都摘了，万一戒指掉了或者项链断了，那可就麻烦了。顺便又确认了一遍风衣的口袋里没有任何东西。为了防止掉头发，我在扎好的头发上喷上了大量的发胶。最后用风衣和包挡住稍微突起的肚子。往镜子前一站，映入眼帘的就是一个普普通通的女人，看上去三十多岁，走在路上毫不起眼。

乘电梯下楼后，我并没选择常走的后门，而是从小区大门堂堂正正地走了出去。坐公交车到达富平地铁站后又换乘地铁。下班高峰期的地铁上人潮拥挤，我神色自若地挤在人群中掏出手机打开了电视台直播，正在播放的是我平常一次都没看过的每日连续剧。再换到电视购物频道，导购员正在激动地推销着 59 900 韩元 5 条的裤子，我默默地在心里记下来。

大概花了一个半小时到了板桥站，我从 2 号出口出来后，徒步走到公交车站等 76 路公交车。正是下班时间，地铁站附近来来往往都是年轻的上班族。上车后我便欣赏起窗外的风景，到处都是干净的新小区，一看就刚建成没多久。

公交车很快就到了 B 中学门口。我从车上下来，用最若无其事的样子向珠兰家走去，既没有看周围的行人，也没有四下张望。但总感觉四面八方的监控都在注视着来历不明的我。

　　我把要做的事情在脑海中整理了一下。首先我要走进朴宰浩家，和金珠兰一起将沉睡的朴宰浩移到私家车后座上，然后被监控拍到我从他们家出来。接着回到板桥站，并在进入地铁站时刷卡。但是只刷卡并不进去，我要躲在人流中赶紧溜出来，之后便直奔金珠兰推荐的作案地点——云中川。朴宰浩的车窗玻璃已经贴好了膜，金珠兰负责把那辆车开到云中川。等到了那里，我们再合力把朴宰浩转移到驾驶座上，最后点燃蜂窝煤，在这个过程中，绝对不能在车辆内部和外部留下我的指纹或者DNA。金珠兰说立交桥下面有条河，那附近是监控死角，而且人们也不常去。就算有人路过，只要不显眼，低调行事，便不会被人记住。事成之后，金珠兰去旁边的现代百货商店，她事先把自己的车停在了那里。而我则在立交桥下面的公交车站坐上直达富川的8601路大巴，要记住上车时绝不能刷卡，只能用现金。等到了富川再打车去富平地铁站，当然也只能用现金付款。最后藏在富平站的人流中，在地铁出口的刷卡机上刷一下我的交通卡，假装刚刚从地铁上下来，和平常一样大大方方地回家，这一切便大功告成了。

　　但在这个过程中有一件最重要的事情，那就是我要拍下照片，来证明这件事是金珠兰跟我一起合谋的，以此给剩下的4亿韩元上个保险。

　　等朴宰浩的尸体被发现了，说不定我会第一个接受警察的调查，届时为了诱导警察怀疑朴宰浩跟我丈夫以及李秀敏的死有关系，我会承认去过他们家。虽然在警察眼里不可能是朴宰浩杀了金润范，因为案发当时他在江南的公寓，那里的监控给他提供了不在场证明，而且那个监控视频也不会是假的。但我需要给警察留下一种印象，那便是我一直都在怀疑朴宰浩，怀疑他就是杀害我丈夫的凶手。至于接下来的一系列"事实"，从朴宰浩杀了李秀敏，到他因为负罪感决心自杀，于是自己从超市买了蜂窝煤，将车开到云中川附近的空地，在车里烧煤自尽，这些内容都要由警察调查得出。我打算告诉警察，丈夫和朴宰浩之间存在着某种交易，并将证据提交给警方。

李秀敏和朴宰浩，这可是两桩人命官司。警察办案向来重视效率，就算为了一次性解决这两个案子，他们也会乐意把朴宰浩的死判定为自杀的。警察的工作就是破案，他们最讨厌复杂地绕来绕去，我相信这个机构所强调的效率和逻辑会帮助我和金珠兰的。毕竟警察怀疑朴宰浩的妻子金珠兰是不合逻辑的，而且在他们的认知中也不可能是我杀了朴宰浩，身高一米五五、体重四十二公斤的孕妇如何独自一人搬动一个一米八以上、体格健壮的成年男人呢？

我觉得朴宰浩死后，我和金珠兰要想全身而退并不难，比上次我杀了丈夫再保全自己要简单多了。

我轻轻推了一下他家的大门，按照计划，门是虚掩着的。车库里停着朴宰浩的那辆白色奔驰，以防万一我看了一眼，玻璃上确实贴好了单向透视膜。进屋之前，我深吸一口气，拿出包里的水喝了一口。就在那时，我突然感觉到一道陌生的视线集中在我身上。转头一看，不知道哪来的女人站在隔壁二层阳台上，一只胳膊搭在栏杆上，抽着烟懒洋洋地注视着我。抬头的一瞬间我猛地撞上了她的视线。惊得我急忙转身，一下子推开掩着的房门大步走了进去，莫名感到不安。

一进门，珠兰便迎了上来，她看上去似乎比我还紧张，整个人都在颤抖。她侧过身子站到一边，示意我向餐厅看去。我看到了朴宰浩的背影，他整个人瘫坐在餐桌椅子上，看上去陷入了昏睡，好像碰一下就会倒下去。

"住在隔壁的女人刚才看见我了。"

珠兰皱着眉头责怪道：

"不是说好了不能让别人看见吗。"

"没关系，反正我来的路上故意找了监控多的地方。回去的时候也都会被监控拍到的，放心吧。我担心的是隔壁那个女人，她不会一直站在那儿看着外面抽烟吧……她不知道你现在在家吧？"

"监控……我们不是说好了尽量不要被监控拍到吗？所以我们家的监控也都关了。你在来的路上怎么能被监控拍到呢！"

这时候珠兰竟莫名其妙地发那么大火。我只是让她喂朴宰浩吃下安眠药而已，并没有向她详细说明我的全部计划，再说了她也没必要知道。

"不，我打算利用监控。"

"啊……"

珠兰慌张地看了一眼瘫坐的朴宰浩。我心想万一他醒来就麻烦了，得速战速决，于是快速地脱了鞋直奔餐厅。体格健硕的朴宰浩耷拉着肩膀垂着头坐在那里。我把手放在他的肩膀上左右晃了晃，确实没有任何反应。

"吃了几粒药？"

珠兰走到我身边，我问道。

"二十粒。"

"什么时候吃的？"

她看了一眼墙上的挂钟。

"刚吃没多久，大概二十分钟？"

我点了点头，再次看向朴宰浩，他的块头实在是太大了，我和珠兰两个人搬都费劲。

"你去找个大浴巾过来吧，或者被子也行。"

"好……你等一下……"

她一脸害怕地走进卧室。我想系上风衣的扣子，但因为鼓起的肚子怎么都系不上。于是便直接脱了碍事的风衣，顺手扔到沙发上，从包里拿出手套。我的准备工作都做好了，可她仍在卧室里翻箱倒柜。这么简单的一件小事都做不好，就知道浪费时间，可真是让人郁闷。朴宰浩太重了，我想借助浴巾的力量把他拖到家门口。就找个东西需要那么长时间吗？还不如我自己处理丈夫那天顺利，就我自己反倒可以按照计划顺利进行，就算出现问题也很快就解决了。没想到找了个共犯，倒是徒生变数。

在这种情况下金珠兰还能这么拖拖拉拉，我只能理解成是因为她愚蠢，根本就不考虑为了活着、为了活下去应该做什么。拿个被子需要那么长时间吗……我本来还期待她能当个称职的搭档，现在幻想彻底破灭了。没办法，只能我替她做了。我转身走向卧室，只要能拖动朴宰浩，随便拿个被子就行……

就在那一刻……嘭！我听到了一声巨响，瞬间我便控制不住自己的身体，腿软地打了个趔趄。我这才意识到那响声的源头竟是我自己。下一秒，我便倒在了地上。转头的一瞬间我看见了朴宰浩瞪大的双眼，而他的手里拿着一块巨大的石头。

珠 兰

我就一直默默地站在房门口。丈夫选择的凶器是一块摆在橱柜里的奇石。去年冬天公公拿来一块带着瀑布纹理的奇石，说是送给我们的乔迁礼物，还精心包装过了。然而我也不懂那石头到底有什么价值，只是头疼不知道该摆在哪里，因为它与房子的装修风格着实不搭。丈夫对这块奇石本来也无兴趣，那时恐怕他也不会想到这个东西后来会用来杀人吧……

此刻丈夫举着那块令他心安的奇石，化身成了一头猎食的野兽，残忍又血腥。他嘴角挂着微笑，正在享受为保全家庭而杀人的乐趣，一副站在食物链顶端的样子，而我却一次都没见过那种表情。随着一声闷响，尚恩就那样倒了下去。摔到地上时她扭了一下身子，用手挡住腹部，像是下意识地想要保护肚子里的孩子。鲜血顺着她的额头流了下来。丈夫看着倒地不起的尚恩，再次高高地举起了石头，无情地砸了下去。他说就算是为了圣材，也得杀了尚恩。

然而所有人都知道她来过这里。一切都结束了，我的幸福也消失了。头破血流的尚恩扭动着身躯。那个女人还没死,还在苦苦撑着,她的命还真硬。为了结束她的性命,丈夫再次举起了那块石头。我再也受不了,大声尖叫起来。丈夫不耐烦地转头看了我一眼,拿着石头向我走来。我往楼梯的方向逃去,平常上上下下走了不下几百次的楼梯,竟踉踉跄跄地滑了好几跤,好不容易才爬了上去。

"你,怎么了?"

丈夫向我追来。我一路尖叫着爬到二楼,跑进他的书房锁上了门。听到丈夫上楼梯的脚步声后,紧接着便陷入了沉默,过了好一阵才传来敲门声。

"你怎么了?你冷静点儿!"

我就站在那里,一手捂住嘴,一手紧紧地抓着房间的门把手。

"这不是你希望的结果吗,对吧?为了圣材,我们没有别的办法,对吧?"

这只是他的狡辩,他并不是为了圣材,只是为了他自己才要杀尚恩的。其实这件事丈夫从头到尾都知道,他知道尚恩来家里威胁过我。本来我希望她不要搬出圣材来,她却真的想用儿子来威胁我。丈夫说不能任由她这样毁了我们的家庭,这一点我也赞同。

从尚恩的吃穿用度就能看出她很缺钱,她却一直都瞧不起我,我总能在她的眼神中体会到被侮辱的感觉。就凭她?要知道一路走来,我活得并不容易,她凭什么那样无视我,她有什么资格嘲笑我的人生?

尚恩不仅没有怀疑我是否真的要谋杀丈夫,而且在听到我的提议后,甚至对我更友好了,我第一次在她眼中看到了对我的理解。但我从一开始就没打算跟她同流合污。我把跟尚恩的对话内容都录下来交给了丈夫，然后我们一起谋划了新的犯罪。什么安眠药、蜂窝煤，都是子虚乌有的。

丈夫说就算给尚恩 5 亿韩元，她也会没完没了的。等钱到手后，她就会意识到这只是一笔小钱。5 亿韩元在首尔市内也仅仅够交一套传贳房的保证金而已，尚恩没有稳定的收入，肯定会需要更多钱，而她又是个无所不用其极的女人。

"这就是她不知道自己几斤几两还敢找事儿的代价。"

然而丈夫的具体计划是什么我并不知道。他表现得毫不在意，就好像让尚恩消失在这个世界上是一件非常简单的事情，根本不需要计划。

快到跟尚恩约定好的时间，丈夫便假装睡着了瘫坐在椅子上。等她让我去找浴巾或被子时，我就逃一般地躲进卧室，默默等着丈夫，希望他快点儿完成任务。我拿出昨天在医院偷来的手术刀，把它藏在了身上。

"如果警察追究起来的话，就需要你出面了。精神病再加上被威胁，刑量肯定没多少，而且我会想办法帮你减刑的。最后可能基本上不会获刑，最多判个缓期执行，让你去接受治疗就完事儿了。"

如果东窗事发，丈夫打算把一切都栽赃给我。

"玉姐开的诊断书就能派上用场了。"

丈夫不该说这话的，他还没有意识到，这件事的选择权不在他手上，而在我手上。丈夫拿石头狠狠地砸向尚恩的那一瞬间，我就明白了，再也不可能回到过去了。曾经的幸福都只不过是我的错觉，现在这一切该由我亲手了结了。

我俩本来计划把尚恩埋到花坛里，那里是埋葬我们犯罪事实的最佳场所。那块地是我们的私人财产，只要我俩不说，谁都不会发现的……可她进门的时候被美龄看到了，这样一来明摆着我就变成了那张被抛弃的牌。丈夫会把自己犯的罪都栽赃给我这个精神不正常的妻子，而且我和尚恩对话的录音就会变成完美的证据。因为他要守护的是家庭，而不是我。

我一手握着手术刀，一手抓着房门。第一次拿起这把刀时，我也不知道它会向着谁挥去。只是想要拿个保护自己的武器。

"珠兰！开门！你到底怎么了？"

丈夫拧了一下门把手，见我锁了门便开始砸门。

"开门！"

本来还好声好气的，但他的语气一下子变得可怕。

"给我开门！你清醒点儿，把门给我打开！"

我被自己关在这个房间里，哪里都去不了。

"害怕……"

面对这样的丈夫，我下意识地说出了"害怕"这两个字。

"什么，害怕什么？不是你说要杀了她吗？"

"害怕你……"

门外传来丈夫轻蔑的笑声，之后便安静下来了，看样子他扔下我这个胆小鬼，自己去解决尚恩了。我扑通一下瘫坐在书房的地上，好想逃离这个地方。整个书房除了书的味道，依稀还能辨别出属于丈夫的气息。一抬眼便看到了圣材的参考书，我记得不过几天前，儿子还看过。儿子……

如果真的像丈夫和尚恩说的那样，是儿子杀了秀敏怎么办？啊……一股无法克制的愤怒涌上心头。为什么这种事要发生在我和儿子身上？此刻我的感受跟十六年前失去姐姐时一模一样，那时我也是这样想的，为什么这样的事情要发生在姐姐身上、发生在我们家，为什么要发生在我身上？虽然不存在这种可能性，但如果儿子真的是杀害秀敏的凶手，那又是谁放任事态发展到今天这一步的呢？那么所有人都是共犯，没有一个人是无辜的，不管是丈夫、婆婆、公公，还是我……

我扫了一眼，瞥到了丈夫书桌上的日历，今天被记号笔大大地圈了出来。哦对……今天是姐姐的忌日。我第一次忘了姐姐的忌日，竟是因为忙着杀人。

蓦地闻见了一阵烟味儿，那么熟悉的味道。是它！是那个我曾极度讨厌的味道。烟味儿顺着窗户的缝隙飘了进来。我把手术刀放在口袋里，打开了窗户，看到美龄正倚在阳台上抽着烟。与此同时，门口响起了一声巨响，丈夫拿来什么钝器正使劲砸着书房的门锁。

"你脑子清醒点儿，给我把门打开！你疯了吗！快点儿！"

隔着窗户我和美龄对视着，就这样看着彼此。突然脑子里浮现出十六年前的一幕，姐姐被关在那个小小的单人间，紧紧地抓住防盗窗，嘶吼着求救。而这一刻，我仿佛变成了那时的姐姐。我真的好羡慕站在那里的美龄。我恳切地望着她，希望能把我此刻的感情传达给她。

"帮我！救我！"

"你没听见我说的吗？开门！你自己这样很危险！我让你开门！"

姐姐不该死的，哪怕杀了那个威胁自己的混蛋，也应该活下来的。美龄掐了烟，仔仔细细地观察着我。"帮帮我……"门口再次发出"咣"的一声巨响，房门应该马上就被砸开了。沉默了片刻，我向美龄撕心裂肺地喊道。

"帮帮我！救救我！"

听到我的喊声，丈夫一下子停下了手中的动作。美龄一言不发默默地转头走进了房间，我不知道她会不会帮我。我一个人走向门口小心翼翼地把耳朵贴在门上，门外一片寂静。我蹑手蹑脚地抓住房门把手悄悄地打开了门。

丈夫站在门口双臂抱胸冷眼看着我，然后大步走过来一把搂住我。不，我以为他会一把搂住我，没承想他用两只胳膊死死地压制住我，让我动弹不得。见我使劲扭动着身体反抗，他便用那双大手掐住了我的脖子，使劲扼住我脖子上的气管。我手无缚鸡之力，只能痛苦地等待着自己断气。

"你，想毁了我是吧？是你求我的，求我杀了那个女人。事到如今，你想把一切都搞砸了？装什么无辜呢！是你让我杀了那个女人的，这一切都是你搞的，是你！"

我喘不上气来，根本无法回应他的话。这时我摸到了口袋里的手术刀，使劲用它划伤自己的手，借指尖的疼痛来分散即将窒息的痛苦。我挣扎着掏出手术刀，朝丈夫的胳膊狠狠地划去。他发出了一声惨叫，猛地松开我的脖子向后退了几步。

"你真的疯了吗？"

我举着手术刀小心翼翼地往后退，不管怎样我一定要逃离这里。

说不定正如他所言，我真的疯了，而这一切都是我搞的。不，说不定这所有的事情都是我的妄想，一切的一切要都是我的妄想该有多好。为了逃离这个妄想的世界，我又后退了一步。而丈夫则冲过来一把抓住我的手腕，想要夺过手术刀。虽然我尖叫着反抗，可他仍轻易地夺走了手术刀，猛地扔到楼下。

在那一瞬间，我扑向丈夫。而他一把抓住我，在我们拉扯的过程中，他突然一个趔趄，脚腕扭了一下没站稳。下一秒，我们紧紧抱在一起从楼梯上摔了下去。摔倒时丈夫的头磕到了台阶棱角处，"哐"的一声巨响回响在整个房子里，我紧贴着丈夫的身体滚了下去。

等滚到一楼才停下，我好不容易从他巨大的身体下挣脱出来，浑身上下都传来剧烈的疼痛感。尤其是腿，看样子八成是骨折了，疼得我像个孩子一样哭了起来。这时我似乎感到一丝生命的气息注视着我，抬头一看，完全出乎我的意料。

尚恩头上流着血，在客厅的地板上艰难地爬着。

"那个女人竟然还活着呢……"

我们对视了一眼，她的眼中只剩下一定要活下去的决绝。她看到我身旁的丈夫后，惊讶地睁大了双眼。我这才转头看了一眼旁边，丈夫歪着脖子瞪着双眼躺在那里，眼睛一眨不眨地望向天花板，已经失去了焦点。

尚　恩

一股血腥味儿涌了上来。瞬间我还以为自己在上班时打盹了，在向客人推销床垫时睡着了。这下可糟了，我得赶紧清醒过来。

努力睁开双眼，眼前的光景和我曾工作的家具店非常相似。放眼望过去，灰色和象牙白的主色调搭配得恰到好处，能看到家具和大理石地板。柔软的地毯给脸颊上带来丝丝暖意，可头部却传来巨大的疼痛，头盖骨仿佛被人劈成了两半。以前听说人即使被斩首也不会立刻死去，还有人亲眼看到自己的身体被分成了两半给吓晕了，说不定我现在就是这个状态。为了寻找被砍断的身体，我使劲想要抬起头来，头却纹丝不动，此刻的我只能模糊地看到家具的颜色。

"原来我才是那个大傻子。"

我担心过珠兰不会给我剩下的钱，却压根儿就没怀疑过她让我帮她杀了丈夫这件事。是我太天真了，竟冒着生命危险来到这里。我一定要逃离这里！本来觉得人生索然无味，就算现在死了也并不可惜，然而当我真的站在死神面前，却生出了一种强烈的求生欲。肚子里的孩子也在拼命地挣扎，孩子想要活下去的意志比我更加强烈，他向我呼喊，不停地蠕动着。

"你这个傻子，赶紧逃离这里活下来吧！"

我使出全身的力气想要动一动，身体却不听使唤。头晕沉沉的，甚至失去了辨别方向的能力，根本不知道往哪里爬。每动一下身体，彻骨的疼痛便席卷全身。

那时，耳边传来一声沉重的巨响，像爆炸一般，紧接着便听到了"哐啷"的声音，好像是什么东西摔下来了。到底发生了什么？原来是金珠兰和朴宰浩一起从二楼滚了下来。不，金珠兰在挣扎，但朴宰浩看上去就是僵硬地滚了下来。金珠兰从朴宰浩身上挣脱出来呜呜地哭了起来。眼前将近四十的女人哭得像个孩子一样，而旁边那个男人歪着脖子一动不动。朴宰浩死了！虽然不知道到底发生了什么，但我能确定他死了。金珠兰跟我对视了一眼，她这才看到自己丈夫的状态。那一瞬间我甚至怀疑我的双眼，她看到丈夫死了竟露出了放心的表情。然后转过头看着我，眼下让她不安的，倒像是在客厅里呻吟着挪动身躯的我。

她从地板上捡起一个闪光的铁片，一步步向我走过来。当她把那个铁片放在我眼前时，我才辨别出来那是什么。那是一把医用手术刀。

金珠兰的计划既不是杀了她丈夫，也不是杀了我。也许她的计划是让我和朴宰浩一起消失在这个世界上。

她举起刀，而我一动都不能动，只能在嗓子里发出呜呜的声音。放过我！饶了我！我一句话都说不出来，只能绝望地发出挣扎的声音。我为什么如此愚蠢，自责和后悔交织在一起，此刻我只求她能给我个痛快。而金珠兰却举起刀向自己的脸和胳膊上划去，鲜红的血滴落在象牙白的地毯上。

她把刀在自己的衣服上擦了擦，然后扔到了朴宰浩旁边。

"你记住……我救的不是你，是你肚子里的孩子。"

她在我耳边低声说道。

"我有妄想症，我丈夫有恋童癖，而且他是杀人凶手。你知道后想用这件事威胁我们，然后就变成了这样。记住了吗？抱歉，剩下的4亿韩元不能给你了，我也没想到会闹到这一步。就当作拿这笔钱买了你一条命吧，4亿韩元的话，你的命也是挺值钱了……"

朦胧中我听到了她抽泣的声音，可我不知道这一刻她是在痛哭流涕还是喜极而泣。耳边隐约传来警笛声，声音越来越清晰，我又再次失去意识，陷入了那片黑暗。

2016 年 6 月 3 日　星期五

尚　恩

　　在住院治疗了一个多月后，我终于出院了。警察说朴宰浩用石头重击了我的头部，接着对我拳打脚踢，造成全身上下多处受伤，还说许多犯罪分子在用暴力解决个人恩怨时经常会选择这种方式。

　　我在住院治疗期间同时接受了调查，就那天所发生的事情做了笔录。我告诉警察，自己一直怀疑杀死丈夫的凶手是朴宰浩，警察判定我丈夫是自杀后，我便独自一人继续追查真相，发现朴宰浩和我丈夫之间存在着不为人知的交易，这才牵扯出秀敏这个孩子。我认定是朴宰浩杀了秀敏和我丈夫，一气之下找到他家里。听到我说他是杀人凶手后，朴宰浩一时冲动，便失去理智袭击了我。之后我便失去了意识，等再醒来的时候已经在医院了。

　　调查秀敏案件时怀疑我的警察这才露出一副恍然大悟的表情，纷纷对我另眼相待。都以为我是为了给死去的丈夫洗刷冤屈，不惜付出一切代价的女人。他们觉得用"蒲苇纫如丝"来形容我对丈夫的感情一点儿也不夸张，甚至夸奖我是妻子的典范、正义的化身。至于我的治疗费，全部都由凶手的妻子金珠兰承担。

我向警察询问了当天失去意识后发生的事情。他们告诉我是隔壁的朝鲜保姆尹美龄听到动静后报的警，警察赶到时我倒在血泊中，而金珠兰则受到刺激昏迷了过去。朴宰浩从楼梯上滚下来时引发了脑出血，但直接的死因是颈部骨折导致的窒息。

他们告诉我此案已结。那天金珠兰为躲避向我施暴的朴宰浩跑到了二楼，朴宰浩随后追到楼上用手术刀攻击并威胁妻子，而金珠兰拼命反抗试图逃跑，朴宰浩在企图控制妻子时不小心从楼梯上摔了下来当场身亡。之后根据金珠兰的陈述，在他们家院子的花坛里发现了秀敏的部分尸体，警察断定是朴宰浩转移尸体时遗漏的部分。同时还说就算没有发生这件事情，他们也准备以杀害李秀敏的罪名逮捕朴宰浩，说警方查看了水原八达山附近通行车辆的所有监控，多方打探后发现遗弃尸体的最大嫌疑人就是朴宰浩和他的父母，之后对周围人进行了调查，基本上锁定了他们就是杀害孩子的凶手。当然这话听起来就像是在给自己找台阶下。但不管怎么说，警察已经以抛尸罪羁押了朴宰浩的父母，而他们在审讯的过程中也承认了儿子的犯罪事实。调查中还发现李秀敏和朴宰浩的儿子朴圣材竟然认识，所以警察推测朴宰浩遇到了来家里找儿子的李秀敏，徒生歹意强奸并杀害了她。

朴宰浩甚至还拜托认识的医生篡改医嘱，将金珠兰伪造成精神病患者，并将这一虚假事实告诉周围人，以此来控制妻子。因此金珠兰即便发现了花坛的尸体，却仍选择缄口不言，没有报警。鉴于她的特殊情况，警方决定不对她进行处罚。

　　住院期间，医生和护士多次感慨我运气好，遭受了那样的暴行，不仅自己活了下来，而且肚子里的孩子仍完好无损。若没有什么意外，预产期在 9 月，到时孩子就能平安无事地出生了。大家都期待我的孩子能顺利降临到这个世界上。

　　我在嫂子的搀扶下，时隔一个月后再次回到家里。一个月没住人，整个房子没有一点儿人气，到处都堆积着灰尘，就像死了一样毫无生机。

　　"尚恩，我想过了……等你拿到这个房子的保证金，咱把妈的房子卖了，把钱凑一起换个大点儿的房子一起住怎么样？就算不在首都圈儿也无所谓，咱找个房价便宜点儿的地方。你的预产期没几个月了，咱妈现在也没法帮你照顾月子。难道你要自己养孩子不成？不管怎么说，家里人多总能有个照应。"

　　"哥的意思呢？"

　　"就是你哥先跟我提的。"

　　我看着嫂子，她说这一个月母亲的状态日益恶化。想来她的压力也一定很大吧，头上竟明显地秃了一大块。

　　"还真是无奈。"

　　"什么？"

　　"嫂子和我都很无奈，想要苦苦挣扎，却只会让自己变得更惨。所以就只能安慰自己，能活着就是万幸了。"

　　嫂子听到我的话笑出了声。

　　"不是，难道你还指望能过得有什么不同吗？哎哟……你也太天真了。"

嫂子的笑声听起来像是放弃了一切的样子。这样一想，我以为自己早就抛弃了那所谓的人生，但其实并没有，也许我一直都还抱有一份执念，希望自己能过得更好。在去金珠兰家的路上，我还激动地想着，如果事情进展顺利，我就能拿到5亿韩元。那笔钱既能送母亲去疗养院，还能开一间小店，我甚至短暂地考虑过开家咖啡店或者便利店。但现在想来，嫂子说得没错，一切都只是我天真的想象罢了。

"都已经到这个份上了……"

她着急地看了一眼表。

"嫂子要去店里了吧？我没事儿，你快去吧。"

"明天你哥回来，我会让他来看你的。所以我就说嘛，直接跟我一起回家多好。"

"哦对了，等一下。"

我站起来走进丈夫住的那个小房间，珠兰给我的 LV 包就这样以一种奇怪的姿态放在房间正中央，而且拉链也没拉，一眼就能看到里面装满了一捆捆5万韩元的纸币。是珠兰给我的1亿韩元定金。住院期间，嫂子曾不止一次地问过我家的密码，说帮我拿换洗的内衣，顺便打扫一下家里，我却无法告诉她。因为这个包、这些钱放的地方太明显了。

我拿出二十张纸币放到信封里，然后走回客厅，将信封递给她。

"这段时间嫂子总来医院照顾我，耽误了不少活儿，谢谢嫂子。"

她一脸慌张地接过信封，打开看了一眼。

"哎呀，怎么这么多……算了！不要！我不要！我怎么能收你的钱……不要，你拿回去。"

"以后少不了麻烦嫂子，你就收下吧。"

"唉，我怎么好收你的钱，你也这么不容易……唉，这让我怎么过意得去。"

她不好意思地接过信封放到包里，走之前一直不停地道歉，说对不住我。

嫂子走后，我一头倒在床上，虽然房间里冷得像冰窖一样，但这是这一个月来第一次享受到一个人的寂静，这让我放下心来。这时一条短信铃声打破了这份寂静，上面显示着金珠兰的名字。

——听说你今天出院，祝贺你。你猜我前几天整理房间时发现了什么？还记得你送给我的那个微型摄像机吗？说也许离婚时能派上用场。结果我开机后发现了你没来得及删的文件，在里面看到了一个有意思的场景。你丈夫出事那天，你曾往一个蓝色瓶盖的桶里下了什么药。如果你再也不会出现在我面前，那这个视频便只有你我知道。希望我们后会无期，无论在哪里，愿你一切安好。最后再奉劝你一句，人生在世，没有什么是简单的，不要觉得自己特别不幸。不幸，只不过是人生常态。珍重。

读完短信后，我一下子就笑了出来。我给她的那个摄像机是准备离婚诉讼时瞒着丈夫偷偷装的，没想到用来收集家暴证据的相机倒是把我的罪行原封不动地记录了下来。本以为说不定她离婚能用到就给她了，我为自己的多管闲事和愚蠢而感到可笑。可真是哭笑不得，我竟把可以证明我杀害丈夫的决定性证据亲手交给了金珠兰。

她是怕我再威胁她吗？所以才先发制人的？不过反正我压根儿就没打算再找她。这件事结束了，所有人都认为朴宰浩就是杀了李秀敏的凶手，如今这已经变成了不争的事实。

我累了，一阵睡意袭来。虽然就算睡一觉起来世界也不会有任何改变，我的生活也还会是老样子，这一点我心知肚明。就像金珠兰说的那样，所有人都是不幸的，我的明天也仍会继续不幸。可她的话莫名令我感到安慰。

"人生在世，没有什么是简单的，不要觉得自己特别不幸。不幸，只不过是人生常态。"

金珠兰也和我一样，又度过了不幸的一天吧。我反复地想着那条信息，决定先好好地睡一觉，等睡醒后打开好久没看的兼职网站和招聘网站看看。活着本身就是一件疲惫的事情，要一直盘算活下去的办法，可不管怎么说，这日子还是要继续过的。

珠　兰

丈夫死的那天正好是姐姐的忌日，我在胸前画了个十字诚心祈祷，不为姐姐也不为丈夫，而是为了那个死去的孩子。婆婆和公公已经被羁押了，没办法，只好让母亲先帮忙照顾圣材。我给儿子办了转学手续，只告诉他爸爸因为不好的事情去世了，可连电视台新闻都在报道这件事，他又怎么可能不知道呢。儿子变得更不爱说话，更加沉默而且阴暗了。

竟然有人把尸体藏在自家房子的花坛里，想来实在是荒诞，所以这件事不仅在我们住的地方传得沸沸扬扬，还一度成为热门话题。甚至不知道哪个邻居还传言说是姐姐的亡灵杀了丈夫。房地产中介说这套房子怕是卖不到我定的价格了，劝我把价降得再低点儿，最好远远低于市场价，说凶宅本就应该这样。

为了拿东西，时隔好几周我又回去了一趟。附近都很安静，但我还是尽量避开人们的视线，小心翼翼地打开大门走了进去。房子里面漆黑一片，仿佛深更半夜一般。所有窗户都拉着遮光窗帘，看不见一丝光线。谁也不要妄想从外面窥探这个房子，当然在屋里也看不到外面的光景。想当初设计这个房子时，在窗户上花了大工夫，可现在倒好，这里变成了见不得人的凶宅，不得不把所有的窗户都遮住。

进门之后，我直奔二楼圣材的房间，打算拿上孩子需要的东西就赶紧走。平板、头戴耳机、夏季的衣服……结果找着找着，我在抽屉深处发现了一个陌生的东西，那是一根橙色的尼龙绳，打着圆圆的结。我很好奇，他抽屉里的这根绳子是用来干什么的呢？法医推测秀敏的死因是窒息死亡，难道这绳子就是凶器吗？还是说儿子想上吊自杀吗？我突然回想起那天被丈夫掐住脖子的感觉，不禁打了个寒战。不可能的，圣材和那件事没有任何关系。不，必须没有任何关系。虽然我下定决心不停地给自己洗脑，但心里还是咯噔一下，有种崩溃的感觉。我不能怀疑儿子，必须相信他，只有这样我才能活下去。

我拿着绳子下楼走到客厅，从厨房的抽屉里拿出打火机，点燃了那根绳子。绳子在火焰中燃烧，冒着烟发出刺鼻的味道。为了散散味道，我把窗帘拉开，站到落地窗前打开了窗户。一阵风刮来，呛人的烟气顺着窗户飘了出去。

我的视线越过窗户，停留在窗外的花坛上。花坛被警察挖得一片狼藉，呈现出一副狰狞的样子。假如那天我没有发现秀敏的尸体，那么这里，还有我，如今会怎样呢？假如我既没发现花坛里的尸体也没怀疑丈夫，我们一家人会幸福地生活在这个埋着尸体的房子里吗？

从今以后，我该如何跟儿子一起生活下去？该怎样抚养儿子呢？我连这样一个小小的花坛都照顾不好，能负担起一个人的未来吗？今后，我还是只能背负着沉重的责任感生活下去。我关上窗户拉紧窗帘，日后应该再也不会透过这大大的落地窗看这个花坛了。

锁上房门后抬头看了一眼隔壁的阳台，再也看不到站在那里托着下巴抽烟的美龄了。虽然我也考虑过要不要上门打个招呼，可见了面说些什么呢，再提起那天的事情也很别扭，假装什么都没发生过更是奇怪，于是也就作罢了。美龄的证词起到了至关重要的作用，她告诉警察她早就觉得我丈夫有问题，所以哪怕丈夫说我是妄想症患者，她也并没有相信，这才经常暗中观察我们家。因为她觉得我看起来会有危险……

我打算明天联系搬家公司，把这里的行李都暂放到保管仓库。我用钥匙将房门锁上，心想自己应该再也不会走进这里了。就在此时，一阵风袭来，我闻到了一股熟悉的恶臭，是尸体腐烂的味道。我哼哧着鼻子围着花坛转了一圈,在铺着石块的草地上闻来闻去。难道有人趁这里没人埋了尸体吗?我脑子里突然冒出这样的疑问,然后紧接着使劲摇了摇脑袋。不行,我要醒醒,要离开这里,离开这里开始我新的生活……

关上大门转身准备离去,这时仿佛有人硬生生地把我的头掰了回去。我转过头,看到了秀敏……丈夫……他们站在院子里瞪大眼睛盯着我。

只是妄想,明明知道这一切都是妄想,可我就是无法挣脱出来。我要摆脱丈夫,摆脱秀敏,摆脱他们的纠缠,于是我像个疯子一样,尖叫着逃离了这个房子。

作者后记

2016 年正月。

今年的新年过得非常郁闷，也说不上来具体是什么原因，总之就是被一堆错综复杂且乱七八糟的事情缠着。我察觉到这种不安、郁闷又焦躁的状态可能很难在短时间内得到缓解，要想摆脱这种负面情绪，就必须下狠心改变自己的精神状态，因此我一冲动，就给自己报了一项为期十天的冥想训练。

冥想中心的要求非常严格，有许多禁止事项，在这十天内必须严格遵守规定。首先不能携带手机，其次绝对不能跟一同参加训练的人说话，甚至同周围的动物说话也不行。禁止听音乐，禁止在纸上写东西，读书也不允许。其他的倒是无所谓，但我担心不能及时把自己的感受记录下来，于是偷偷在衣服里藏了两张纸和一支圆珠笔就去了。我看评论说整整十天不能说一句话，还不能用手机，实在是非常煎熬。然而当我推开那扇单间的门时，却感受到了一种奇妙的解脱感。

不到 7 平方米的小房间里摆着一张单人床，这是里面唯一的家具，床旁边就是一扇巨大的窗户。恰巧我这个人最看重的就是窗户，而这里打开窗户便能看到被茫茫大雪覆盖的马耳山。本来还担心自己适应不了，但看到雪山的那一刻，我便感觉自己说不定会喜欢上这里。虽然每天有十个多小时都要在大厅里和大家一起进行集体冥想课程，但一有空我就会回到房间，拿着偷偷从餐厅带回屋的速溶咖啡，边喝边欣赏窗外的美景。周围没有一丝噪声，就这样望着堆满积雪的树木，我找到了一种久违的幸福感。不要说十天了，就算在这里待一个月甚至一年，我也甘之如饴。透过窗户望着远处的马耳山，我终于明白了这段时间那些感情为何一直折磨着我。原来一切不幸的原因便是看不到风景。我现在住的地方高层公寓鳞次栉比，楼紧贴着楼，即使打开窗户也看不到风景。若生活在一眼就能看到美景的地方，我相信忧郁也能很快得到治愈。

这视野开阔的窗户确实给我带来了幸福感，可这也只是暂时的。整个冥想课程进行到一半之后，我突然萌生出很多想法，忙碌时从不曾这样过。有些不好的记忆本已经忘记，却又突然重新浮现在我的脑海中。突然忆起了五岁时受过的委屈，想起了上初中时欺负过我的同学，连他的相貌和名字我都清清楚楚地想了起来……于是我再次对所有事情都感到烦躁，郁结于心，胸口就像被什么紧紧揪住一样难以呼吸。我的情绪变得比来之前更糟糕。

于是我得出结论，什么山河湖海或者壮丽的景致都不重要。我拿出偷藏起来的纸和笔构思起来，这次想要写两个女人的故事。一个女人住的地方有着气派的窗户，另一个女人则跟她截然相反，她们之间却有着某种剪不断理还乱的关系。于是便有了这本书。当我找到了集中精力要做的事之后，心中的愤懑反倒逐渐被击溃了。剩下的日子里，我把冥想放到一边，将那里变成构思故事的工作室，甚至连给书中人物起的名字，也是从餐厅里贴着的学员姓名中汲取的灵感。

本来是打算写成电影剧本的，但之前写的恐怖片剧本一波三折也未能面世，就一直默默地躺在我的电脑里，我怕这个故事也会重蹈覆辙。然而，这次竟有幸得到韩国文化产业振兴院的大力支持，我便下定决心将这个故事创作成小说。

在此，我想特别感谢一下林志虎主编，感谢他从故事构思到最后润色，一直不遗余力地给予我帮助和支持，得益于此，我才能完成此书。同时感谢常伴左右的家人和朋友，他们是我不知疲倦一直创作的动力。最后，还要感谢我那看不到美景的房子，多亏了你，才把我那颗蠢蠢欲动的心按在电脑面前。

感谢每一个人。

2018 年春

金真英